作者为学兄、原中国书协秘书长谢云先生在京举办书法展题写七律一首

80 年代初平阳文学艺术界人士为上海华东师大苏渊雷教授祝寿

2010 年作者携夫人参观上海世博会

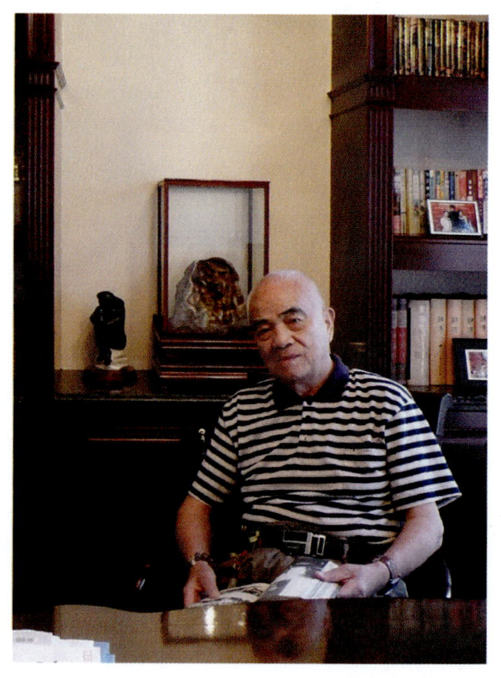

2014 作者在杭州家中的书房

鄭立于文集

謝雲題

古典文学

第七卷

郑立于 著

浙江工商大学出版社
ZHEJIANG GONGSHANG UNIVERSITY PRESS

图书在版编目(CIP)数据

郑立于文集. 第七卷，古典文学 / 郑立于著.
— 杭州 :浙江工商大学出版社，2016. 9
ISBN 978-7-5178-1696-6

Ⅰ. ①郑… Ⅱ. ①郑… Ⅲ. ①郑立于—文集②古典文学—作品综合集—中国 Ⅳ. ①I217. 2

中国版本图书馆 CIP 数据核字(2016)第 149073 号

郑立于文集

——第七卷　古典文学

郑立于 著

责任编辑　姚　媛
封面设计　叶　斌　林朦朦
责任印制　包建辉
出版发行　浙江工商大学出版社
(杭州市教工路 198 号　邮政编码 310012)
(E-mail:zjgsupress@163. com)
(网址:http://www. zjgsupress. com)
电话:0571-88904980,88831806(传真)
排　　版　杭州朝曦图文设计有限公司
印　　刷　虎彩印艺股份有限公司
开　　本　710mm×1000mm　1/16
印　　张　153. 25
字　　数　2725. 2 千
版 印 次　2016 年 9 月第 1 版　2016 年 9 月第 1 次印刷
书　　号　ISBN 978-7-5178-1696-6
总 定 价　350. 00 元(共 8 册)

浙江工商大学出版社营销部邮购电话　0571-88904970

目录

CONTENTS

第一部分　陈高集

第二部分 序跋碑铭

第三部分　古体诗

第四部分　赋

第一部分

陈高传

陈 高 传

陈高（1315～1367），字子上，元延祐二年十一月生于平阳州（元代元贞元年平阳县以户逾五万，县升为州，隶温州路，明代洪武初仍改为县）金舟乡咸通里（经考，今为苍南县钱库镇三秀桥附近的小河川底，如今还有陈高故居遗迹、陈高次子慈童坟等）。陈高先世从福建搬来。高在所撰《族谱序》中云："陈氏自虞帝以来，不知其几百世矣。而吾族则在五季时（指后梁、后唐、后晋、后汉、后周五代，系动荡不安之岁月），自闽之长溪赤岸，避乱迁居平阳……入宋为乡之望族。"

高少年时，聪颖好学，日诵千言。既冠，即以诗文名州郡，所请问，则出人意表。即结识同里林齐（字希颜）、何岳（字汝樵）等友人。经常游山玩水，相互酬唱，三人皆工诗文，时人称为"瀛州三杰"，其中尤以高最为杰出。

至正三年（1343），面临东海之舥艚港阴均埭被暴风骤雨大潮所毁，次年又逢海溢，屡修治不能竣工，数乡之人，咸赖其利。至正八年，州人陈君国英素有好义名，闻之奋然以为己任，终于旧规复。于是文士遂相率为诗以称道之。陈高为撰《美陈国英修堰诗序》。

其友高彦平（河北大名府人）于至正五年乙酉（1345）以无锡知州，转知高邮府。高邮界长淮以东，比年以来，蝗旱相仍，民困于饥，俗浸以偷，奸盗滋炽，其为理殆难。陈高以歌诗以饯其行，并作《送高彦平知高邮府序》激励其勇往直前，以惠黎民。

次年，陈高为乡贤史文玑著作《四书管窥》作序。史氏苦求于学，笃信坚守朱子之说，反复研究殆三十年方成。

同年十二月，陈高客寓吴中舍馆，少年时朋友林希颜到来，握手道故，感慨畴昔，随撰《送林希颜归永嘉序》。

这里，蒙古族人台哈布哈，曾在与修辽、宋、金史成书，授秘书卿。陈高应行省试，病时文体卑下，即上书秘书卿台哈布哈，请变更积弊，使所试之文，必欲其理明辞确，议论有作，格律高古、典雅精深，屏去一切浮华偶丽之习，振起文风。虽未被采纳，但对科举制度的改革与文风的振兴，起到了极其深刻的作用。

至正八年戊子（1347）陈高同邑孔克表赴戊子举人试，陈高为其作《送孔子充赴戊子会试》诗，有“先师之后悉贤良，今子秋闱复擅场”之句。次年，陈高又作《送孔正夫赴会试》诗，期望“把文南省已惊俗，对策明堂定绝伦。桐树朝阳鸣彩凤，桃花春浪化金鳞”。孔君果中进士。

同年，陈高客旅台州一带，在《戊子元日客中有感二首》中有“慈乌绕树声哑哑，新年见汝更思家”“馆阁只今招隐逸，吾曹何日见飞腾”之感。

其年正月初七日，与友到临海凤屿访朱伯贤。次日，伯贤与其季伯良，持酒邀高登丰山，上绝顶，望巨海，在浮图寺欢饮，席既撤，复举杯松树间。酒酣，赋《同诸友游宴丰山》二十八韵，此诗选入《元诗选》。

《感兴二十五首》是“客居无事，读书余暇”所写，最后有“胡不崇明德，早使勋业昭”之叹。前又有“君子力为善，穷达宁复论”之观点，这是未中进士前，游学在外时之心情。

至正九年(1349)正月初一，陈高坐船从广陵出发，向淮楚方向漫游，但时刻在思念故乡。“悠悠思故乡，邈在天南隅……羁旅岂足恤，但念骨肉疏”。

陈高在吴中一带漫游竟年，于1351年7月回到故里。附近有渔村盐亭(就是当今的苍南县炎亭镇)，元代时建有潜光院，明教浮图之宇也。明教就是摩尼教，公元三世纪时，波斯萨珊王朝摩尼所创。公元七世纪传入中国。这里的明教从福建传入。潜光院东边，有楼曰“竹西楼”，石心上人之所居也。能文之士如章庆、何岳、林齐、郑弼等常来此赋诗歌咏。是年(1351)七月望，陈高撰《竹西楼记》。潜光楼与竹西楼虽已湮没，如今来到依山面海，风光秀丽的遗址上，仿佛重现昔日情景。

陈高怀着不安的心情于至正十三年(1353)赴京参加进士考试。次年，刚好是他四十岁，四十年的风风雨雨，坎坷道路，终于得中进士，出晋陵张翥之门。这时，张翥官太常礼仪院判，与翰林学士承旨欧阳玄、吏部侍郎贡师泰等人，都是元代有学问有著作的名臣，看到陈高是个有气质、有才华的人材，遂推荐陈高留在京城国史馆，将来还拟重用。但高以母亲年老，坚辞不受，要求外授，就近照顾老母。

张翥等诸名臣深深体谅陈高殷切之孝心，遂外授庆元路录事。高谒谢张翥等诸名臣，即南还。在故里拜见了老母、父老亲友以后，稍作停留匆匆又上征程。此时局势混乱，张士诚寇陷扬州，方国珍复梗海道，经过崎岖曲折的历程，方抵庆元路任所。在庆元路录事任内，明敏刚决，吏不敢易，民不敢欺，声名赫赫。

至正十四年八月，撰《栖云巢记》。命名为“栖云巢”之小屋，极其精巧壮丽，深广丈余，主人系华亭杨君伯成也。记中作了玄妙之譬喻，又富有人生哲理，是高的散文中很具特色的作品。1991年上海三联书店将此记收入《历代小品文大观》。七百多年后的今天,其作品尚能与全国广大读者见面,实在难能可贵也。

至正十六年(1356)二月,张士诚攻下苏州,高在《送朱惟敬奉使还京十首》中,有“盗贼起襄颍,延蔓梗江淮”“仓粟数百万,惜哉饱群凶”“君去当努力,吾将逐樵采”“执手溯青天,英雄岂终滞”等诗行。鼓励他莫滞留,直向前,显示英雄本色。在《留别诸友分韵得日字》诗中道:“佳会不可常,岁宴政寥栗。居者成淹留,行者念家室……人生如浮萍,乾坤渺萧瑟。”透露了挂冠离任的心曲。

陈高在1357年作《丁酉岁述怀一百韵》系五言排律。此乃高对元末战乱状况的高度概括,也是他自传式之述怀吟咏。诗虽百行,百读不厌。“厄运丁阳九,何时见一匡”“归欤理衰笠,从此钓沧浪”。高为避艰危,思遁世,度时不可为,于年冬坚决辞去庆元路录事的职务。

此后,陈高全家逗留在庆元路慈溪。至正十八年(1358)三月二十三日,妻生下次子,故名慈童。《得子》诗云:“得子虽云晚,开怀始自今。敢夸万事足,聊慰一生心。”

五月,方国珍为浙行省左丞,招陈高,无从得。再授慈溪尹,亦不赴。

于是高上黄山游历,作《客黄山三首》。“天寒鸿雁满南国,岁晚梅花开故园。客里漫将诗慰藉,遣怀不用酒盈樽。”“他乡作客经时久,沧江买船何日归。堂上慈亲鬓发白,天末故人音信稀”。虽在黄山漫游,心还悬在故乡。

入冬,陈高携妻儿回故里,经过迂回行程,到温州时却受阻,因吟《自明回温留寓郡城不得遂归田之愿述怀有作》一诗。并作《思亲词》:“泪滴东瓯水,思亲欲见难。水流终有尽,儿泪几时干!”字字血泪,令人悲伤。《寓鹿城东山下》亦作于此时。

时,方明善据温州,与州守周嗣德叠构兵,高尝一出而解其难。于是州郡争欲得之,而高终不应。

至正十八年始,高过着归隐的生活“朝看白日出,夜睹明星流,西风木叶下,四壁蛩声愁”。他思考为了禄仕混饭吃,反增加长辈的担忧,还是“潜栖绝内外,孤坐自吟讴”。毅然作深刻的反省:“独醒众所忌,谗构生戈矛……知几昧前训,省躬思远猷。安得委天运,吾道方悠悠。”对人生的荣辱观他也作了反省:“贵贱竟何为,愚哲各有终。或云树名誉,可以垂无穷。讵知身既没,倏忽犹飘风。……谁能契兹理,吾与访崆峒。”“归来问衡宇,幽情托妍辞。”这在《惩愆》《达观》《题陶渊明归来图》等诗作中都有独醒之见解与体味!

陈高在故里,并非专事饮酒赋诗,而是亲自耕耘栽种,极其关怀农夫疾苦。其西园闲地,高用来引种橦花。一行行橦花经精心培育,高三尺,“鲜鲜绿叶茂,灿灿金英黄,结实吐秋茧,皎洁如雪霜。及时以收敛,采采动盈筐。缉治入机杼,裁剪为衣裳。御寒类挟纩，老稚免凄凉。”其实这种橦花就是棉花，据说宋末从印度引神到中原，在《种橦花》一诗中，他还针对富贵人家种花卉发出感叹：“豪家植花卉，纷纷被垣墙。于世竟何补，争先玩芬芳。弃取何相异，感物憎惋伤。”昔日机杼声声，如今机声隆隆，苍南县纺织业相当发达，看来渊源出此，陈高之功不可没也。在归隐躬耕的生活中，高见到的是父老们缴不起田赋悲愁的苦脸，听到的仍是元末盗贼四起的杀声。在高之心中，经世济民之念未减，仍发出“怀居岂余心，时乎复何言”“世间谁是知音者，青眼相看只故人”之叹。就是在暇日整理书册之时，他还是说“山妻向我语，丧乱日侵迫。一身尚为累，挟此竟何益”。高又是处于进退两难之心境。

至正二十年(1360)三月，南台监察御史易普剌金、孔讷行部闽广，取道温州。来到平阳州，考察学宫。陈高陪同。州官具以膳廪空匮奉告，二公征周嗣德同意，爰拨官田若干亩归学宫，用以充实学宫。陈高于是年秋七月望撰《平阳州儒学增田记》。

八月，陈高游荃湖登东阜观新龙湫。次日同诸友游西濑旧龙湫，还去看葡萄泉。看到泉喷的水，“仿佛秋架上，累累佳实悬”因而为之起了“葡萄泉”之美名。陈高说：“我欲酝为酒，饮之应得仙。勿令濯尘足，污此清且涟。”以上数处，陈高皆有诗。葡萄泉就在荪草湖，如今叫荪湖，就在苍南县燕窝洞一带。新旧湫就在今苍南县望州山东麓，如今荪湖、葡萄泉还在。这里还修了道观，建了寺院，还拟在葡萄泉旁建亭，笔者偷了陈高《葡萄泉》诗意，撰联曰：“小隐荪湖、泉涌葡萄酝美酒；欣逢盛治，壑规亭阁通灵源。”

永嘉郡城之南三里(今温州市大南门外)，是进士林伯恭所居之园，园中种植果蔬，至正二十一年(1361)，所种石榴生五实，并蒂其四，在下四向相对，大小如一。林伯恭时为江浙行枢密院都事。于是在园内邀宾友饮酒赋诗，对华萼相辉，乔梓并秀的五实石榴，众皆称赞。特请陈高撰《瑞榴记》，此乃战乱中出于无奈之闲情也。

至正二十二年(1362)大年初一，陈高弃官归田已经五年，但他济世之念未绝，因而作《元日醉歌》。其中道：“自从折桂蟾宫还，愁闻戎马弥中原。解脱簪缨委泥土，五年食癐向丘园。”表达了爱国忧民的情怀。并于四月二十一日，上《与张仲举祭酒书》，张仲举就是上文提到的张翥。书中表述：遭时多故，众醉独醒，弃官归田，今五年矣。或徜徉乎山谷之间，或浮游乎江湖之上，任情自适，无所系留。当道者虽欲牵挽而不能羁絷，因自号为不系舟渔……张翥接到此书后，即赋诗《不系舟者陈子上自号》以赠。

八月十六日，陈高于深夜追思往事，突然想到少时挚友何汝樵、林希颜，怅然伤怀:“月满空阶独自行,思君偏动旧时情。少年相见今头白,几度中秋看月明。”“昔年曾忆夜相过,共赏清光对酒歌。天上明月还似旧,故人分散奈愁何。”

九月十六日,日出时,慈童因感染寒热疾(或许是恶性疟疾)不幸夭折。陈氏一家人非常悲伤,乡里不少人为其痛惜,死之日敛以小棺,瘗屋东竹坞上,实平阳之金舟乡咸通里。高撰《瘗殇子慈童铭》,并作《悼慈童》五言古诗,诗计二十四行,行行血泪,最后四行是“汝魂尚有知,念我当来还。再生为父母,慰兹衰暮年!”慈童埋葬地就在陈高故居东边隔河陈氏宗祠前面,在小河环绕中有一方略大的野草丛生的稍高于河的草地上,边砌矮墙,面对故居有一底座颇高的小庙,里头有石灰制的小香炉,似有香灰痕迹。乡里父老叹曰:“不知多少年前,陈公的第二个儿子就葬在这里。”

年华易逝,陈高不觉已经四十九岁了,他说:“浮生近五十,多病老相将。诸事今年懒,闲居白日长。春阴旧腊,杀气遍遐荒。何日干戈静,乘槎意不忘。”此诗题为《浮生》。

至正二十三年(1663)冬,周嗣德败,平阳州归附朱元璋,即归附明。高自郡城回到州南(即现在平阳坡南),闻已失守,来不及与家人话别,仓卒同浙江行省都事王铨,连夜寻山径光遁,崎岖行二十余里至麦城(即今鳌江口北之墨城镇),雇了一叶渔舟,浮海到安固(今瑞安)。此次仓促逃遁,眼看烽火连天,何日归来,能否归来,也很难说。拟浮海入闽。为了保全妻子与坟墓。高只得委托同乡好友代为照料。好友有谢泰来、林齐、何岳、章庆、郑弼、陈允心诸人,尤以谢泰来可作身后之托。因而高便遗书给谢泰来,拜托他委曲调护。

至正二十四年(1664)二月,陈高奔波至乐清之玉环(当时玉环由乐清管辖)迤逦道途,随处留寓。《桥上》诗云:“落日清溪上,凉风梓树秋。北来船竟泊,南去水空流。宇宙终无极,干戈未肯休。野人无意绪,独立数归鸥。”

陈高来到梅湾,寓居在挚友赵新彦(字彦名)处。赵君尚志节,学问才器出众。高居数日,尽得梅湾小隐之趣,因为撰《梅湾小隐记》。赵新办的私塾很有成效,乡人皆称赞,高又为之作《赵氏书塾记》。

玉环岛屿萦纡,当时有佛寺宫八所,建于唐咸通间之九山寿圣寺为之冠。后毁于灾。乡人献资重建观音大士殿、藏经楼,高认为在此战乱频繁之秋能重修寺宇,实属难得,因此为其撰《重建灵山寿圣寺记》。

入冬,陈高浮海到福建。他为福州城东之东禅报恩光孝寺重建作记。寺之西南隅隙地,寺僧营室三楹,旁辟两阁。前有池方可三十余步,莹洁可鉴这;倚槛而咏,则清标可挹。高因作《水竹幽居记》,遂书于壁。第二年即至正二十六年(1366)二月,陈高苦中作乐,又去福州临近之罗源县游览。同行者有:彭城葛良仲温，灵武王翰用文，沛郡米希文仲絅，东莱太史玄子玄安，钟元子初。罗源县治左有莲花山，多清泉怪石。上山百步，至圣水寺。佛殿旁夹室有白玉蟾题诗壁上。山上还有许多风景名胜。陈高因撰《游罗源县莲花山记略》。

至正二十七年(1367)陈高乘海船，经历浪涛惊险，一路艰难跋涉，到达山东，在《行路叹》一诗中可以略知一二。诗中说："禽鸟各有巢，我行独无家。蔓草野多露，渺渺天之涯""岂无故乡念，兵革政交加、岂无骨肉情，节义乃所嘉。"

在怀庆(估计是当今河南省焦作市)，陈高谒中书左丞相，河南王库库特穆尔，与其论江南之虚实，陈天下之安危，当何以弭已至之祸，何以消未来之忧。这时，适逢关隘多故，高所陈天下安危之计，未被采用。但库库知道陈高的品德才华，欲授以官，加以重用，知非其志，不敢强。怀庆各地士大夫闻高其志，皆愿与友，前来拜望。

居数月，高得疾。库库留高在河南，遣名医诊治。高对元朝残局没有寄予幻想，对明军有些将领也看不上眼。既得重病，欲走不能，只得无可奈何地在等待，在等待……

至正二十七年(1367)八月十八日，陈高卒于怀庆寓邸，享年五十有三。丞相遣官致祭。高之同年锁铸经纪其丧。四方之士，咸来参加葬礼，凡自南方来者皆会哭。刚正坚毅、爱国爱民、才华出众的陈高走完了极其坎坷惊险的一生。

是月二十日，高葬于怀庆城南，葬礼十分哀荣。时有《祭陈子上先生文》。秘书少监揭汯为撰《陈子上先生墓志铭》。铭曰："志非不在于用世，才非不足以匡时，是何节之苦而遁之肥。果人之为耶？抑天之为耶？"

陈高传世著作有《陈子上存稿》(后世易名为《不系舟渔集》)，《四库全书总目》对此书作了很高的评价："文格颇雅洁"，"五言古体，源出陶潜，近体律诗，格从杜甫，面目稍别，而神思不远，亦元季之铮铮者矣。"刘绍宽在民国《平阳县志》第三十六《人物志五》后论曰："吾乡诵宋元先哲，每称林史(即林景熙、史佰璇)，史公诚贤矣。然宋元百年间，高节清风，后光辉映，惟霁山、子上。"陈司训葵评二公："文格不同，而根柢于经史则同；行事不同，而激发于忠义则同。可谓至论。今以子上殿元人物，而凡与子上来往者附焉，亦犹宋人物之殿霁山云。"

最近，在公布第三批《国家珍贵古籍名录》中有元代陈高《不系舟渔集》十五卷抄本，上有孙衣言、孙锵鸣、孙诒让三人的批校。由此可见《不系舟渔集》在历史上的重要地位与影响，更可见孙衣言、孙锵鸣、孙诒让三人批校实为罕见，更显学术价值。

《不系舟渔集》

前 言

元代陈高是继宋代林景熙(霁山)以后,又一位卓有成就具有深远影响力的诗人。其所撰《不系舟渔集》,《四库全书总目》评:其诗古体源出陶潜;近格从杜甫面目稍别,意境不殊,任元季时铮铮者矣!陈高之文有序、记、传、铭、赞、箴、跋、说等等,兼涉众家,极为雅洁精深。直至一九九一年陈高的《楼云巢记》还被上海三联书店选入《历代小品大观》,足见其作品之价值与生命力。

陈高(1315—1367),字子上,元延祐二年十一月诞生在平阳州(元代元贞元年平阳以户逾五万,县升为州,隶温州路,明代洪武初仍改为县)金舟乡咸通里(经考,今为南苍县钱库镇三秀桥附近的小河川底,如今还有陈高故居遗迹、陈高次子慈童坟等)。

陈高先世从福建搬来,高在所撰《族谱序》中云:"陈氏自虞帝以来不知其几百世矣,而吾族则在五季时(指后梁、后唐、后晋、后汉、后周五代,系动荡不安之岁月),自闽之长溪赤岸,避乱迁居平阳……入宋为乡之望族。"

高少年时聪颖好学,日诵千言。既冠,即从诗文名州郡,所请问,则出人意表。至正三年(1343),面临东海之舥艚港阴均埭被大潮所毁,次年又逢海溢,屡修治不能竣工,数乡之人,咸赖其利。州人陈君国英素有好义名,闻之奋然以为己任,终于旧规复。于是文士遂相率为诗以称道之。陈高为撰《美陈国英修堰诗序》。乡贤史伯璇苦求于学,笃信坚守朱子之说,反复研究殆三十年才完成著述《四书管窥》。陈高为它作序。至正六年(1346),蒙古族人台哈布哈,曾参与修辽,宋、金史,成书,授秘书卿,陈高应行省试,病时文体卑下,即上书秘书卿台哈布哈,请变更积弊,使所试之文,必欲其理明辞确,议论有余,格律高古,典雅精深,屏去一切浮华偶丽之习,振起文风。虽未被采纳,但对科举制度的改革与文风的振兴,起到了极其深刻的影响。至正八年(1347)陈高客旅台州一带,在《戊子元日客中有感二首》中有"慈乌绕树声哑哑,新年见汝更思家。""馆阁只今招隐逸，吾曹何日见飞腾”之感。

是年正月初七日，与友到临海凤屿访朱伯贤。次日，伯贤与其季伯良，持酒邀高登丰山，上绝顶，望巨海，在浮图寺欢饮，席既撤，复举杯松树间。酒酣，赋《同诸友游宴丰山》二十八韵，此诗选人《元诗选》。《感兴二十五首》是“客居无事，读书余暇”所写，最后有“胡不祟明德，早使勋业昭”之叹。前又有“君子力为善，穷达宁复论”之观点。这是高未中进士前游学在外时的心情。

陈高在吴中一带漫游竟年，于1353年七月回到故里。附近有渔村盐亭（就是当今的苍南县炎亭镇）。元代时建有潜光院，明教浮图之宇也。明教就是摩尼教，公元三世纪时，波斯萨珊王朝摩尼所创。公元七世纪传入中国。这里的明教从福建传入。潜光院东边，有楼曰“竹西楼”，石心上人之所居地。能文之士如章庆、何岳、林齐、郑弼等常来此赋诗歌咏。是年陈高撰《竹西楼记》。潜光院与竹西楼虽已湮没，如今来到依山面海，风光秀丽的遗址上，仿佛重现昔日情景也。

陈高怀着不安的心情，于至正十三年（1353）赴京参加进士考试。次年刚好是他四十岁，四十年的风风雨雨，坎坷道路，终于得中进士，出晋陵张翥之阴。这时张翥官太常礼仪院判，与翰林学士承旨欧阳玄、吏部侍郎贡师泰等人都是元代有学问有著作的名臣，看到陈高是个有气质、有才华的人才，遂推荐陈高留在京城国史馆，将来还拟重用。但高以母亲年老，坚辞不受，要求外授，就近照顾老母。

张翥等诸名臣深深体谅陈高殷切之孝心，遂外授庆元路录事。高谒谢张翥等诸名臣后即南还。在故里拜见了老母、老父及亲友以后，稍作停留匆匆又上征程。此时局势混乱，张士诚寇陷扬州，方国珍复梗海道，经过崎岖曲折的历程，方抵庆元路任所。在庆元路录事任内，明敏刚决，吏不敢易，民不敢欺，声名赫赫。

至正十四年八月，撰《楼云巢记》。命名为《楼云巢》之小屋，极其精巧壮丽，主人系华亭杨君伯成也。记中作了玄妙之譬喻，又富有人生哲理，是高之散文中最具特色的作品。七百多年后，此记被上海三联书店收入《历代小品文大观》，能与全国广大读者见面，实在难能可贵也。

至正十六年（1356）二月，张士诚攻下苏州，高在《送朱惟敬奉使还京十首》中有“盗贼起襄颍，延蔓梗江淮”“仓粟数百万，惜哉饱群凶”“君去当努力，吾将逐樵采”“执手溯青天，英雄岂终滞”等诗行。鼓励他莫滞留，直向前，显示英雄本色。在《留别诸友分韵得日字》诗中道“佳会不可常，岁晏政寥栗，居者成淹留，行者念家室……人生如浮萍，乾坤渺萧瑟。”透露了高挂冠离任的心曲。

陈高在一三五七年作《丁酉岁述怀一百韵》系五言排律。此乃高对元末战乱状况的高度概括，也是他自传式之述怀吟咏。诗虽百行，百读不厌。“厄运丁阳九，何时见一匡”“归于理蓑笠，从此钓沧浪”。高为避艰危，思循世，度时不可为，于年冬辞去庆元路录事的职务。

此后，陈高全家逗留在庆元路慈溪。至正十八年(1358)三月二十三日，妻生下次子，故名慈童。《得子》诗云：“得子虽云晚，开怀始自今。敢夸万事足，聊慰一生心。”

五月，方国珍为浙行省左丞，招陈高，无从得；再授慈溪尹，亦不赴。

于是高上黄山游历，作《客黄山三首》。“天寒鸿雁满南国，岁晚梅花开故园。客里漫将诗慰藉，遣怀不用酒盈樽。”“他乡作客经时久，沧江买船何日归。堂上慈亲鬓发白，天末故人音信稀”。人虽在黄山漫游，心还悬在故乡。

入冬，陈高携妻儿回故里，经过迂回行程，到温州时却受阻，因吟《自明回温留寓郡城不得遂归田之愿述怀有作》诗。并作《思亲词》：“泪滴东瓯水，思亲欲见难。水流终有尽，儿泪几时干！”字字血泪，令人悲伤。

时，方明善据温州与州守叠构兵，高尝一出而解其难。于是州郡争欲得之，而高终不应。

至正十八年始(1358)高过着归隐的生活“朝看白日出，夜睹明星流，西风木叶下，四壁蛩声愁。”他思考：为了禄仕混饭吃，反增加长辈的担忧，还是“潜栖绝内外，孤坐自吟讴”。毅然作深刻的反省：“独醒众所忌，谗構生戈矛……知几昧前训，省躬思远猷，安得慰天运，吾道方悠悠。”对人生的荣辱观他也作了反省：“贵贱意何为，愚哲各有终。或云树名誉，可以垂无穷。讵知身既设，倏忽犹飘风。……谁能契兹理，吾与访崆峒。”“归来问衡宇，幽情托妍辞。”这在《惩愆》《达观》《题陶渊明归来图》等诗作中都有独醒之见解与体味！

陈高在故里，并非专事饮酒赋诗，而是亲自耕耘栽种，极其关怀农夫疾苦。其西园闲地，高用来引种橦花。一行行橦花，经精心培育，高三尺，“鲜鲜绿叶茂，灿灿金英黄，结实吐秋茧，皎洁如雪霜。及时以收敛，采采动盈筐。缉治入机杼，裁剪为衣裳。御寒类挟纩，老稚免凄凉。”其实这种橦花就是棉花，据说宋末从印度引种到中原。在《种橦花》一诗中，他还针对富贵人家种花卉发出感叹：“豪家植花卉，纷纷被垣墙。于世竟何补，争先玩芬芳。弃取何相异，感物憎惋伤。”昔日机杼声声，如今机声隆隆，苍南县纺织业历来相当发达，陈高之功不可没也。在归稳躬耕的生活中，高见到的是父老们缴不起田赋悲愁的苦脸，听到的是元末盗贼四起的杀声。在高的心中，经世济民之念未减，仍发出“怀居岂余心，时乎复何言”“世间谁是知音者，青眼相看只故人”之叹。

至正二十年(1360)三月，南台监察御史易普剌金、孔汭行部闽广，取道于温州。来到平阳考察学宫，爰拨官田若干亩，归学宫，陈高于是年七月望撰《平阳州儒学增田记》。八月，陈高游莳草湖登东阜观新龙湫。次日同诸友游西濑、旧龙湫。还去看葡萄泉，看到泉喷的水，仿佛秋架上，累累佳实悬”因而为之起了“葡萄泉”的美名。陈高说：“我欲酝为酒，饮之应得仙，勿令濯尘足，污此清且涟”。以上数处，陈高皆有诗。《葡萄泉》就在莳草湖，如今叫莳湖，葡萄泉还在。这里还修了道观，建了寺院，还拟在葡萄泉旁建亭，笔者还偷了陈高《葡萄泉》诗意，撰联曰：“小隐莳湖，泉涌葡萄醒美酒；欣逢盛治，壑观亭阁通灵源。”

至正二十二年(1362)大年初一，陈高辞官归田已经五年，但他济世之念未绝，因而作《元日醉歌》，表达了爱国忧民的情怀。并于四月二十日，上《与张仲举祭酒书》。张仲举就是前文提到的张翥，书中表达：遭时多故，众醉独醒，弃官归田，今五年矣。或徜徉乎山谷之间，或浮游乎江湖之上，任情自适，无所系留。当道者虽欲牵挽而不能羁絷，因自号为不系舟渔……张翥接到此书后，即赋诗《不系舟渔者陈子上自号》以赠。

九月十六日，日出时，慈童因感染寒热疾(或许是恶性虐疾)不幸夭折。陈氏一家人非常悲伤，乡里不少人为其痛惜，“死之日敛以小棺，瘗屋东竹坞上，实平阳(今属苍南)之金舟乡咸道里。”高撰《瘗殇子慈童铭》并作《悼慈童》五言古诗，诗计二十四行，行行血泪，最后四行是“汝魂尚有知，念我当来还。再生为父母，慰兹衰暮年!”

慈童埋葬地就在陈高故居东边隔河陈氏宗祠前面，在小河环绕中有一方略大的野草丛生的于河稍高的草地上，旁彻矮墙，面对故里有一底座颇高的小庙，里面有石灰制的小香炉，似有香灰痕迹。乡里父老叹曰：“不知多少年前，陈公的第二个儿子就葬在这里。”

年华易逝，陈高不觉已经四十九岁了。他咏“浮生近五十，多病老相将。诸事今年懒，闲居白日长。春阴连旧腊，杀气遍遐荒。何日干戈静，乘槎意不忘”此诗题为《浮生》。

至正二十三年(1363)高自郡城回到州南(即现在平阳坡南)，闻已失守，来不及与家人话别，崎岖行二十里至麦城(即今鳌江口北之墨城镇)，雇了一叶渔舟，浮海达安固(今瑞安)。此次仓促逃循，烽火连天，不知何日归来。为了保全妻子与坟墓，高只得委托同乡好友代为照料。特计送书谢泰来，拜托他委曲调护。陈高奔波至玉环。寓居梅坞挚友家，撰《梅湾小隐记》，又作《赵氏书塾记》，又作《重建灵山寿圣寺记》，战乱频繁之秋能重修寺宇，实属难得！入冬，陈高浮海到福建，他为福州城东之东禅报恩光孝寺重建作记。同时《水竹幽居记》遂书于壁。至正二十六年(1366)二月，陈高苦中作乐去罗源县游览。撰《游罗源县莲花山记略》

陈高趁海船，经历浪涛惊险到达山东，他在《竹路叹》诗中说“禽鸟各有巢，我行独无家。蔓草野多露，渺渺天之涯。”“岂无故乡念，兵革政交加。岂无骨肉情，节义乃所嘉。”

在怀庆，陈高谒中书左丞相，河南王库库特穆尔，与其论江南之虚实，陈天下之安危，当何以弭已至之祸，何以消未来之忧。这时，适逢四隘多故，高所陈天下安危之计，未被采用。

但库库知道高的品德才华，欲授以官，加以重用，知非其志，不敢强。怀庆各地士大夫闻高其志，皆愿与友，前来拜望。居数月，高得疾，库库留高在河南，遣名医诊治。高对元朝残局没有寄予幻想，对明军有些将领也看不上眼。既得重病，欲走不能，只得无可奈何地等待，等待……

至正二十七年(1367)八月十八日，陈高卒于怀念寓邸，享年五十有三。丞相遣官致祭，高之同年锁铸经纪其丧。四方之士，咸来参加葬礼，凡自南方来者皆会哭，刚正坚毅、爱国爱民、才华出众的陈高走完了极其坎坷惊险的一生。是月二十日，高葬于怀庆(估计是当今河南省焦作市)城南，葬礼十分哀荣。时有《祭陈子上先生文》。秘书少监揭汯为撰《陈子上先生墓志铭》。铭曰：“志非不在于用世，才非不足以匡时，是何节之苦而遁之肥。果人之为耶？抑天之为耶？”

陈高传世之著作有《陈子上存稿》(后世易名为《不系舟渔集》)。《四库全书总目》对此书做了很高评价，上文还提及。刘绍宽先生在民国《平阳县志》卷三十六《人物志五》后论曰：“吾乡诵宋元先哲，每称林史(即林景熙、史伯璇)，史公诚贤矣。然宋元百年间高节清风，后光辉映，惟霁山、子上。”陈司训葵评二公：“文格不同，而根柢于史经则同；行事不同，而激发于忠义则同。可谓至论。今以子上殿元人物，而凡与子上来往者附焉，亦犹宋人物殿霁山云。”

这次编入《浙江文丛集成》跟上次编入《苍南文献丛书》一样，是以黄群刊印《敬乡楼丛书》之七之《不系舟渔集》为底本。因为这个底本经许多先贤凭多种版本校注。清代杨志林借钞了玉海楼藏写本，原有孙琴西、蕖田、仲容三位校注，并有据杭州丁氏钞本校正之处，杨志林用墨笔备为校录。而平阳亦藏有本集写本，经陈葵、华莱园、吴祈甫校定，刘绍宽为之重校，后更取《永嘉集》内编、《慎江文征》、《东瓯诗集》详为校理，分别著明杨校、刘校，凡是底本的全部保留。点校时还参校了《不系舟渔集》丙寅孟春重刊本，有关史书、地方志以及《苍南碑志》等典籍，不改动原文，以存旧貌。至于编排与文字略有变更，特作如下扼要说明：

《敬乡楼丛书》校印之《不系舟渔集》只分卷，不列篇名。丙寅孟春重刊本在目录中只列卷数、作品形式，亦未列诗文篇名。此次点校重印时分卷、分诗文形式逐一列出篇名，便于查阅。此其一。

置于底本序前之《平阳县志》本传，即《陈高传》是后人加上去的，现移至附录。附录中刘绍宽、黄群二先贤之后记原无标题，现在标题为本书编者所拟加。此其二。

底本全文从右到左行文，竖排，使用规范的繁体字。凡底本原来的脱字或明显错字，都作了校改。参校其他版本有所改动或存疑，在正文夹注中予以说明。此其三。

限于点校者的水平，无论是在校勘或标点规范方面定有某些差错或欠妥处，尚祈方家与读者批评指教。

郑立于二〇一三年岁次癸巳春月于西子湖畔言志楼

序　一

子上陈君既没之十有八年，余过其里，从其子访其遗稿，得诗文总若干首。诗为四言、为五言、为七言、为古、为乐府、为律、为绝，凡若干卷。文为记、为叙、为铭、为赞、为箴、为跋，凡若干首。加铨次焉，厘为若干卷。题曰《陈子上存稿》，俾臧于家。

叙曰：夫所贵乎文辞者，非以言之工而贵之也，当理之言斯贵矣。其言当理，虽其人无足取，君子犹不以人废言，而使之泯没也。况其人若子上者，抗特操于乱世，临患难死生祸福而不易其志，不污其身，可谓贤矣。而其言也，揆诸往哲而有合，传之来世而无愧，可使泯没而无闻乎？此余于其遗稿所以不能已其情也。六艺百氏之言，子上无弗学，而以求道为急，凡诗文未尝苟作，要其归，不当于理者盖鲜矣。

自为举子时，其所作已为流辈推重。金华胡仲申先生以古学名，尝傲视一世人，于文章靳许可，独敬爱子上，而称之曰"能"。其擢进士也，朝之名公巨人，若翰林欧公、太常张公、礼部贡公、御史吴公、助教程公，佥谓子上之文，宜用之朝廷，施之（志作"诸"）典册，相与论（志注云：《爱日精庐藏书志》作"复"）荐之。而子上以亲老，愿取庆元路录事。南还，赴上（志注云：《爱日精庐藏书志》作"任"）未二年，度时不可为，辄自免去。擅兵柄而倔强州郡间者，争欲致子上用之（志注云：《爱日精庐》作"多欲子上用之"），而子上终不为其用。周流东西，所在（志无"所在"二字）常使人不知所至，未尝终月淹也。最后总戎其州者，必欲胁致之。子上遂弃妻子南至于闽，又北至于怀庆。寻以疾卒于怀庆（志无"于怀庆"三字）。既卒，而其文亦无能为收拾者，以故平生所作，存者止此云。

呜呼！得其材于天，成其学于己，不获措诸事业，而徒托之述作，君子之不幸也。至于述作，又多放失，不幸抑何甚耶！籍非子上所操自足以暴于世，则天下之于子上何从而知之？何从而信之？此余之所以重有（志注云：《爱日精庐藏书志》作"为"）慨也。其友谢复元氏，欲率同志镂板以永其传，力虽不逮，而未尝忘之。其（志注云：《爱日精庐藏书志》无"其"字）岂不犹余之情欤？豫章揭先生伯防（志注云：《爱日精庐藏书志》作"伯阳"，误）称子上之文，"上本迂固，下猎诸子；诗上溯汉魏，而齐梁以下弗（志作"勿"）论"。可谓知言矣。复何所庸吾喙哉。

前翰林院编修眉山苏伯衡序。（《永嘉集·外编十三》，无衔名，据《温州经籍志》补）

序　二

予任监察御史时，因嗣居霁山林景熙先生藏修之地，乃为收拾所作诗若干首，所存文若干篇，既锓板以广其传矣。寻升按察副使，便道归省，有乡儒张君明夫、叶君元鼎，各出所藏先正陈子上诗文，告于予曰："子刊行林霁山之集，俾人得以观诵，不惟见林之锦心绣口，吐露其忠肝义胆，抑亦知子之景行先哲，能发其潜德幽光也。且吾邑之继林者，又有陈先生子上，其忠贞狷介，亦非寻常可及；矧其为文，上本迁固，下猎诸子。为诗，上溯汉魏，而齐梁以下勿论。曩者秘书监丞揭公伯防称之如此，人皆以为知言。既而国史编修苏公伯衡访其诗文，放失之外，得若干卷，题曰《存稿》，特为序。而付其友谢复元辈锓梓未就，存者反失。终竟厥事，非子而谁?"予是时本未知先生诗文之详，乃以事冗禄薄为辞。

及阅其所序《近山轩燕集》诗，谓至正十二年四月有八日，会于张思诚之轩，"时孔正夫、吕敬中与高十人，皆能文之士。酒酣，正夫曰：兹集不可无纪。于是分韵赋诗十首"。所谓敬中者，乃予曾伯祖州判府君，在元任行中书省照磨也。又阅其所识：至正癸卯十二月二十七日，自郡城回至州南，闻平阳失守，仓卒同江浙行省都事王铨，夜寻山径，泥涂中崎岖逃遁。所谓铨者，即予曾祖母王安人之父也。由是而观，则知先生与予先世尝有通家之好，存稿之所刊乌得而辞哉？于是具纸墨，命学童一一录出，属眷兄徐君以敬，会友人陈君存谦、张君思广，重加订正，次为卷帙。予则捐俸命工锓板印行，将与海内能诗文之君子共观览之，庶俾先生之文不泯于殁世。若有放失之稿，倘有得者，收缀以为别集，则有望于将来焉！

先生之陈世为平阳金舟乡巨族。讳高，子上其字也。弃家遁世，旅寓他乡，因自号不系舟渔者。凡其出处行实，其详见于苏、揭诸公之序志云。

时成化元年龙集乙酉冬十月吉日，赐进士中宪大夫云南按察司副使同邑后学吕洪书。

卷一　四言古诗

采　兰

采兰采兰，于彼江渚。悠悠我思，在彼山下。
采兰采兰，爰采其杞。我之所思，可与晤语。
采兰采兰，以叶以蕊。以叶以蕊，以赠君子。

汉水赠别也

瞻彼汉水，其流潺湲。之子于迈，言采其兰。嘤嘤好鸟，集于林间。娟娟美人，可以晤言。我思美人，在汉之水。秉心允臧，威仪楚楚。聿求厥德，将子是与。慎尔优游，成尔誉处。南山有玉，琢以为琚。北山有梓，规以为舆。君子好修，始终弗渝。

树风堂

肖（杨校：丁本作宵）貌两间，具人之形。父母遗体，实全其生。鞠育拊复，思莫与京。乾覆坤载，不可以名。相彼乌矣，反哺飞鸣。夫何人斯，而敢忘情。竭力报德，惴惴勿（杨校：丁本作弗）胜。或傒万钟，颐彼馀龄。年岁弗与，日迈月征。譬树欲静，风乃不停。人子之心，曷其自宁？美哉沈君，独怀惕兢。曰予禄仕，将以亲荣。亲以日耄，我志靡成。归筑我室，耕我丘塍。菽水朝夕，其乐则嬴。乌乎沈君，古人是征。养志为大，奚庸三牲。我愿当世，率由以行。

送徐勉之为慈湖书院山长

北风萧萧，冬日荒荒。之子振辔，岁暮有行。子行何之，于甬东乡。维甬东乡，慈溪汤汤。有严先哲，厥庙煌煌。往主其祠，文教以昌。懿彼先哲，其道允臧。如星在汉，耿耿其明。尸而祝之，千载有光。伊世之昧，如瞽伥伥。乃多其歧，而亡其羊。孰法孰师，以祛其盲。嗟嗟遗文，湮郁勿扬。之子之往，春秋荐飨。翩翩佩琚，来游来翔。之子之往，淑其俊良。蔚彼鸣凤，宜集高岗。朝戢其羽，而下于伤。维屈乃伸，有弛必张。善尔令闻，终履康庄。高也作诗，其言匪狂。式慰子怀，于以送将。

息庵为孔鲁茂先生赋

维山之阿，幽幽其室。有美君子，爰息而逸。其息伊何，为美实多。以寝以兴，以居靡他。翛然忘世，匪遁而逝。时止则止，聊以舒憩。昔游而驱，今息我车。昔仕而趋，今息我躯。我息我交，我友日远。我息我心，我虑斯遣。庸庶劳生，我息无营。群愚逐逐，我息乃宁。涧有鸣泉，榈有啼鸟。我息而听，达（杨校：孙琴西先生云：当作违。刘校一作远）彼胶扰。庭有嘉树，岩有停云。我息而观，谢彼纷纭。坐则怡怡，卧则熙熙。如丸在区，如水不波。息而弗息，中为物役。息焉而息，息乃真得。人耄弗息，我息未耄。在古贤达，或与同好。行者止荫，倦翼知还。于兹息焉，永矢弗谖。

卷二　骚体诗

南有山思友生也

南有山，高惟虚矣。其上伊石，不可以舆兮。念子之远，莫我愉兮。南有水，清维流矣。其泮伊陆，不可以舟兮。念子之远，莫我俦兮。盲风凄凄，卉木病瘁。我行吴会，曷其底居。二三君子，眷我寡类。勉进厥德，终始令誉。

题兰竹

怀美人兮南浦，倚疏篁兮愁予。佩嘉言兮同心，期岁寒兮容与。

思远寄诸友生三首

水之广兮，不可以涉。舟则可航兮，我舟无楫。伐木为楫兮，孰与操？我思我友兮，心焉忉忉。

路之修兮，不可以徒。车则可载兮，我车无舆。伐木为舆兮，孰与驾？我思我友兮，不忘晨夜。

翼于风兮，害从以飞。鲜（杨校：孙仲容先生云：疑当作鳞）于湍兮，害群以随。我远我友兮，我友我思。我思我友兮，我友不知。

菊颂为易尚贤赋

爰有嘉卉，所性贞兮。乾刚坤柔，中禀精兮。绿叶蓁蓁，丛而不蔓兮。厥花伊何，金英粲兮。烨其婉娩，怀正色兮。幽淡清绝，香可服兮。媚于晚节，守志俟命兮。蹇兹孤高，不可动摇兮。吁嗟人兮，莫尔知兮。说间弃正，夫何疑兮。遁世无闷，圣所韪兮。彼美君子，其德可与比兮。

题道原所作墨兰蕙四首

有草维兰兮，在彼中阿。上荫幽篁兮，白石峨峨。雪霰交零兮，岁冉冉其几何？百卉憔悴兮，为忧孔多。呜乎保此贞节兮，其心靡他。

兰之花兮，有苾其馨。兰之叶兮，其色青青。嗟兰之生兮，独耿介而幽贞。我思古人兮，言掇其英。

有草维蕙兮，生于林坳。与荃为类兮，与兰为曹。萧艾离群兮，不复混淆。其敢自弃兮，化而为茅！

蕙之花兮，丛生而馤。惠之叶兮，可纫以佩。揽芳菲兮，勿使芜秽。鹈鴂鸣兮，不遐有害。我思灵修兮，岁月其迈。

卷三　五言古诗

寓兴二首

入山采琼瑶，云深白石坚。琼瑶不可采，中心抱悁悁。悁悁思美人，青青见芳草。芳草在空山，美人隔长道。

种花种兰蕙，取士取君子。萧艾不馨香，小人混臧否。如何此芳草，零落在山林。古人不可见，悠悠伤我心。

闲居四首

今岁厌羁旅，归来田里间。栖迟涉春夏，居幽心自闲。远市绝喧啾，闭门谢衣冠。无营免虑外(《东瓯诗集》作外虑)，守拙非怀安。晨兴微雨霁，课仆往西园。嘉蔬摘翠叶，时果收朱丸。何能谋生理，聊用致盘餐。

近舍数亩田，深耕艺黍稷。黍稷日以茂，青青满阡陌。锄耘去稂莠，经营待秋穑。农事果艰辛，劳(《东瓯诗集》作谋)生念衣食。虽有服力勤，庶(《东瓯诗集》作未》免饥寒迫。丰岁或可期，优游度朝夕。

暇日过南邻，田父喜(杨校：丁本作嘉)余至。为余具酒浆，坐间杂老稚。苦言无肴馐，但有园蔬味。草率见真情，酬酢感深意。白日忽已暮，颓然竟成醉。所遇聊足欢，何暇计馀事。

陶潜冲旷士，弃官乐田园。于世百无营，惟爱浊酒樽。乘化知委运，赋诗多达言。我今解簪绂，归来分所安。荷锄开荒径，种菊叶已繁。佳晨步幽陇，永日憩衡门。前修讵敢企？庶以避时喧。

出门

出门寻微径，独行绕荒村。荒村居人少，草屋畎亩间。鸡犬隐深竹，桑麻被长园。方春农事兴，耕者日已繁。锄耘愧力弱，讵知衣食原。入山虎狼怒，涉海波涛翻。徘徊奚所适，顾瞻生永叹。抱拙守闾里，白日如流丸。念(杨校：丁本作今)昔贤与哲，栖栖不遑安。怀居岂余心，时乎复何言。

扫室

日日扫居室，既扫尘复生。性癖颇爱净，去尘心乃清。居闲虽少事，处世岂无营。弱子在襁褓，几时堪使令？蹉跎叹光景，困守限户庭。非无四方志，边隅未休兵。遥闻官军出，尽毁徐州城。朱门与碧牖，回首成榛荆。江淮及闽越，寇盗之所经。人民苟全活，奔走不得宁。睠兹蓬庐下，栖迟聊慰情。但当勤洒扫，读书饱藜羹。万事委天运，何必求荣名。

送竺上人归狼山

飞云无定迹，有时亦还山。飘飘方外侣，倦游终念安。晨兴振衣袂，登舟溯江湍。适意且归休，及此岁未阑。狼山近淮楚，中有屋数间。燕坐古树阴，濯足沧波寒。时招白鸥鸟，永日共幽闲。

戊戌新岁感怀二首

青青庭前柏，晴日照颜色。枝间巢众禽，朝去暮来息。中有乌尾乌，能生反哺雏。新岁忆慈母，独立意踌躇。

北风吹江树，冉冉江云度。隔江山岭高，云行过山去。野鸟逐云飞，力尽不能随。新年忆亲友，极目望天涯。

晚归

西崦日初没，远树生夕阴。晚步草露湿，独归松径深。入室载言笑，稚子牵衣襟。尊中有浊醪，可以酌复斟。坐来窗牖白，佳月出东林。幽情寄觞咏，适意忘华簪。自得闲居理，宁忧外患侵。

雨中有怀李申伯杨彦祥二文友

幽室隐几卧，觉来闻雨声。开窗土痕湿，井边春草生。旅寓惜芳草，闲居抱幽情。美人期不至，谁与共持觥。相思巷南北，如隔万里城。

客吴中咏怀三首

岁暮旅怀深，忧思怨宵永。谋生计何拙，悠悠去乡井。百为无一成，壮志欲灰冷。寄形天地间，冉冉度光景。青年讵长留，绿发变俄顷。感叹起中夜，危坐心耿耿。幽窗寂无声，明月照孤影。

慈竹冬生笋，内芘知其因。而我为人子，乃独远其亲。亲年迫衰暮，问安乖昏晨。当门惟弱子，耕稼服力勤。瘠土所入薄，何以奉甘珍。负米愧前哲，漂梗惭一身。忧心奚所托，仰视南飞云。

弱质难任重，晚学终寡得。努力希前修，驽马追骥迹。羁旅既荒芜，衰老况侵迫。为人生世间，所贵能有植。倏焉同物腐，岂不深可惕。刮摩赖友生，庶几成令德。群居以游谈，于我竟何益。矢心同苦志（杨校：孙仲容先生云，丁本作苦同志，疑非。刘校：一本作告同志），愿言慰昕夕。

山居

避喧林下居，抱病山中卧。家贫酒屡空，性懒诗慵课。禽声隔树啼（《东瓯诗集》作隔林鸣），云影当窗过。独有采薪人，时来慰衰惰。

迁居

迁居城南村，幽情意所适。室庐颇虚敞，结构自畴昔。倒（杨校：孙仲容先生云：倒疑列）桧护周垣，修竹荫奇石。涓涓井泉清，蔼蔼檐云白。去郭二三里，迥与嚣尘隔。于兹载寝兴，朝暮靡所迫。读书南窗下，奉食老亲侧。褰裾戏童稚，煮茗待宾客。身闲贫亦佳，机忘心已寂。旋种园中蔬，春叶庶堪摘。时危幸安处，生理宁复识。虽非旷达夫，玩世聊自得。

过俞岭

刘山行已过，俞岭仍崄巇。木桥度水滑，石径临涧危。举目惟层峰，俯首不敢窥。道逢荷担者，相问各言疲。嗟予亦何事，跋涉无已时。去年此登陟（杨校：原作涉，依孙仲容先生校改），今日复来兹。行役岂吾愿，倚门无乃思。人生宇宙中，劳逸谁所为。既云有形累，焉能息驱驰。

泊馆头步

朝发芳林岭，夜依馆头泊。伏兹跋涉劳，怀哉田园乐。生理苦艰难，归耕叹悠邈。贫窭何足忧，甘旨焉所托。栖栖道路中，素心负丘壑。行年三十馀，齿牙半摇落。良由筋骨疲，岂但质衰弱。忧思耿不寐，起观众星白。群鸡鸣江皋，已复戒行客。

夜泊临平山下有怀衍道原上人

泊舟临平下，月出湖水白。村虚警群吠，风林振伏翼。游子多愁思，仆夫倦行役。开樽欲自醉，对酒不能食。缅怀吴中游，讵念飘梗迹。衍公与我谐，交谊比金石。别来遥相望，何以慰岑寂。暂营东归棹，即理西征屐。

岁首自广陵入高邮舟中作

北风吹湖水，远行当岁徂。孤舟无同人，相依唯仆夫。遥睇高邮城，仿佛十里馀。落日去地远，飞雁与云俱。悠悠思故乡，邈在天南隅。慈亲倚门望，我身犹道途。羁旅岂足恤，但念骨肉疏。何当脱行路，归卧山中庐。

己丑岁元正二日发高邮

昨日初献岁，今晨发高邮。飘蓬无节序，此身真若浮。晴日照野水，好风顺行舟。舟人为予祝，新年无百忧。自笑道路中，奔走何时休。朝为吴乡客，暮向淮楚游。安居岂不愿，况乃非人谋。乾坤无终极，江海成淹留。仰首视黄鹄，奋翅何悠悠。

晚步

雨霁野色净，杖策步残阳。度桥寻幽径，沿溪绕西庄。陇麦生微秀，篱菊散清香。行吟来复往，零露忽沾裳。

近山轩燕集

至正十二年夏四月八日，会于张思诚之近山轩。时孔君正夫方自吴回，曾伯大、陈德华、徐德显、金士名、吕敬中、卢文威、郑子敬咸在，而高亦与焉，皆能文之士。酒酣，正夫言曰："兹集也，不可以无纪。"乃命赋诗，分韵取陶渊明"孟夏草木长，绕屋树扶疏"之句，凡为诗十首。乌乎！朋友会合而欢宴咏歌，亦古人之所重也。然平居无事，时而接杯觞、弄笔墨，此特文人才士之常耳。当兹海内用武之日，而吾与诸君居左邑下州，得以恬然安处，相与饮酒赋诗为乐，岂非幸欤？夫乐而不知其乐者，众人之情也。乐焉而不以文者，荒于乐者也。今也乐其乐而必以文，亦可谓不失其正矣。叙而录之，所以不忘也。

幽轩近青山，层檐荫高木。兹晨天气佳，凉雨破袢燠。鸣蝉度新声，丛蕙散余馥。几席具陈列，笾豆进殽蔌。故人吴中归，举酒喜相属。微酣各忘形，起坐命棋局。好乐初匪荒，笑语胜丝竹。人生百年内，光景犹转毂。况当艰虞际，欢会情愈笃。酒阑复何言，长歌紫芝曲。

青枫岭王贞妇祠

峨峨青枫岭，其下溪流驶。昔年王贞妇，抱节向兹委。妇本家赤城，从夫誓终始。国破罹百忧，囚奴隶戎士。何哉千夫将，悦色思配己。良人被杀戮，祸延舅姑氏。残生虽无依，大义安敢毁。一死诚不难，执缚未有以。诡词告军将，妾岂负君子。苟妾能事夫，事君亦如此。听妾衰绖除，终当侍床第。军将闻兹言，防虞稍为驰。行行至斯地，四顾行且止。悲风满秋山，落日啼青兕。矢诗写我心，书石啮我指。精诚动灵祇，血染石为紫。跃入千仞渊，魂飞魄沈水。至今立祠庙，镌珉著哀诔。生怀贞淑姿，死为节义鬼。我来抚遗迹，泪下不能已。因悲丈夫子，食禄昧廉耻。堂堂襄淮帅（杨校：原作师，依孙仲容先生校改），授城犹弃屣。视此宁不愧，生存孰如死。呜呼千载下，风化赖纲纪。

途中遇雨

出郭天始晴，人郊雨仍洒。农夫且怨咨，况我行道者。前途上修岭，四顾迷广野。登涉极烦倦，幽思何能写。躯体父母遗，非敢并牛马。立身苦未遂，劳形亦天假。岂无旧田庐、隐居事耕稼。垂钓清水滨，读书茂林下。岁晚成斯愿，今兹未遑暇。

感寓二首

慈乌在巢时，相依子与母。因风出巢去，顾影独千里。千里何悠悠，天高露如水。乌飞还故枝，游子悲别离。

中原有高山，槛泉其出隅。涓涓人溪涧，所性良已殊。奔走无日夜，东去趋尾闾。逝水无回波，少壮能几时（杨校：原作何，据丁本改）。

过冯公岭

绝壁倚霄汉，千峰势如驰。何年五丁士，凿石连天梯。萦纡不可上，仿佛登峨眉。白石啮我足，霜风吹我衣。前途正迢递，我已筋力疲。寒花道傍开，幽鸟林间啼。彷徨俯自慰，少憩日已西。浮生浪奔走，困踣胡尔为。他年履坦道，慎勿忘崄（杨校：丁本作险）巇。

感兴二十五首

自汉以来，五言之作多矣。其善者，大抵皆直致无华饰之词。简淡而意味深远。下是则雕镂绮靡，不出乎风云月露花草禽鱼之间，而理趣蔑如也。昔唐陈拾遗尝作《感遇》诗，词格高古，而新安朱子，则病其淫于仙佛怪妄之说。故朱子《斋居感兴》之作，乃一寓于理，扶树道教，而辞之要妙，特其馀尔，殆未易于古今诗人律之也。予客居无事，读书馀暇，操觚染翰，适意于诗，得二十五首。亦命之曰感兴。率皆托兴成章，鄙俚无文，固不敢窥作者之藩篱而视朱夫子之扶树道教者，又何敢望？独于陈古道今，引物比类，意在惩劝，不习于雕镂，而不沦于怪妄，则庶几其万一哉（杨校：丁本作焉），或可以俟观民风者之采择云尔。

混沌既分裂，乾坤遂开陈。九重不可测、八纮渺无垠。遥思天地先，一气应絪缊。自从开辟来，不知几千春。太朴一以散，智巧方纷纭。至化日销荡，谁能反其淳。我将遗斯世，泰初与为邻。

两仪辨清浊，万物纷回互。斡旋造化机，岂不以理故。无形焉有象，仿佛随所寓。太极只强名，驾说无乃固。谁能穷其源，逝与游元圃（杨校：原作园，丁本作圃。孙仲容先生云当作素）。

茫茫上古初，斯人若麋鹿。野处食猩猩，虎狼共驰逐。皇天降神圣，为氓去荼毒。羲农与轩辕，奋起相接足。乘马穿奔牛，揉耒种嘉谷。皮毛作衣裳，巢穴变庐屋。元功被万世，蚩蚩遂生育。古来无圣人，吾其久鱼肉。

唐虞邈以远，禹汤亦悠悠。周辙一东狩，王纲遂漂流。春秋更五霸，日日寻戈矛。陵夷逮七国，斯民益无聊。战血满沟堑，杀星入云霄。商君佐嬴秦，变法开田畴。积强至六世，虎视吞诸侯。宰割天下地，郡县罗九州。焚书任法律，儒士咸虔刘。汉皇起丰沛，三尺诛民雠。开基四百年，烈烈壮鸿（杨校：丁本作雄）猷。惜哉英明主，不学遗远谋。一时缯（杨校：原作儈，据丁本改。孙仲容先生云：缯狗谓贩缯屠狗之辈）狗徒，赞业非伊周。遂使皇王政，废堕不复修。此机一以失，馀恨空千秋。

孔孟起衰世，栖栖走诸国。一身葬丘墟，斯文寄方册。渊然洙泗流，浩若江海泽。伊人一以远，异端日滋息。诱民犹埙篪，奇言胜杨墨。亡羊多歧径，周道长荆棘。举世酲既深，何以挽沈溺。上帝司民政，而乃相淫慝。天意尚如兹，滔滔谁与易。

昆仑几千仞，王母当中居。缥缈三神山，尽宿飞仙徒。粲琼以为粮，鞭虬以为舆。寿命等天地，出入乘空虚。此事古相传，不知真有无？但伤世迫阨，百岁犹须臾。之人果可见，吾欲膏吾车。

有生必有死，芸芸归其根。灵魄既入土，何所藏吾魂？世愚不晓事，妄说相循环。人物互变幻，形散神独存。死生信如此，有身乃夤（杨校：丁本作寅）缘。不用男女构，躯体应自完。兹理至昭晰，可与智者论。

羲和鞭灵车，去去一何速。乍见升扶桑，俄然次蒙谷。光阴既如许，人世诚局促。胡为有限身，乃遂无涯欲。夸父矜其能，走远不知复。至今西海上，青青邓林木。

策马吴城西，揽辔姑苏台。寒林噪（杨校：原作散，据丁本改）乌雀，故址丛蒿莱。登高忽悽怆，怀古思悠哉。夫差藉世烈，起土殚民财。曲木构华馆，离宫蔽层崖。娇娆醉越女，歌舞环吴娃。观乐方未毕，争霸心已灰。不须百岁后，已见麋鹿来。兴亡虽古有，穷欲乃先摧。覆车不自戒，长使后人哀。

青山或可移，白石尚可转。志士怀古（杨校：丁本作苦）心，九死不愿（刘校：《元诗选》作顾）返。首阳饿仁贤，至今激贪懦。汨罗沉楚累，千载悲忠（杨校：原作愁，据《元诗选》改）蹇。人生谁不死，身没名贵显。胡为草玄人，美新思苟免。

楚人废醴酒，穆生不复留。申公睠（杨校：丁本作眷）恩德，终为楚市囚。保身贵明哲，知几谅寡尤。后来贤达士，谁能继前修。

豪家列华第，被（杨校：原作披，据《元诗选》改）金饭珠玉。茅屋耕田夫，衣食常不足。均为羲皇民，胡焉（《东瓯诗集》作为）异荣辱。远怀雍熙世，宁复有兹俗。谁与开井田，吾思食其肉。

乾坤奠高卑，设位终不易。圣人定民志，贵贱有常式。云胡世道衰，习俗长奸慝。舆台百金裘，氓贾八珍食。贾生久不作，谁为长太息。

缥缈浮图宫，俨若王者居。列徒二三千，僮仆数百馀。饱食被纨素，安坐谈空虚。秋来入租税，鞭扑耕田夫。不恤终岁苦，征求尽锱铢。野人不敢怒，泣涕长欷歔。

五侯佳子弟，弱冠乃高举。承籍阀阅功，官爵纡青紫。五马跃春华，一麾守王土。诛求肆贪狼，立威严箠楚。斯民天所眷，视之如草屦。置官择贤才，兹事由来古。君看龚与黄，何尝有门户。

边城将家子，十岁承华胄。腰悬金虎符，万夫拥前后。上马未胜甲，引彎犹脱肘。日日驱官军，指麾纵鹰狗。生当太平世，无复事争斗。天家赐高爵，膂力吾何有。但问祖父资，莫问能事否。

客从北方来，少年美容颜。绣衣白玉带，骏马黄金鞍。捧鞭揖豪右，意气轻丘山。自云金张（杨校：原作章，据《元诗选》改）胄，祖父皆朱幡。不用识文字，二十为高官。市人共咨嗟，夹道纷（杨校：原作分，据《元诗选》改）骈观。如何穷巷士，埋首书卷间。年年去射策，临老犹儒冠。

步出城门道，忽见群驰车。车中何所有，文贝光陆离。美娃载后乘，销金灿裳衣。问之何如人，云是官满归。闻者交叹息，清名复奚为。

水生隋侯珠，山出和氏璧。隋珠光照乘，和璧白盈尺。举世以为宝，连城售其直。寒者不可衣，饥者不可食。珠璧之所存，暮夜寻戈戟。所以君子人，其宝（杨校：原作实，据丁本改）在乎德。

淳风变浇漓，薄俗废直道。吴女事新妆，入宫擅华姣。中心苟不美，颜色有何好。朝来枝上花，日暮萎芳草。怀哉空谷人，贞洁以终老。

大江日以东，曜灵日以西。在世阅光景，倏忽流驹驰。繁花向春开，落叶迎秋飞。荣枯有常理，人生犹若兹。愚夫昧远识，荒淫速其疲。诞者蕲神仙，不死今有谁？何如安吾分，委顺以从时。

丈夫重意气，不为儿女悲。得丧如浮云，戚戚竟何为？君看松与柏，岁寒青不移。槐柳遇霜露，憔悴无光辉。怀哉古之人，永与今世违。

东风二三月，桃李满名园。乘时得其所，独受阳和恩。英英篱间菊，开花当岁寒。已无雨露滋，兼有风霜患。君子力为善，穷达宁复论。纷纷竞炎热，得意何足言。

明明空中月，浮云能蔽之。我心忽不乐，清夜有所思。古人既云远，古道日已非。后生采春华，举世吾谁归。飘风飒然至，吹我裳与衣。恨无双飞翼，远逝凌风飞。伤感复奋激，沉吟以徘徊。

悲风西北来，树木声萧萧。蟋蟀鸣四壁，鸿雁飞层霄。时光忽已异，四序如更徭。人生无百年，转瞩朱颜凋。胡不崇明德，早使勋业昭。空悲千载下，身死名寂寥。

喜闻友人来访

遁迹向荒郊，客身如絷维。良朋不我顾，出门何所之。故人汉水上，悠悠每怀思。惠来忽有约，风雨无愆期。终夜喜不寐，天明起披衣。命仆扫斋室，拂拭床与帷。临河望舟楫，行道想（杨校：原作相，据丁本改）逶迟（杨校：原作迤，据丁本改）。我有一樽酒，酒味甘如饴。久藏待君至，盥爵共君酾。饮酒岂足贵，真情良在兹。

送钱思复二首

雨晴春正佳，潮生日初上。出郭送归人，江皋击（杨校：丁本作系）兰桨。之子文章彦，儒职困羁鞅。三年留海邦，声名动官长。故乡忽在念，束书遂长往。上官再三留，终焉不可强。白云绕孤屿，晴烟连雁荡。东风花满城，好鸟鸣三两。子去我独居，幽景负心赏。

见面方喜熟，离别苦多情。人生倏聚散，犹如无根萍。我从湖海归，眷眷求友生。子昔尚淹留，今朝舍我行。白驹不可絷，何以能合并。春江波濯濯，猗兰叶青青。采兰江之浒，与子结同盟。岂无桃李园，所贵在芳馨。愿子勿捐弃，岁晏保幽贞。

送陆有章分题得巽山

巽山如层台，积翠俯城郭。古木秀松楮，玄宫(杨校：原作鸟，据丁本改)隐楼阁。雨散飞素云，风静语丹鹤。游人日跻攀，杖屦相绎络。陆郎吴中来，雅志好丘壑。哦诗松间题，携酒石上酌。我性亦爱山，方期结幽约。兹焉送子去，登陟惨不乐。远别已伤怀，真境况寥落。伫立睇大江，孤舟人冥邈。

汪节妇诗三首

彼美汪家妇，早年丧其夫。茕茕抱弱女，上堂奉舅姑。舅姑深见怜，问妇意何如？凛然秉大义，之死矢勿渝。托身事良人，岂为存殁殊。宁持如花颜，甘随秋草枯。夫妇关风化，自古有孀居。

采杞南山下，杞实何离离。从夫未有子，夫死身曷依。旁人苦相劝，恳恳甘言辞。自惟失所天，一身将事谁。伶仃奚足恤，但恐节义亏。白石尚可转，圭璧有瑕疵。此心犹松柏，岁晏终不移。

烈女无遗志，兹事今罕闻。风俗日以降，朝寡暮求姻。寥寥幽谷中，乃有如斯人。二十守孤帏，白首良苦辛。旌表未及门，敢劳使者勤。孀居宁有为，风励岂无因。我歌节妇诗，庶以敦彝伦。

寒江分韵

冬雨昨收(刘校：一作夜)霁，落日江水寒。天影浸澄碧，霜风动微澜。飞来白鸥净，点点下江干。更无垂钓者，独立纵遐观。

观稼

观稼往西郊，徐步循畎浍。离离实方坚，或或叶仍茂。翠浪翻风动，绿云连野霭(杨校：丁本作蔼)。稂莠亦尽除，螟螽幸无害。功虽人力成，根由甘雨大。丰年在今兹，一饱已堪赖。

瓜园(杨校：丁本作图)

园瓜有秋实，引蔓亦已长。蔓长实自大，甘美仍内藏。可以解袢热，入口心清凉。底言奉玉食，未许他人尝。

送朱惟敬奉使还京十首

南风吹海水，白浪高如山。张帆引大舸，千里瞬息间。纷纷南来使，多从海上还。早晚至京邑，复命趋朝班。

桓桓朱将军，丞相所论（杨校：丁本作抡）择。才过千人俊，勇为百夫特。征兵来海东，泛舟返燕北。观其磊落怀，终当献奇绩。

重臣居省台，铨衡握清选。州郡富官僚，将帅岂疏远。君胡招不留，得非厌轩冕。麒麟使可羁，夫岂异羊犬。

将军有双剑，吐气光如虹。元是龙所化，一雌与一雄。指挥走妖魅，奋击生秋风。何时用神武，与国成殊功。

盗贼起襄颍，延蔓梗江淮。征伐六七载，道途犹未开。孰为豪杰士，首义罗群材。共成中兴业，纪功于云台。

昔在有虞氏，修文格三苗。孰知荷戈甲，敌忾眦清朝。行师不负粮，出没如风飘。寄语山西将，功高无自骄。

吴郡甲天下，城郭何崇崇。仓粟数百万，惜哉饱群凶。诸将未平贼，朝廷已论功。将军有深计，何不觅侯封。

庸医疾多死，扁鹊废居闲。群工毁大木，巧匠在傍观。追奔策驽蹇，击隼舍鹰鹯。嗟哉朱将军，怀才空自怜。

新垣欲帝秦，鲁连思蹈海（杨校：原作蹈东海，据丁本改）。片言解群纷，高风凛千载。自古有豪雄，而今竟安在。君去当努力，吾将逐樵采。

离别最伤怀，况兹风尘际。日日送行人，为君独增慨。浮云多北飞，江流向东逝。执手溯青天，英雄岂终滞。

留别诸友分韵得日字

寒色满大江，北风吹落日。停舟别诸彦，中怀抱湮郁。夤缘结金兰，深固比胶漆。佳会不可常，岁晏政寥栗。居者成淹留，行者念家室。分携在俄顷，东西永相失。俯视流波去，仰看飞鸟疾。人生如浮萍，乾坤渺萧瑟。

因彭仲愈归江东寄屠彦德得东字

岁暮送舟行（刘校：一作行舟），忧心郁忡忡。因怀平生友，寂寥青山中。岂意松柏姿，乃在樗栎丛。经年羁旅别，千里梦寐通。边城多鼓鼙，志士忧世同。剧谈念终夕，道远无由逢。浮云随风至，江水日夜东。思君何时来，搔首望飞鸿。

题画

天高白露下，空山秋寂寥。寻真入谷口，幽景如见招。白石可砺齿，古木堪悬瓢。为爱琅玕净，不知归路遥。

送董仲仁

我归自京师，万事成懒拙。栖迟衡门下，不出动经月。非厌漫浪游，时事与曩别。世路多荆（杨校：丁本作榛）棘，盗贼殊未灭。淮泗天涨尘，汝颍地流血。元戎统貔貅，冬夏犹薄伐。征需遍郡邑，供亿到贫乏。百物价腾涌，贵籴珠玑埒。持钱入墟（杨校：原作虚，据丁本改）市，所索每空缺。如无三月聚，讵免粮糗绝。斯时为羁旅，章甫适诸越。壮哉董氏子，出门志轩豁。誓览山水奇，径往度西浙。嗟我肩暂息，羡子兴莫遏。作诗送远行，极目江海阔。

村居

村居远城郭，来往无杂宾。读书茅屋下，无营存道真。羹藜饭脱粟，聊以度昏晨。自予入京华，归来属风尘。州里经变改，亲旧多漂沦。安全亦以幸，荒僻讵敢嗔。娟娟东园竹，冉冉南山云。虚檐噪乾鹊，方池跃游鳞。闲观契心赏，静处与物亲。明年系官守，怀此梦应频。

送吴有齐提举台州医局

崭崭天台山，玉立东海湄。芝草生其阿，碧色甘如饴。昔年刘阮辈，采之疗长饥。丘陵变深谷，宁复思来归。神仙竟何事，绝物只自怡。今君捧檄去，遥与猿鹤期。优游百僚底，白日和天倪。山中固云乐，民瘼当惓（杨校：丁本作“眷”）思。

寓真华玄馆

性本爱丘壑，宦游违素心。所寓得幽胜，亦足散衿襟。娟娟泉石净，幽幽松竹深。晴旭破岚影，层云结崖阴。谁信居城市，有此佳山林。虚旷情以适，冲寂道所任。持觞玩嘉卉，欹枕听鸣禽，匡时若无策，于世且浮沈。

渡沂

昨日发河阳，今晨渡沂水。驱车远行迈，计程行未已。旷野人烟稀，朔风尘沙起。萧条岁华暮，惨淡日色死。悠悠望京国，悒悒念乡里。功名亦何为，行役信劳止。乃知达道人，不慕外荣美。守真始全天，徇物固忘己。春风舞雩乐，怀哉曾氏子。

游白云山

青山引幽兴，携朋来游歌。攀援径边树，逶迤上陂（杨校：丁本作“坡”）池。

山空林无鸟，天阔北风多。黄菊馀秋英，红叶辞霜柯。入深得禅宇，结构依岩阿。幽僧具茗馔，似喜人相过。淹留竟日暮，谈笑仍娑婆。人生苦物役，适意能几何。乘闲数登眺，勿用悲蹉跎。

怡云轩为茂上人赋

白云非可说，自适静者心。上人依云住，开轩近松林。云生从何来，云归无处寻。霏霏弄光影，霭霭度轻阴。含风乍承宇。散空俄作霖。终日览变态，不知饥渴侵。至乐得冥契，宴坐豁冲襟。于云岂有意，寓物随所任。真趣只自解，欲言遂成瘖。傍人有问者，微笑抚瑶琴。

赠医者俞明远

俞君昔儒冠，读书四明下。简册时钻窥，词章昼挥洒，若厌功效迟，迂缓世所舍。闭门习方伎(杨校：原作“技”据丁本改)，探赜非苟且。贯穿岐黄篇，出入卢扁冶。业成无全牛，开户应求者。投剂始下咽，愈疾犹解瓦。活人术有神，利物功岂寡。声名在公卿，邀请致舆马。养生理自足，出游贵不假。移家九龙山，泉石趣仍雅。寻山登嵌岑，采术瞰幽间(刘校：一本作“问”)。予药或焚券，种杏当满野。吾衰苦多病，坐久痿及胯。肌肤日已枯，颜色何由赭。刀圭倘可分，相依作邻社。

青田山房为刘养愚赋

幽幽青田山，积翠高千寻。大溪经其南，白云在山阴。下有隐者居，卜筑邃以深。开门面石壁，结构依松林。墙古薜荔长，砌闲苔藓侵。檐间戏驯鹿，户外鸣幽禽。花卉春佳冶，竹木夏萧森。秋宵月照牖，冬晨雪明岑。尘坌讵能到，车马绝过临。其中何所有，乃有书与琴。逍遥足忘世，俯仰可娱心。酒熟聊自醉，兴来时独吟。永谢城市喧，何用怀缨簪。

荼蘼花下宴集时以古人诗莫道春归有遗恨典刑犹在此杯中为韵分得典字

名花开雨中，幽姿媚春晚。纷披被高榭，的皪映林苑。白玉巧雕镂，缟素孰裁剪。韶华良在兹，红紫况已鲜。忍看落晴雪，清芬委苔藓。邻酒尚可呼，春衣讵辞典。欢焉集佳友，坐席傍花展。折枝插瓶罐，摘蕊泛杯盏。娱情咏诗章，入耳谢竽阮。念兹时事艰，日闻报兵燹。东溟舞蛟鼍，中州啸豺犬。征伐劳将帅，奔走困冠冕。吾徒布衣士，忧患聊喜免。且尽花下乐，亦足慰屯蹇。

游鸣山寺

久闻鸣山佳，近郭青可盼。烟霞屡有期，杖屦未能办。兹晨动佳兴，勇往赎前慢。同行八九人，亦有总角丱。穿林入小蹊，越水闯危栈。维时冬十月，北风岁将晏。清芬兰菊在，秀色松竹间。枫叶黄欲落，杞实红始绽。石罅鸣寒蛩，峰顶度鸣雁。玩览亦足欣，登陟仍喜惯。岩根古招提，殿宇瞰溪涧。粉壁苔藓蚀，虚室鼯鼠眴。因观真境空，愈悟浮生幻。坚固非椿松，逍遥等鹏鷃。此身堕尘网，何日逃世患。忏悔始自今，往者不可谏！

登苍岘岭

（杨校："岭"字下，丁本有"分韵得玉字"五字）

平时爱游览，客居苦局促。闲携青藜杖，步绕山之麓。峨峨苍岘岭，跻攀信吾足。苔滑石崎岖，林深径纡曲。勇往指前冈，忍喘出幽谷。西日映衰草，朔风振枯木。玄蝉寂无声，饥鼯走相逐。朱实垂枸杞，黄花吐寒菊。徙倚憩岩端，顾招友与仆。须臾至绝顶，太湖在我目。白波何茫茫，势与沧海属。北望平野阔，原田布棋局。澄江杯杓小，句容蚁封伏。天地信宽广，吾身渺如粟。因思去年秋，出游壮舆辐。志将渡江河。历览遍坤轴。逶迤陟阳华（刘校：一本作"华阳"），迤逦登涿鹿。蹑云上泰岱，寻仙入王屋。遥观峨嵋（杨校：丁本作"眉"）雪，遂采昆仑玉。属兹时险艰，风尘满平陆。群偷起淮颍，官军向曹濮。淹留经春秋，未遂偿所欲。朝廷尚忧虞，我何怨拘束。回首望南越，华盖倚天绿。草堂俱在下，石田犹可莪。悠然动归兴，何当跨黄鹄。

送彭仲愈归江东

（杨校："东"字下，丁本有"分韵得送字"五字）

平生湖海间，求友亦云众。知君苦恨晚，翩然鸟中凤。论心一语合，结交万金重。去年来吴门，夜宿几回共。春秋谈王霸，功烈卑管仲。诗章频倡和，出语或嘲弄。君才千里骥，奔风勒飞鞚。手持溪子弩，百发靡不中。愧我策驽骀，追逐劳纵送。别离每兴怀，神交屡形梦。关山草木落，雨雪作寒冻。还家有程期，舟楫清晨动。我亦东南归，欢会从此壅。岂不念留处，时节倾酒瓮。风尘起淮颍，干戈满梁宋。萧条羁旅中，日夜成忧恐。鄱阳冬鱼肥，盘餐足朝供。读书待时清，怀才岂无用？深广须渟潴，蓄获在畬种。临分出肺腑，肯为儿女哄。他时遥见思，持此幸吟讽。

庚子八月游荃湖登东阜观新龙湫时同游子白修撰一初上人

适意访林泉，寻幽入山谷。缘崖上嵚㟏，披榛转屈曲。俯首神龙居，万丈阙坤轴。空虚穴玄窦，纵铮溜寒瀑。阴晴变须臾，灵怪闷幽独。穷源倦跻攀，坐憩纵(原书空一字，据丙寅重刊本补上)游目。纤纤石上荃，娟娟涧边竹。飞云渡前冈，鸣禽在高木。于兹得萧散，悠哉远荣辱。任达遗外纷，希真企芳躅。未遂琴高期，且从初平牧。

次日同诸公游西濑旧龙湫

昨日陟东巘，今晨穷西濑。径路稍平夷，岩石亦奇怪。泉源从何来，飞流宛如带。龙居馀旧迹，窟穴分小大。迁徙自何年，讵测神灵会。胡为数变化，无乃厌污秽。至今迩吾室，足迹未尝届。清游因佳朋，景物固有待。又闻石瓮潭，迥出烟霞外。暂归息疲倦，登览明当再。簪缨久已投，丘壑素所爱。于世复何营，逍遥以终岁。

为章以元题扇

章生方少年，蚤负英锐气，凤雏非凡姿，骥子有远志。出言如抽丝，所好在文字。访我容城下，频来见真意。我衰百无能，悒悒处城市。归田违本怀，褰裳挂尘累。时事属多艰，交游叹疏弃。念昔与若翁，敦笃金兰契。斯人不可见，对汝亦颇慰。揉木就方圆，刮镞出锯利。努力事诗书，他年看成器。

濯翠亭为闲屋上人赋

孤亭依山构，松竹环萧森。霖霖(刘校：一本作“霏霏”)洒空翠，翳翳生凉阴。宴坐湛以寂，幽栖窈而深。高人久忘世，于焉冥道心。

葡萄泉

薄游荪草湖，载观葡萄泉。中流涌微沫，何处通灵源。出窍蛟珠迸，浮波鱼目圆。仿佛秋架上，累累佳实悬。象物形有类，托名美斯传。我欲酝为酒，饮之应得仙。勿令濯尘足，污此清且涟。

寓兴

采叶莫采葛，摘花莫摘李。葛叶能庇根，李花能结子。何草不生叶，何树不开花。从君自采摘，不怕损繁华。

征妇怨

征夫出门时，征妇泪垂垂。把酒劝夫饮，执手问归期。归期今已过，更无消息归。朝朝倚楼望，只见雁南飞。

落梅曲

梅花开满枝，无奈晓风吹，风吹花落尽，争似未开时。花开终有落，非关晓风恶，愁杀爱花人，城头复吹角。

商妇吟

嫁夫嫁商贾，重利不重恩。三年南海去，寄信无回言。妾身为妇人，不敢出闺门。缝衣待君返，请君看泪痕。

白纻词

美人裁白纻，制为身上衣。尘垢那能污，霜雪映冰肌。绮罗非不贵，随时变颜色。何如白纻衣，着破丝犹白。

野菊花

野菊生篱下，开花一何迟。晨霜白满野，金英粲离离。幽香空自媚，佳色无人知，不如桃与李，花发正逢时。

题临清亭

幽亭瞰清泚，翠献环嵚岑。涵波阑槛净，绕檐花木深。游鱼弄微影，好鸟度轻音。欢乐酬芳景，欣然会赏心。

题滕王阁图

飞阁临流构，华栋凭虚起。感慨古今同，登眺江山美。词翰依三王，笙歌怀帝子。寂寞千载馀，长天映秋水。

岳阳楼图

巴陵地殊胜，洞庭波渺绵。层楼碧霄上，雕栏绿树边。想像对画图（杨校：丁本作“图画”），游观阻风烟。何由跨黄鹄，凭高望远天。

行路叹

禽鸟各有巢，我行独无家。蔓草野多露，渺渺天之涯。亲识不在傍，四顾长咨嗟。岂无故乡念，兵革政交加。岂无骨肉情，节义乃所嘉。白日照青天，此身庶无瑕。阳林翳柔条，幽蹊破芳葩。芳春各自媚，争妍竞繁华。伫立愈伤感，忧心复如麻。凄凄日将夕，迢迢路方赊。悲风飒然至，满目惊尘沙。

种药轩为孙仲诲赋

层轩构虚敞，隐居山谷深。绕檐种名药，锄理力所任。枸杞生夏苗，芎藭长春阴。绿烟护紫术，翠雨滋玄参。幽香既可爱，灵根亦易寻。养性延寿命，攻疾驱邪淫。活人医国手，济物仁者心。佳卉满园植，彼哉奚足钦！

会徐元彬家食樱桃

含桃初夏熟，繁实缀柔条。映日耀晴午，凝露明初朝。采之青眼眩，粲若朱唇娇。玛瑙照冰碗，骊珠绚红绡。奇姿比闽荔，美味似江珧。佳人玉齿寒，文园书渴消。念我困羁旅，睹物心摇摇。摘鲜想山圃，宠赐怀天朝。兵戈遘屯蹇，身迹双寂寥。主人酷好事，有酒即见招。尝新遍坐客，分甘及垂髫。灵丹入吾口，可弭朱颜凋。从兹化凡骨，遐往随子乔。

读徐君云松小稿二首

雨霁石坛净，幽篁生绿阴。微风东南来，凉气散衣襟。拂苔坐青石，焚香对碧岑。细君新诗咏，朱弦有遗香(香失叶，凝为“音”之误)。

歌诗本情性，风雅何寥寥。去古益以远，众巧竞喧嚣。华木镂虫篆，绿裳剪冰绡。邈哉云松子，孤凤鸣清朝。

长歌行

(杨校:原作“长行歌”，依孙仲容先生校正)

守节岂为名，秉义不顾身。于心苟无愧，毁誉从他人。我生垂白发(杨校:丁本作“发垂白”)，干戈遘邅迍。衡门久栖遁，故土俄湮沦。鸟逝辞旧巢，鱼游避丝缗。但知君臣义，宁论骨肉亲。行道靡朝夕，知我唯苍旻。王师在河上，四野犹战尘。南征一何缓，忠愤奚由信。仰看双飞翼，涕泗沾衣巾。

送孔州判得代归乡

出仕本行志，去官岂沽名。进退古所重，礼让以为荣。孔均受代归，挽留车不停。白驹何皎皎，飞鸿独冥冥。南山有丛桂，东篱粲黄英。念我久辞禄，迟子结同盟。

惩忿

生晚搆屯蹇，性直离祸尤。禄仕以为养，反贻父母忧。一身被兹累，惩忿岂无由。末才任冗职，奔走内恒羞。斯民困疮痏，鞭挞忍诛求。缓刑志抚字，厉节怀清修。独醒众所忌，谗搆生戈矛。夐然空屋中，经月成淹留。潜栖绝内外，孤坐自吟讴。朝看白日出，夜睹明星流。西风木叶下，四壁蛩声愁。感兹时物变，萧条悲素秋。念昔贤与哲，艰危尚拘幽。夏台曾困汤，羑里乃縻周。屈平忠见放，杨肸贤而囚。缧绁苟非罪，于人吾何雠。知几昧（昧疑作昧）前训，省躬思远猷。安得委天运，吾道方悠悠。

达观

古今世忽易，生死人所同。百年驹过隙，寿考非椿松。胡为极心意，夸毗争长雄。贵贱竞何为，愚哲各有终。或云树名誉，可以垂无穷。讵知身既没，倏忽犹飘风。天地会有尽，人物终澌融。尧桀孰是非，毕竟成虚空。所以达观士，乘化游区中。谁能契兹理，吾与访崆峒。

题陶渊明归去来图

荣名世所逐，好爵人易縻。孰忘轩冕贵，而有田园思。陶公令彭泽，明哲照几微。晋室日陵替，周鼎将迁移。归来问衡宇，幽情托妍辞。松菊三径怀，舟车丘壑期。冲襟邈闲旷，远识超辕羲。其人既云远，作者今有谁。闻风夙所慕，投绂方自兹。览图成叹息，永言以为师。

戊戌岁旦日方谢事闲居

履端佳节至，晴旭散寒威。习俗竞来往，闲居免驱驰。感兹岁时返，念我筋力衰。求名愧枉己，循世起遐思。讵云事高尚，聊以避艰危。白梅发新花，翠柏长旧枝。览物自适意，倾觞自赋诗。俯仰不愧怍，沉沦宁复辞。

西旅獒图

牧野定周命，镐京开辟雍。九服成懿德，遐陬被皇风。迢迢西方国，语言重译通。慕义不辞远，贡獒随会同。四夷既宾服，周道信昭融。圣心岂遂侈，老臣敢忘忠。但恐九仞山，亏此一篑功。恳恳训诰辞，灿灿简册中。胡为千载下，画史夸愚蒙。巧将丹青笔，极兹摹写工。徒启玩物志，讵有责难恭。愿载旅獒篇，持之献九重。

戊戌岁端午寓居慈溪有感

三载滞游宦，荏苒度芳辰。属兹端阳节，复来慈水滨。居闲谢人事，过从无杂宾。酒杯泛菖蒲，于以寿尊亲。开门青山近，霁色晓来新。园榴发红花，阶草铺绿茵。对物固可乐，感时复酸辛。原野半荆棘，江淮尚风尘。荡涤未有期，安居谅无因。举世政沉湎，谁为独醒人。载歌哀郢章，掩涕思灵均。

发嵊县

行役苦昼热，戒程当夜阑。睡觉呼仆夫，出门路漫漫。明月照人影，疏星挂树间。流萤点衣袂，零露湿巾冠。朝远剡溪水，俄入新昌山。属兹干戈际，愈觉行路难。愧无经世资，何以济险艰。悒悒拘远思，绵绵起忧端。东方忽已白，林鸟鸣间关。前瞻石岭峻，喟然发长叹。

整书册

闲居无所营，暇日整书册。蠹鱼生育蕃，因悲久为客。杂乱失次序，损坏加补饰。深好不知疲，朝饥至忘食。在昔手所置，经目尤爱惜。披阅备馀年，岂为子孙积。山妻向我语，丧乱日侵迫。一身尚为累，挟此竟何益。抚卷展然笑，欲应还复（杨校：丁本作“终”）默。汝言自有理，终难已吾癖。

秋成大水伤稼悯农有作

农人艺黍稷，生理在西畴。终岁事耕耨，劳勚望有秋。场圃既已筑，仓庾方期收。大风连日雨，原野涨洪流。万顷坐沦没，比屋成悲愁。公私急租赋，何以备征求。既无伏腊储，宁免沟壑忧。饥馑乃荐至，兵革仍未休。民生病万悴，天道邈以幽。三复下泉诗，慷慨念京周。

过广福寺石屏山房怀曾子白修撰陈伯清侍讲

游行滞春雨，憩息依禅林。寺门闭寥阒，崖石耸嵚崟。幽禽飞复止，修竹何森森。赏寂屏尘虑，观空起遐心。分榻坐云影，巡廊步晚阴。缅怀玉堂彦，曾此共登临。惆怅抚遗迹，石径苍苔深。

郊行

郊行日迟迟，风和气维穆。沟渠水方涨，陇麦秀以绿。荒村兵燹馀，萧条数家屋。农人重田事，偶耕及春燠。老妇饷其夫，稚子饭黄犊。我本疏散人，出游靡拘束。已无簪缨累，但望禾黍熟。逍遥乐吾生，奚复忧荣辱。

入郭

久矣居荒村，偶然入城郭。疏懒性所成，俯仰心内怍。物情多变迁，权门势辉爚。交游问时事，忘言废酬酢。壮士山中来，群行竞超跃。市人尽趋避，宁论高齿爵。我昔縻簪缨，今兹释羁缚。知止免殆危，怀宠叹零落。斯理世或昧，遗训仰先觉。相知怜契阔，出酒共斟酌。干戈政纵横，盘餐亦萧索。南山笋可尝，西园麦可获。何能久留滞，归家且为乐。

题高士煮茶图

古皇尝草木，肫肫惠吾氓。百药济夭死，五谷养其生。维茶亦地产，青青柯叶荣。谅匪急世用，以兹遗芳馨。后来竞采摘，纷纷事煎烹。斗品俗所尚，输贡官有程。竭资（杨校：丁本作“兹”）困民力，榷货为国经。何人绘高士，别味试鼎铛。细观摹画工，令我感慨并。口腹岂足贵，思古心怦怦。

为农

代耕久辞禄，为农乃劳生。既有形体累，讵免衣食营。瘠土易荒秽，锄理恐勿胜。晨出露未晞，夜归月已明。避世敢求逸？力作非取赢。饥餐有脱粟，美味止藜羹。属餍以为贵，奚必膳牢牲。玩华徇物役，养真忘外荣。陶潜信贤达，千载仰其名。

择谷种

力穑已成敛，嘉种及时收。辛勤手自择，预为来岁谋。秕糠悉遗弃，稊稗宁复留。去稿曝以日，入窖藏诸幽。及春农务兴，荷耒向西畴。持兹播陇亩，可以望有秋。生理在农事，朝夕不遑休。躬稼圣攸尚，素飧贤所羞。耕作信（杨校：丁本作“言”）艰食，俯仰庶寡尤。

白露

白露凋野草，天气凄以凉。思亲感时节，悲哽涕其旁。念昔负米归，曷以奉高堂。禄养岂不愿，耕耘徯时康。风木动哀怨，溘焉以沦亡。岁月东逝波。幽壤路茫茫。游魂何所之，终古隔容光。瞻彼返哺乌，翩翩载飞扬。蓼莪不忍诵，仰视天苍苍。

治圃有感

晨兴荷锄出，蔬圃聊自治。去草绝其根，勿令生蔓滋。嘉蔬日以长，恶草日以衰。手植葱与韭，青青满秋畦。盘餐岂不足，采摘有馀悲。昔为甘旨具，今兹将奉谁。倚锄向蔬立，泪下沾裳衣。

同蒋伯威朱德常游育王山

春晴烟雾开，地胜林泉迥。杖策随诸彦，寻僧访幽景。古径人影稀，落日松阴冷。徜徉谷鸟散，临憩山房静。玄赏讵能忘，尘虑从兹屏。

寄张筹

远游违亲戚，慰意赖佳朋。萧条荒郊外，喜子来相仍。虽敦诗书好，恩与骨肉并。夜语几废寝，晚步每同行。以兹故淹留，靡知岁月征。昨暮别我去，携琴过西垌。一日为九秋，咫尺有蓬瀛。岂无二三子，肺肝与谁明。久客非所乐，况兼贫病增。西风吹庭树，百感聚中扃。盗贼满沧海，官军尚纵横。东归无羽翰，栖栖愧微生。愿子数相过，庶几开我情。

观湖

胜日携佳友，出郊眺长湖。积波何微茫，巨浪争奔趋。隐耳惊万雷，喧空撼千夫。上下宇宙混，东西垠堮无。晶（杨校：原作“晶”。据丁本改）淼浸百里，仿佛吞三吴。坤舆折不合，鳌极倾莫扶。晶光浴秋日，簸弄琉璃珠。蜿蜒湖（杨校：《元诗选》作“吴”）中山，黛色青模糊。夫椒据其左，林屋在西隅。风前渔舸并，烟际归帆孤。幽浦出菱芡，浅渚生葭芦。濯濯见白鸟，泛泛浮青凫。双眸劳应接，宿酲为之苏。倚树兴不浅，哦诗神欲徂。念昔天地辟，水府开玄都。禹功定震泽，周官书具区。于今几千载，灌浸无时枯。吴越争战地，废兴等樗蒱。嗟我与诸君，胜览得自娱。不须感今古，临风且倾壶。

蒋状元墓

晚步出西郊，逶迟望丘亩。松林何萧森，流水在左右。孤坟隐其中，斧封犹培塿。剥石苍苔深，积土黄叶厚。父老向我言，兹墓由来久。其人在前世，称擅文章手。较艺多士林，精光动牛斗。桂折蟾宫枝，名冠龙榜首。禄仕轩冕贵，勋业汗青有。不阿时相欢，孤忠知自守。宠荣一生前，零落百年后。至今存虚墓，骨枯名未朽。我闻增叹息，怀古思尚友。生虽不同时，神交或可取。落日啼归鸦，寒烟暝幽薮。临风荐秋菊，洒涕酹清酒。

古意

秋风天宇高，狡鹘气方锐。白日逐飞禽，肆意饱吞噬。如何鸾凤姿，饥鸣向林际。为恶反得食，焉能苦磨砺。

题山居图

层峦积翠色，中有嘉树林。幽人此避世，结屋山之阴。携琴出山去，独怀千古心。知音不可见，归路白云深。

喜雨赠林子卿陈正夫

幽轩对客坐，急雨檐前落。阴云破荒原，凉风散林薄。遥想东山下，苗生青沃若。与子结幽期，归来看秋获。

兰蕙同芳图

南园多芳草，所贵蕙与兰。竞秀霜露中，同生厓石间。青青绿叶茂，蕊蕊紫英繁。含风散芬馥，映月澹幽闲。既保贞素节，永绝芟夷患。我欲继骚客，扬舲泝湘沅。朝攀猗兰枝，夕览芳蕙根。虽无远人寄，佩服永弗谖。

己亥六月五日赵彦名郑玄成过寓所饮酒

城居倚丘壑，幽径类神仙。佳朋得闲暇，来此憩林泉。布席意殊古，解衣随所便。兰香随风至，好鸟鸣尊前。高谈杂谐谑，清吟代管弦。且尽今日醉，聊以乐吾天。

杂诗十首

凉风何萧萧，吹我庭前树。落叶辞旧枝，飘飖逐风去。时节倏已变，奄忽流光骛。人生少复老，朱颜日非故。独居待幽期，思君岁将暮。

东园有芳草，丛生满平地。昨日叶青青，今日已憔悴。荣枯岂足惜，馨香委芜秽。佳人在空谷，轩车何时至。

明明天上月，灿灿河边星。滚滚白露零，唧唧草虫鸣。耿耿夜不寐，郁郁怅多情。迢迢思故乡，眷眷怀友生。关河路修阻，岁月忽已征。安得如渑酒，长醉无时醒。

昔者子车氏，西狩获麒麟。麒麟乃伤死，谁知此兽仁。反袂泣鲁叟，枭獍方成群。麟兮非时出，不死奚足珍。

死直仗清白，此道吾所敦。謇謇屈大夫，乃独为其难。世方服萧艾，谁复佩兰荃。远游怀故都，抱石沉江湍。身随清(杨校：丁本作“流”)波逝，名与白日存。千年汨罗水，不愧首阳山。

荆卿适燕市，慷慨无人知。饮酒对屠狗，击筑过渐离。如何田光子，进贤独见推。匕首入咸阳，一去不复归。纵使秦王死，宁扶燕国危。

豫让臣智伯，报之以国士。吞炭思报仇，高谊照青史。丈夫千金躯，一死为知己。独怜齐王横，众客宁同死。

有客山中来，遗我青色铜。欲铸菱花镜，空照妍媸容。留之为莫邪，可以斩蛟龙。世无欧冶子，讵忍委庸工。

精卫填东海，衔土无时休。东海填不干，口血如丹流。人皆叹精卫，劳生何拙谋。胡为反役物，营营春复秋。

天地生众人，岂无贤与愚。徇名乃烈士，货殖惟贪夫。白日催容颜，朝荣暮还枯。倏然随物化，处世竟何如。种兰满幽室，愿同君子居。

怀交川诸友

积雨开霁色，和气散微烟。游情陟层巘，凝睇望交川。青天何漠漠，白鸟去翩翩。遥思群彦集，从之路渺绵。

题张子房归隐图

平生三寸舌，乃为帝者师。韩雠既已报，汉爵焉能縻。归隐岂忘世，明哲谅已知。独有鸱夷子，千载共幽期。

石菖蒲

石上种菖蒲，盆中蓄清泉。托根不待养，翠叶何鲜鲜。沃土生萧艾，青青当路边。萧艾人所恶，菖蒲人所怜。

悼慈童

慈童我爱子，聪慧殊可怜。五龄解人事，头角何崭然。朝餐待我食，夜宿就我眠。群儿竞嬉戏，端坐舒以安。有时弄笔墨，涂抹笑且言。我族日衰冷，俟汝兴吾门。胡为遘虐疾，奄尔归重泉。幼稚何所依，哀哉彼苍天。娟娟秀眉目，梦想在我前。鲍靓寻故井，羊祜忆遗环。汝魂尚有知，念我当来还。再生为父母，慰兹衰暮年。

种橦花

炎方有橦树，衣被代蚕桑。舍西得闲园，种之漫成行。苗生初夏时，料理晨夕忙。挥锄向烈日，洒汗成流浆。培根浇灌频，高者三尺强。鲜鲜绿叶茂，灿灿金英黄。结实吐秋茧，皎洁如雪霜。及时以收敛，采采动盈筐。缉治入机杼，裁剪为衣裳。御寒类挟纩，老稚免凄凉。豪家植花卉，纷纷被垣墙。于世竟何补，争先玩芬芳。弃取何相异，感物增惋伤。

渔溪隐居为俞希声作

幽人事隐遁，结屋溪山居。浮波绕阑槛，白鸥戏庭除。沿溪尽渔者，日日溪中渔。东风二三月，绿水泛菰蒲。渔舟倚南岸，垂纶得嘉鱼。临流买鲂鲫，无复烦招呼。徐倾缶中酒，旋摘舍后蔬。烹鲜具盘餐，举觞对妻孥。欢然醉自语，荣名竟何如。信知轩冕贵，不及隐者娱。

赠薛相士

客有薛相士，访我高士庐。谓我有殊态，耳白面不如。伊昔欧阳子，有相与此符。嘉名动天壤，千载流声誉。我闻笑且谢，造化成吾躯。穷通及寿夭，赋予终不渝。惟有文字功，可以勤力图。垂辉没世后，照映青简书。非敢望前哲，庶免同下愚。素心固所愿，子意无乃谀。兹言如果售，吾生更何须。

花圃

嘉卉各自媚，敷荣发光辉。根异叶亦殊，花开不同时。鲜鲜映幽户，一一含妍姿。乃知造化功，荣华俱有期。芳菲如可采，勿令伤暮迟。

容春轩

层轩结构幽，当窗莳花木。檐云栖夕阴，庭鸟鸣晨旭。四时景物佳，早晚风气淑。主人颇解事，洒扫置书轴。携琴来佳宾，开樽泻醽醁。微酣有馀欢，谐笑春意足。宁知城南居，秋风满茅屋。

对菊

佳菊性所爱，金英霜后敷。见之开旅怀，移植向庭隅。岂无杯中物，幽赏与谁俱。今晨佳友过，花下共欢娱。西舍新醪熟，足以供所须。

题兰

幽兰石间生，自与萧艾异。开花霜露中，颜色靡憔悴。空山无人知，谁携筐筥至。终焉抱国香，百草不敢蔽。冷风飒然来，芬芳满天地。

陆景周东园隐居

陆生东园隐，风景一何佳。既栽陶潜菊，亦种邵平瓜。于焉适真趣，宁复慕荣华。回顾殉名者，簪缨何足夸。

送章炼师

山城值徂岁，羁思郁难宣。幽人从何来，笑言接清温。出游同策杖，相过辄倾尊。飘然忽辞去，寥廓羡孤骞。

惜别

江山无行人，天寒况风雨。出门辞友生，情深别良苦。褰衣感缱绻，岂不念留处。高堂想归期，岁月不我与。停舟且勿迫，倾尊出清酤。酒短意更长，含悽我无语。

大水怀何汝樵

玄冬降大水，高原流白波。出门无舟楫，念子抱沉疴。空惭乘舆友，岁寒心靡他。不能裹饭往，孰听鼓瑟歌。世情日迫阨，四郊斗兵戈。虽出龙蛇岁，贤人犹网罗。达生固委运，天意竟如何？我身久行役，暂喜归林阿。交朋各忧患，蓬荜谁经过。感时少娱乐，索居叹蹉跎。安得扁鹊术，起子同婆娑。

松泉旧隐

彼美嘉遁士，筑室山之阳。山根多松树，源泉出其傍。岁寒色青青，雨霁声浪浪。饮水解我渴，餐松以为粮。已无轩冕念，宁复事纷攘。丈夫重出处，隐显各有方。岂其爱松树，而与世相忘？怀才成濩落，适意聊徜徉。当知衡门隐，不似接舆狂。

画鹰

淮公所藏鹰，年代不可校。惟于绢素中，仿佛见形貌。骨格耸萧森，神气张雄骜。古人毫端妙，今世岂能到。挂之空壁间，檐鹊不敢噪。秋风天宇高，呼哨欲骞蹈。我观英俊姿，感激成愤懊。鸱枭羽连翩，狐兔影颠倒。非无凤与麟，潜伏在深奥。借尔双翮健，为我作司虣。

送商时雨

昔我到黄岩，日与乃翁游。汝时在襁褓，索栗声咿嚘。到来（杨校：孙蕖田先生云：疑作“别来”）十八年，相逢向东瓯。汝才正英发，我已霜满头。客居喜邻近，朝夕慰羁愁。吟诗出秀句，穷经企前修。将迎无虚日，礼数一何优。奇毛睹鸑鷟，名驹见骅骝。忽来与我辞，归途戒清秋。前日送乃翁，作恶犹未瘳。今晨汝复去，我亦难久留。维时尚艰危，武臣奋干矛。王师过淮甸，指日清遐陬。愿言蕴奇璞，磨砻待搜求。崇山覆篑积，源水盈科流。期汝在霄汉，顾我终林丘。临分曷为赠，愧无琛与球。采兰江之浒，聊以寄绸缪。

出吴门有怀声公

牵舟诉沧波，回首远城郭。人家渺烟霭，佛塔倚寥廓。旷野鸿雁飞，沉吟西日落。怀兹物外侣，白云何悠邈。

山阳咏怀三首

平生高世志，耿介无俗情。自予出山来，始为尘网萦。强饮事俯仰，内愧常交并。立身自有道，胡为日营营。朝饮淮河水，暮宿山阳城。淹留非所乐，羁旅竟何成。

旅寓意多违，百感中夜集。本来麋鹿性，谁甘白驹絷？缄默非忘言，枘凿恐难入。荣名亦何用，令德苦未立。念兹日月逝，少壮怀靡及。归哉复归哉，江湖风浪急。

淮水青且长，远天望冥邈。野草正萋萋，幽花何灼灼。春来百物荣，禽鱼亦飞跃。凄然独客怀，有酒共谁酌。故人同乡子，异县共漂泊。朝夕庶往来，谐笑慰寥落。

卷四　七言古诗

题空明道人卷

委羽之山东海东，空明洞天山之中。乾开坤辟几千载，异境不与人间同。日月常明天澹澹，风雨不到春融融。丹霞翠雾相掩映，琼楼玉宇开玲珑。碧桃生花自结实，紫芝长叶还成丛。其中居者尽仙子，安期羡门与韩终。指挥玄鹿使朱凤，左右玉女前金童。洞门深闷隔尘土，凡人欲至无由通，神仙所都信幽秘，灵奇诡怪谁能穷。传闻当时刘道士，遁世曾此收玄功。丹功九转火候足，身骑鹤背摩苍穹。鹤翎飞堕雨白雪，至今异事惊盲聋。桑田沧海几变化，白鹤一去何匆匆。空明道人学仙者，志慕轻举追遐风。生来风骨迥自别，瞭然碧眼明方瞳。少年簿书逐吏役，一旦衣冠随野翁。传方已尝宿王子，问道真欲登崆峒。黄庭诵罢白日静，步虚声远青山空。饱餐朝霞饮沆瀣，肌肤不老腴而丰。坎离铅汞媾龙虎，夜半光射泥丸宫。终当羽化上仙去，亲朝玉皇蹑彩虹。世人纷纷浪生死，追奔利欲劳其躬。非无嘉禾并（杨校：丁本作“与”）灵草，往往蠹蚀生螟螽。嗟哉斯人不可及，青天万里飞冥鸿。

题十八学士图

弘文学士十八人，风流儒雅何彬彬。瀛洲高步拟仙客，争依凤翼攀龙鳞。一时秦府风云叶，三百馀年开帝业。就中房杜才最优，简册功名光炜烨。天生英贤何代无，委弃还同草木枯。明良相遇古难得，试观图画成长吁。

题取履图

子房取履圯桥下，绢素何人巧摹写。忽看图画双眼明，英雄之心孰知者。俯从呵责不敢嗔，老夫自是非常人。素书一旦授兵法，佐汉兴王诛暴秦。忆昔报仇（杨校：丁本作“雠”）事狙击，壮气何曾受摧抑。他日运筹帷幄中，方知豪侠非良策。汉家三杰垂无穷，萧系韩诛乖方（杨校：孙蕖田先生云：疑是“不”字）终。全身独弃人间事，端借当年进履功。

山中读书图

远山如蓝近山绿，前门苍松后门竹。幽人读书栖石根，有客拏舟访溪曲。白云冉冉落虚窗，清风泠泠散飞瀑。林泉深处隔红尘.便欲相依结茅屋。

牛图

玄牛啮草古树傍，牧儿枕石眠斜阳。牛驯不动牧睡稳，山无猛兽烟苍茫。春耕已毕政闲暇，宁复驱驰勤服箱。升平尔牛尚云乐，何须更问民物康。年来欃枪照中野，原隰丘陵多虎狼。食人之肉以为粮，草间况有肥牛羊。杨家赀产久零落，渤海政治今凄凉。临风览画长太息，莫说桃林更断肠。

题太白纳凉图

六月炎天飞火乌，土焦石烁河流枯。迩来衰病更畏热，呼叫欲狂挥汗珠。饮冰嚼藕废朝夕，小室如炉眠不得。闲将图画悬四壁，漫想深山好泉石。就中此图尤绝奇，青林飞瀑吹凉飔。何人展席坐苍藓，乃显谪仙初醉时。露顶裸裎投羽扇，仰看云生白成练。松阴如雨毛骨寒，岂识人间袢促倦。只今匡庐道阻修，雁荡天台近可游。便欲致身丘壑里，挂巾石壁继风流。

啄木鸟

啄木鸟，啄树枝，头红如血口如锥，终日啄木长苦饥。木心有虫不肯啄，天生尔禽复何为。吁嗟乎，啄木鸟，佳木蠹尽知不知？

赠相士王伯善

王生年少有奇术(《东瓯诗集》作“何警悟”)，江海周流走霜露。胸中记得许多书，眼底阅人不知数。忽(《东瓯诗集》作“迩”)来见我阛阓城，纷纶辩口轻风生。自言相将入京邑，曳裾甲第十公卿。我闻古人相有道，相形不如相心好。大官大邑惟论德，奚问颜腴色枯槁(《东瓯诗集》作“及颜槁”)。君不见李将军，猨(杨校：原作“援”，依孙仲容先生改正)臂舍矢追(《东瓯诗集)作“如”)奔云。一朝降卒化为血，白头不立封侯勋。又不见裴丞相，半世饥寒苦飘荡。还犀感动天公知，置身台衡九霄上(《东瓯诗集》作“置身直到台衡上”)。贫穷富贵虽在天，祸淫福善非偶然。重瞳或以刚暴死，蒙倛削瓜多圣贤。如何迩来事非昔，天意蒙蒙(《东瓯诗集》作“茫茫”)真莫测。规行矩步厌藜藿(《东瓯诗集》作“羹”)，蜂目豺声甘肉食。王生王生良苦辛，我歌尔听慎勿嗔。不如归山读书(《东瓯诗集》作“经”)史，饱食黄精看白云。

青山白云

山幽幽兮云溶溶，山之谷兮维吾之宫。我行兮四方，思青山兮心忡忡。岁既晏兮吾将曷从，览白云兮俯孤松，暂归来兮山中。

促织鸣

促织鸣，鸣唧唧，懒妇不惊，客心凄恻。秋夜月明露如雨，西风吹凉透絺苎。懒妇无裳终懒织，远客衣单恨砧杵。促织促织，无复悲鸣，客心良苦，懒妇不惊。

螳螂捕蝉

螳螂捕蝉，蝉鸣声悲。捕我一何急，令我不得飞。与我同类，初不尔疑。尔胡不仁，捕我将食之。我身无肉，不能充饥；我体无血，啖我不肥。吸风饮朝露，终日栖高枝。嗟哉螳螂，尔胡捕我为？嗟哉螳螂，尔胡捕我为？

无弦琴与郑伯玉孔正夫刘景玉周元浩分题席上赋

（杨校注：孙琴西先生云：郑伯玉郑如硅也，孔正夫孔克表也。均见《平阳志·文苑》）

我有绿绮琴，而无朱丝弦。无弦何以弹？蠹蚀底孔穿。轩辕钧天久不作，有虞南风竟茫然。越裳岐山嗟寂寞，猗兰将归复谁传。自从钟期死，伯牙绝之今几年。太音声本希，至乐乐其天。妙理无成亏，鬼神不敢窥几先。何用劳指爪，移宫转羽挥商弄徵错杂空喧阗。儿女喋嗫诉恩怨，百禽啁唧春风前。听之徒令人悲，不如无音音自全。琴无弦，无弦乃真琴。秦筝热耳，琵琶蛊心。桑濮亡国，郑卫哇淫。孰若无弦琴中有太古音，终日听此不知倦，但觉世上万物皆聋喑。呜呼！我琴无弦，我琴有声。不调自和，不鼓自鸣。大声塞天地，小声殷雷霆，百怪辟易魑魅惊。西方之人渺何许，安得奏之天帝廷。琴无弦，弦非无。知者谁，羲皇徒。

白头吟

试听白头吟，慢饮尊中酒。古来悲白头，人情苦难久。结发为夫妻，百年期白首。容颜衰落相弃捐，何况君臣并朋友。汉高宽大主，萧何开国功。谗言一以入，几死天狱中。陈馀与张耳，刎颈同生死。一朝争相印，仇雠世无比。周文吕望不再见，管鲍结交宁复闻。玄德孔明若鱼水，胶漆孰如雷与陈。斯人自此一以少，今世求之更无有。谈笑寻戈矛，那能托身后。听我歌，歌白头；劝君饮，君莫愁。日月有时而剥蚀，世态谁能终不易。

折杨柳

折杨柳，送别离。朝朝送人远别离，门前杨柳折还稀。今年折杨柳，来岁复生枝。奈何离别子，一去无回时。

我马黄

我马黄，君马苍，君马不如我马强。黄马终日嚼枯萁，苍马食豆饱不饥，我马不如君马肥。莫把两马相驰逐，肥马行迟瘦马速。

折花词

道傍海棠花，颜色如胭脂。美人花下过，信手折花枝。长枝既折尽，短枝仍折归。好花不合开当路，非但损枝还损树。

食莲词寄同年诸公

晓食盘中莲，忽思水中藕。莲菂苦如荼，藕甘能爽口。甘苦虽不同，同生泥水中。得藕荐笾实，采莲归药笼。奈何莲有菂，贵人终不食。藕丝虽长难系莲，莲抱苦心空自怜。

别林文懋

我昔山中来，墙梅花正开。我今别君去，枝头实无数。光阴东逝波，百岁能几何。有酒且须饮，莫听离别歌。歌声使肠断，欲醉千愁散。但令酩酊忘分携，明朝相忆各东西。

海日出东方

海日出东方，照见千万里。飞腾到中天，晶辉正无比。蹁蹁跹跹三足乌，何年飞向日宫里。奋翅生云烟，啄物成渣滓。朝引群乌天上来，飞翳日光雷虺虺。高冈凤凰不敢鸣，鸱鸢争食乘时起。可怜羲和为御在日傍，不能击乌令之死。我有利矢新刮磨，手持长弓弯九弧。欲仰射天恐伤日，吁嗟奈尔跛乌何。

题牛图二首

耕牛息树阴，身老筋骨疲。牧夫鞭之起，强起力不支。噫嘘嚱，世无葛卢哀鸣徒尔为，道傍问喘今有谁？

牧子晨出牧，原野露未晞。牛啮松下草，露甘春草肥。草肥食饱牛力强，城南饥牛还服（杨校：原作“复”，依孙仲容先生校正）箱。

海水波问友人

海水波，波茫茫，漫若木兮沦扶桑，河伯咨嗟空望洋。波海无时干，贾客来往愁断肠。海水波，连天河，海上行人舟楫多。冯夷奋怒驱蛟鼍，海波高如山，嗟尔行人愁奈何。

元日醉歌

今日元日，风雨不可以出门，苦寒坐对椒花尊。尊中有酒饮不竭，醉里冻色（《东瓯诗集》作“面”）回春温。浩歌张眼望天地，地远无极，天高难扪。天地生我为人在世间，胡为碌碌乃同羝触藩，既不能高飞逐黄鹄，又不能变化随鹏鹍。自从折桂蟾宫还，愁闻戎马弥中原，解脱簪缨委泥土，五年食痼（《东瓯诗集》作“归来养疴”）向丘园。我思古来豪杰士，卓卓荦荦不与时俗浑，或攀龙鳞附凤翼，致君尧舜（《东瓯诗集》作“霄汉”）上，手擎日月扶乾坤。或怀瑾瑜潜栖傍岩穴，声名辉赫照曜人目如朝暾。古人已矣不复见，世上馀子纷纷奚足论。东西南北满地长荆棘，远游何处推吾辕。我将驾赤豹，乘文鹓，度弱水，登昆仑，长揖西王母，笑携赤松羡门与之相攀援。玄圃去天才咫尺，驭风（《东瓯诗集》作“风”）直上叩天阍，稽首玉帝前，敷衽跪陈忠謇（《东瓯诗集》作“俯陈忠悃”，无“敷衽”二字）摅烦冤。帝为万方之（杨校：丁本无“之”字）主，胡（杨校：原本无“胡”字，据丁本增）乃（《东瓯诗集》作“为”）降淫虐，久困吾黎元。愿遣蜚廉与丰隆，扫荡八极烟尘昏，尽殛豺狼驱虎（《东瓯诗集》作“驱虎豹”）诛鹰鹯，要使驺虞鸾凤生育蕃。湛露降厌浥，万国沾天恩，四海苍生既跻乎寿域，我乃归卧青山根。一年酿酒一千瓮，日日醉饮烹羔豚。人间此乐不可言，人间此乐不可言！

云松巢为许云隐赋

昔者太古初，未尝营栋宇。巢穴以为居，羽毛并栖处。自有宫室几千年，栖台厦屋蜂房联。丹楹（杨校.丁本作“槛”）藻棁斗华巧，谁复营巢青树巅。我闻碧山中，乃有巢居者。危枝仿佛似僧巢，云影松阴在其下。高当物表凌玉清，五月六月寒风生。游龙晓出山雨暝，白鹤夜归秋月明。纤尘不到喧啾隔，神仙时来作宾客。游闻子晋吹凤箫，醉对安期擘麟腊。世间沧海成桑田，迩来满地惊烽烟。谁似山中巢隐士，长年松顶伴云眠。武陵桃源已无路，商岭豺狼不知数。吾将从尔结巢居，更觅云松最深处。

卷五　五言律诗

怀友

作客黄山下，思君汉水滨。愁牵清夜梦（《东瓯诗集》作“秋夜雨”），吟瘦老夫身。漂泊谁知我，交游独此人。春来寻小艇，江上问通津。

寄刘仲宣

遥忆刘公子，才华孰与俱。昔时樽屡对，此日信全无。月上潮生海，樽开雪满湖。客怀应不恶，诗笔想频呼。

坐叹

坐叹黄昏后，愁生白发新。清宵谁共语，明月自相亲。江海成何事，乾坤漫此身。故乡无信息，归计尚因循。

元日客黄岩怀何汝樵三首

令节催吾老，新年忆汝深。江湖同汗漫，书问久湮沉。旧事真如梦，何时遂盍簪。相知多满眼，孰与细论心。

谩把椒花看，慵将竹叶倾。亲朋各异处，天地愧浮生。多士纷冠盖，吾侪尚梗萍。太湖春水阔，思尔欲西征。

踪迹同羁旅，东西各滞淹。为儒生计拙，久客仆夫嫌。道路何时已，年华故自添。定知相见远，乾鹊不曾占。

寒食寓兴次黄宗鲁二首

浩荡乾坤大，羁栖岁月深。他乡对寒食，愁思满淮阴。诗句惭孤咏，春花孰共寻。相逢同郡子，时复一论心。

去岁清明节，天台看杏花。凄凉今日事，漂泊野人家。淮楚风尘暗，乡山道路赊。倚门亲白发，反哺愧林鸦。

梦同彭仲愈郯九成会广化寺

（杨校注：九成名韶）

地僻交游绝，情亲梦寐通。盍簪游古寺，呼酒向新丰。灯火相依语，云萍一笑同。觉来惊异县，庭树起秋风。

夜半舟发丹阳

舟子贪风顺（《东瓯诗集》作“力”），开帆半夜行。天寒四野静，水白大星明。长铗归何日，浮萍笑此生。柁楼眠不稳，起坐待鸡鸣。

家书不至

久望家书至，不闻南雁声。几回愁烂漫，直欲泪纵横。骨肉三年别，乡关万里情。且无拘束苦，即拟问归程。

太湖

泱漭吞吴会，微茫接洞庭。流应合万水，势欲小东溟。天宇浮空阔，风帆入杳冥。蛟鼍成窟宅，白浪晚吹腥。

游天香院

小径入深竹，幽居出上方。开窗山日静，布席午阴凉。细细云生石，鲜鲜菊绕墙。得逢高士语，浑与世相忘。

醉后在林长卿家戏作

醒时筵秩秩，醉后舞傞傞。尔汝忘形甚，喧哗出语多。儿童纷笑舞，婢仆定嗔呵。戒酒从今始，亲朋永勿过。

初十夜月

映水银梳缺，悬空宝镜分。光能淩太白，势却碍行云。出没何时已，圆亏自古闻。佳人恨离别，倚槛泪纷纷。

得子

得子虽云晚，开怀始自今。敢夸万事足，聊慰一生心。襁褓看渠长，箕裘属望深。贫家汤饼具，独有典瑶琴。

水竹轩

轩楹如意敞，水竹近人幽。波影浮苍雪，林光映碧流。钓鱼供客馔，护笋引龙游。岁晚投簪笏，闲居百不忧。

送林景元

雨后惊秋暮，江头送客归。孤舟行远水，乌帽映斜晖。到屋看黄菊，趋庭服彩衣。不能随汝去，目断白云飞。

竹屋

竹屋何年构，[illegible]四面开。簟铺凉气集，帘卷翠阴来。静可摊书卷，幽宜具酒杯。王猷居尽好，俗驾几番回。

独客

独客悲清夜，高秋托异乡。月侵窗影白，风度角声长。野战生新鬼，边烽照近疆。归耕吾计决，不必问行藏。

城西虎跑寺

石势虎蹲伏，山形龙屈盘。寺开唐殿阁，坟掩宋衣冠。幽涧泉声细，斜阳塔影寒。近城多战鼓，栖息此中安。

悼刘肃玉二首

死别成终古，游从记昔年。才名方绿发，魂魄竟黄泉。水涸临池墨，堂空坐客毡。斯人早凋丧，谁与问苍天。

鹤化归辽海，狐亡首故丘。诸兄丝作泪，慈母雪盈头。日夜川东逝，乾坤世若浮。小屏山下路，风色晚飕飕。

甃井

伐山移白石，甃井畜清泉。冷浸天光碧，深通地脉玄。阑低收繘易，圃近灌蔬便。乱世谋生理，何能虑未然。

写怀

经世惭无策，归田且避喧。干戈随地有，故旧几人存。饵药扶衰病，持杯慰弟昆。不因来往客，终日闭柴门。

赠章以元昆仲

相见谈经史，江楼坐夜阑。风声吹屋响，灯影照人寒。俗薄交游尽，时危出处难。衰年逢二妙，亦得闷怀宽。

岁暮客中二首

今年五十二，客鬓已萧萧。天地孤蓬转，江山万里遥。望乡愁白日，怀友梦清宵。那复同看月，论心坐石桥。

自叹飞蓬转，年随爆竹残。人烟兵后少，风雪夜深寒。止酒愁囊竭，思家得信宽。墙梅空自好，不似故园看。

送郑伯尚使还山东

剩喜山东使，相逢海上村。贤劳行百里，勋业活中原。地入南溟远，星环北极尊。别离情黯黯，雕鹗看孤骞。

惠远寺咏怀

古寺夜沉沉，残灯对夜深。老僧谁共语，客子自成吟。霜重悲城角，风回乱水禽。吴山逢岁晚，愁折故乡心。

近山楼

楼居元自好，况复近青山。云气帘栊外，松声几席间。倚阑宜雨过，拄笏及朝闲。酒兴兼诗思，窗扉夜不关。

送胡希元归江西

落日乌纱帽，西风白布裘。吏才兼翰墨，羁旅亦风流。听雨留僧寺，看云忆故丘。他乡同泛梗，那忍送归舟。

舟发兰溪

水逆凭风顺，舟行不用牵。寒林红自媚，飞鸟白相鲜。涧转疑无路，山开别有天。往来今觉老，湖海叹经年。

丙午元日

元日居山寺，梅花照酒樽。病馀玄发少，醉后壮心存。天地腥膻隔，江淮蜂蚁屯。谁施洗兵雨，吾欲扣天阍。

题刘元方（杨校：丁本作“芳”）只如是斋

万事只如是，百年能几何。乾坤旋磨古，蛮触构兵多。结屋依松树，鸣禽在涧阿。闲居送日月，云影共婆娑。

四月十六寓玉环喜家童来住至

数月思家信，今朝喜汝来。妻儿怜我远，怀抱向谁开。山谷多烽燧，田园半草莱。大军消息近，故里尚堪回。

病中遣怀五首

卧病玄冬半，羁栖碧海边。风尘方满野，戎马已经年。下邑供军食，何时发漕船。薄才无寸补，自合赋归田。

亨衢通碧海，此日叹穷途。远愧陶潜达，那同宁武愚。菊英寒不落，草色暮全枯。愁至思清酒，无钱何处沽。

贵人乘海舶，日日报佳音。藩省东南大，朝廷倚望深。金樽春蚳泛，宝剑夜龙吟。宠锡来天上，宁孤报国心。

生理居官废，空闻禄代耕。仆嫌裘褐敝，妻笑甑尘生。欲去乾坤窄，无成岁月更。故人清要地，应解树勋名。

久卧思登眺，扶衰谩倚楼。山红斜日映，江白晚烟浮。行直书空雁，帆欹入浦舟。病身惭食禄，长羡五湖游。

乙未岁元旦日三首（杨校：丁本无“日”字）

元日晴堪喜，今年贼定平。天心占节候，人事厌戈兵。召虎征淮甸，周王在镐京。遥思鸳鹭集，北阙望驰情。

献岁同诸弟，庭闱喜色新。礼仪随习俗，来往有比邻。处世为儒拙，还家胜客贫。去年无棣县，行道忆兹辰。

暖气南州早，梅花满屋檐。春随椒酒至，雪向鬓毛添。烽燧今犹警，山林未可潜。平生爱书册，多病亦须拈。

懒拙

懒拙从人弃，行藏与世违。陶潜辞米去，张翰忆莼归。垂钓贪春水，看花爱夕晖。便须开竹迳，还制芰荷衣。

入山

入山惊道险，上岭觉天低。日碍危峰过，云依翠壁栖。幽花如血染，怪鸟学儿啼。避世须来此，桃源路已迷。

过李家坑

鸟道高千丈，云山入万重。汗流愁赤日，力倦倚青松。群仆频相失，行人竟不逢。人家何处有，僧寺隔前峰。

览镜

览镜吾衰矣，飞霜入鬓毛。乾坤戎马遍，淮海战尘高。性僻谋生拙，时危涉世劳。幽栖无赖甚，遣闷强挥毫。

闲愁

日日听春雨，闲愁过却春。乱离书总废，多病药相亲。溪柳青依竹，园花色媚人。索居无意绪，空负物华新。

读常九成哀辞

吏治刚还折，人情白亦（刘校：一本作“易”）污。终怜呕血死，讵免受金诬。遗事传南土，游魂返故都。但令公论定，世道尚堪扶。

立秋后送竹扇与陈颖达太常

竹扇台州出，新看制作工。织文生翠浪，入手起清风。筐笥终难弃，蒲葵迥不同。勿嗔秋后寄，暑气近犹隆。

戴元载送野禽以诗酬之

故人专仆至，携赠两幽禽。虽在樊笼里，终怀霄汉心。羽毛真可爱，鼎镬忍相寻。纵尔随鸥鹭，前村春水深。

浮生

浮生近五十，多病老相将。诸事今年懒，闲居白日长。春阴连旧腊，杀气遍遐荒。何日干戈静，乘槎意不忘。

新岁忆曾子白

经月愁闻雨，新年苦忆君。青华为客久，白发著书勤。酒共邻僧饮，蔬从野老分。何时共登眺，整屐待晴云。

赠周元帅

经济人才重，功名伯仲齐。驱驰朝上马，感激夜闻鸡。海漕输燕北，王师出陕西。橐弓今有日，更望抚遗黎。

游雅山寺二首寺乃吴德大长者所建

野寺春逾静，禅房晚更幽。山花将雨落，松影共云流。悟法知生幻，观身是梦游。池莲如吐白，止酒亦何愁。

上方殊胜地，长者给孤园。挂壁袈裟静，生阶秀草繁。楼光凝晚照，树色映前村。法食干戈际，真知象教尊。

孔宜人挽章二首

德配神明胄，宜家婉娩姿。能供蘩藻职，早赋柏舟诗。令子荣王爵，台臣重母仪。鸾章来没后，风木有馀悲。

孟母机能断，陈姑馔必丰。令名今古并，贞操雪霜同。老忆中州远，身悲逝水东。海邦封马鬣，松柏起凄风。

琴书所

一室清如许，琴书乐意长。调弦春日静，开卷雨天凉。俗客那容入，机心自觉忘。小童偏解事，洒扫爇炉香。

怀昆山诸乡友六首

老病仍羁旅，妻儿总异乡。卖文长困乏，生计愧农商（杨校：丁本作“桑”）。盲废书犹著，忧深世未康。兵戈何处避，怅望海云黄。（右陈公潜先生。杨校注：公潜名刚）

襟期曾忆共，离别奈愁何。作客经年住，题诗近日多。风尘经浩荡，岁月叹蹉跎。旧宅青松树，春来施女萝。（右郑季明先生。杨校注：季明名东）

近得吴中信，伤怀独倚楼。故人逃野外，盗贼满江头。老益妻孥累，闲寻薮泽游。道傍争按剑，明月向谁投。（右曹新民。杨校注：新民名睿）

支郎诗法妙，林下昔曾亲。契阔俄经岁，光阴似转轮。春来多寇盗，海口涨沙尘。锡杖知何处，怀思为损神。（右庄蒙泉上人）

久报游江左，仍闻入海湄。梗萍无畔岸，兵甲满潢池。绿鬓愁应久，青云志岂移。吴城楼上月，别后几回思。（右林伯庸先生。杨校注：伯庸名常，伯恭弟）

故人江海上，似汝我应怜。羁旅风尘际，生涯豺虎边。年华添白发，家业仅青毡。亲老双雏小，来归理石田。（右林希颜先生。杨校注：希颜亦作晞颜，名齐）

题彭氏云松亭二首

亭屋依先垄，云松寄永思。昔年翁所好，此日志宁亏？触石濡春雨，干霄长旧枝。九泉呼不作，感物泪如丝。

云在亲曾玩，松长手自栽。夜台人去远，华表鹤归来。细影生青石，寒阴护碧苔，岁时陈酒食，瞻望思徘徊。

寄竹趣

五月不见面，几回思寄书。艰危人事废，懒拙友朋疏。白槿开池畔，黄梅熟雨馀。感时惊久客，何日访幽居。

悼圭侄

圭侄吾犹子，温良幼稚年。俯身迎客揖，低语近人前。驹殒空良马，雏伤失彩鹓。吾宗衰已甚，为汝每潸然。

怀焦信中

巾山风雨夜，忆汝梦频生。灯火怜孤坐，诗章孰与评。交游都造次，春事又清明。早晚南归日，相过两慰情。

送别

平生几两屐，丘壑每穷探。访鹤青田曲，穿云雁荡南。老成群辈服，姓氏众人谈。相见复相别，题诗兴不堪。

桥上

落日清溪上，凉风梓树秋。北来船竟泊，南去水空流。宇宙终无极，干戈未肯休。野人无意绪，独立数归鸥。

送益上人

一雨新秋爽，千山细路遥。林泉归此日，天地飒惊飙。访鹤穿松树，观鱼俯石桥。幽栖输尔乐，高隐肯予招。

舟中风雨怀邵文伯

寒雨晚凄凄，孤舟出郭西。翻风白浪急，堕地黑云低。客计真漂荡，离怀重惨凄。思君那得见，开箧玩新题。

送马彦远旌德教谕

山县流泉碧，黉宫杏树青。春风看采藻，白日坐谈经。市酒醅浮蚁，湖鱼绘斫鲭。宦情应不冷，觅句想微醒。

元日

元日风兼雨，萧条野外村。过门车辙远（杨校：丁本作“迹”），记节酒杯存。战伐看今岁，栖迟且故园。兵戈如未息，身世岂须论。

重登近山楼

羁旅归来日，危楼得再登。山如前岁好，云向小窗凝。种术看今长，藏书比旧增。题诗成感慨，老我愧无能。

题顾文学幽居三首

幽构郊墟迥，清阴竹树连。隔江山近牖，绕屋水通船。簪绂前朝盛，诗书世泽绵。何年居此地，远自建隆前。

庞老南山隐，渊明栗里居。红收阑外果，青种舍傍蔬。爱客频沽酒，辞官独著书。黄尘满城市，来往迹全疏。

斋室东偏辟，书窗北向开。竹床宜夏簟，瓦爵泛春醅。难弟居同乐，邻翁至不猜。吾庐稍迢递，杖屦数能来。

卷六　五言排律

丁酉岁述怀一百韵

屯蹇悲吾道，萧条客异乡。谋疏多迕（杨校：原作“近”，据《元诗选》改）俗，性直遂逢殃。鸷鸟缠罗网，翘材受斧斨。世无知己者，谁识此心臧。怅望天同远，忧来水共长。百年千变态，一日九回肠。忆昔年华壮，居贫学业荒。读书惭老大，操笔欲颠僵。发愤光阴逝，研思寝食忘。雨天灯火夜，冬晓鬓毛霜。书字蝇头缀，歌诗玉韵锵。心怀冰蘖苦，佩结茝（“茝”疑作“茞”。）兰芳。兔笑株傍守，蛙怜井底藏。拂衣迷道路，仗剑远游方。景趣多佳丽，江湖信渺茫。吴瓯秋浪白，淮楚暮云黄。野寺金铺屋，楼船锦系樯。台荒麋引子，丘暝虎成行。瞻眺穷幽胜，交游得俊良。迹虽萍梗泛，名藉藻词扬。古道槐花发，清秋桂子香。梯高云路迥，殿广月华凉。追逐英髦后，跻攀翰墨场。偶然收鄙野，亦得步康庄。上国春光早，明时帝运昌。皇居城万雉，禁苑柳千章。对策披阊阖，陈忠补衮裳。胪传天咫尺，鹏化海汪洋。玉陛联班序，琼林被宠光。花簪红映帽，酒赐绿浮觞。草色沾零露，葵心映太阳。委身从此始，忧国未渠央。造化功深厚，云霄志激昂。初非縻好爵，亦足慰高堂。奉命为民牧，宣威到海旁。郧乡传载籍，藩阃重金汤。江抱孤城转，山含远树苍。天高连太白，日出上扶桑。土俗何多讼，编氓半是商。由来难抚字，况复际劻勷。早出星当户，宵回月满墙。勤劳非敢惮，倚伏最难量。僧舍屯戈甲，田家出糗粮。但闻施棰楚，不顾乏糟糠。南北修途梗，沧溟巨舰航。贵人纷往返，终岁费迎将。分省官曹盛，行台纪律张。联翩骢马至，络绎使车煌。孰问疮痍苦，惟耽燕乐抢。幽花笼绮席，疏柳媚红妆。下箸万钱费，挥金一笑偿。珍珠兼水陆，容冶陋姬姜。风靡瞻仪表，波颓缺礼防。近人跳鼠獭，当道舞豺狼。争诧堆金坞，宁闻返象床。纷纷慕膻蚁，衮衮转丸蜣。谗构蝇栖棘，吞图雀捕螂。负荆廉蔺远，刎颈耳馀猖。清白甘饥饿，轻肥恣陆粱。滑稽吾独拙，枘凿众胥戕。鲸困遭蝼蚁，鸱翔逐凤凰。无聊惊戚戚，欲去奮伥伥。公冶羁縻鲁，灵均放逐湘。一身奚足恤，万事总堪伤。粤自群凶起，于今七载强。衅端萌汝颍，滋蔓匝荆襄。处处蜂屯盛，时时豕突狂。食人肝作脯，掠野犬驱羊。雾翳车尘暗，雷轰炮石磅。

绛巾明爝火，白骨积崇冈。天狗昏腾喙，欃枪晓吐芒。黍田荒出草，蒿树大如杨。天府惟吴会，王州说建康。粟储供海漕，柏列凛台纲。陷没俄相继，分崩遂莫当。重臣谁抗节，方伯罕勤王。将帅推门阃，谋谟出庙廊。捷音空陆续，贼势愈跳踉。夜静吹笳急，霜寒击鼓镗。徒羹黔首肉，讵斧赤眉吭。险叹连城失，全怜壮士亡。关河天漠漠，江汉水汤汤。海卒乘文鹢，苗军跨骕骦。立功期克复，畜锐尚仿徨。疾养终成痼，医招不疗疡。民生遂涂炭，泉洌浸苞稂。厄运丁阳九，何时见一匡。淳庞怀吴顼，揖让想虞唐。俯仰穷今昔，讴吟发慨慷。乾坤旋磨古，岁月逝波忙。露白寒蛩泣，秋高客雁翔。盛时愁易集，遁世困何妨。骏足悲槽枥，珍禽谢稻粱。塞翁徒失马，臧谷总亡羊。脱略千钧重，消磨百炼刚。闷凭诗暂遣，病倚药频尝。闲散思投绂，韬潜贵括囊。陶公能委运，梅尉蚤知彰。故土多薇蕨，春江有鲤鲂。归欤理蓑笠，从此钓沧浪。

题周氏二代碑铭

籍甚周康惠，才猷众所钦。致身居显要，爱国秉忠忱。介特犹山立，骞腾肯陆沉。凿矶江失险，破械狱无淫。歧麦人人颂，甘棠处处阴。扬名光父祖，承训守规箴。请老朝章异，推恩帝泽深。追封荣二代，报本遂初心。彤管书勋业，丰碑照古今，庆延瓜瓞远，有子继徽音。

读茂林徐处士墓铭赋十韵

处士邑之彦，典刑人所宗。立身当弱齿，护母犯铦锋。平粜济饥色，推财无靳容。彭聃怀向慕，嵇阮乐游从。生达契玄理，死期知令终。龙湫千丈瀑，玉甑万寻峰。幽览成陈迹，清游怅旧踪。逝川何日返，玄室白云封。考德观贤子，镌铭对古松。歌诗读哀诔，呜咽和流淙。

同诸友游宴丰山

至正戊子春正月七日甲辰，永嘉陈高与黄岩商尚敬、施谦。访朱君伯贤于临海之凤屿。越翌日乙巳，伯贤与其季伯良，持酒俎邀予登丰山。时黄君顺德、章君子皓、陈君大章欣然从游。已而陈师圣、张子材偕弟子温亦至，遂相与上绝顶望巨海，还饮浮图寺。席既撤，复举盏松树间。酒酣，因赋二十八韵。

新岁多幽兴，清游出县城。故人留款曲，好友复逢迎。整屐当清晓，登山寄远情。岚光寒不起，树色寂无声。徙倚岩边憩，逶迤谷底行。路蹊穷屈折，峰顶上峥嵘。俯瞰沧溟阔，浑疑地轴倾。天光连浩淼，海气变阴晴。沙鸟双双白，风帆叶叶轻。波澜看浩荡，岛屿见分明。宇宙真无极，虚浮叹此生。似堪攀若木，可拟即蓬瀛。眺望移时至，稽留半日程。那知身是客，但觉思逾清。古寺藏深竹，禅窗荫白柽。倦依林樾坐，静听鼓钟鸣。高论穷千古，弹棋谩一枰。旋呼茶满椀，剩出酒盈罂。珍重开华席，频烦劝兕觥。嘉蔬烹笋韭，异味杂螺蛏。浩饮俱勍敌，沈酣及老成。狂吟惊虎豹，至乐谢竽笙。忽返青林兴，其如白日征。扶携重举盏，真率遂班荆。自笑何为者，空传漫浪名。梗萍惭独客，冠盖重（杨校：《元诗选》作“动”）群英。胜赏真堪纪，高怀孰与并。明朝归北郭，回首暮云平

阅故同年吴善卿书悲伤赋十二韵

命殒艰危日，人推节义雄。志期吞逆贼，变忽起狂童。风殪枭群底，麟伤兽阱中。乾坤含怒色，日月耿孤忠。万里长城坏，东风保障空。血藏应化碧，柱立未镌铜。恨满江湖水，悲生草木风。三军空缟素，邻郡遂巾红。忆昨蟾宫步，曾追骥足同。死生成永诀，交道叹今穷。鱼腹缄题在，银钩字画工。忍将秋雨泪，洒向剡溪东。

桃源春晓图

武陵源上景，自古閟幽遐。风物图中见，烟云洞口遮。蓝堆山色近，练卷瀑流斜。露菌茎茎碧，春桃树树花。丹砂升晓日，红锦散川霞。野老衣冠古，何人殿宇华。渔郎迷旧路，尘世隔仙家。荣辱槐根螘，纷争草底蜗（杨校：丁本作“蛙”）。蓬莱环弱水，商岭渺黄沙。此地如堪觅，孤舟便欲拏。

卷七　七言律诗

丁亥冬感怀时闻云南有扰

溪上梅开花可怜，看花只欲卧溪边。非关景物他乡异，自是愁思触处牵。南鄙寇戎当此日，中原饥馑已连年。吾徒漂转成何事，只合沧江买钓船。

客黄山三首

自到黄山十馀日，终日饱饭只昏昏。谁家捣练不停杵，俗吏抱书常在门。天寒鸿雁满南国，岁晚梅花开故园。客里谩将诗慰藉，遣怀不用酒盈樽。

山高冬晓不见日，海近晴天多出云。何处鱼虾争利市，小溪鹅鸭白成群。农家政苦征租急，县吏还闻出郭勤。独坐幽窗生百感，风前落叶更纷纷。

政怜山头云雾微，俄复细雨下霏霏。他乡作客经时久，沧江买船何日归。堂上慈亲鬓发白，天末故人音信稀。似闻西桥风景好，拟将愁眼看鸥飞。

送王公毅清流尉

琅琊之山绕郡青，清风千古醉翁亭。故人作尉殊不恶，寇盗于今况已宁。画舫入淮乘夜月，琱弓行道见秋星。到官尚想多幽兴，白日金鞍挂玉瓶。

桐江舟中

桐江昨夜春雨作，孤舟滩上风力强。老夫船头看山色，何人烟际歌沧浪。红桃几树开照水，白鸟一双飞过墙。作客天涯恰三载，深凭景物送还乡。

送郑汝玉归莆关

莆关深入海东南，日出先看曙色酣。李愿归耕盘谷土，杜陵思乐百花潭。到家三月山矾白，入馔千林竹笋甘。愧我天涯尚羁旅，乡愁因尔不能堪。

怀贾陵州

凄然作客海东头，几度登山忆贾侯。在昔文章蒙许可，只今诗句费赓酬。五湖春水村村长，三月吴花树树幽。遥忆画船频载酒，此身那得伴清游。

送孔子充赴戊子会试

先师之后悉贤良，今子秋闱复擅场。剩喜飞腾同大阮，更怜文采继元方。天高金阙星辰动，春暖琼林雨露香。尚想东风得意日，宫花斜插照杯觞。

正旦

正旦每年长作客，今年新岁得还家。乡间礼数生疏甚，故旧过从笑语哗。椒酒欢来尊屡尽，菜盘醉后味偏嘉。南州土暖春光早，怪见红桃满树花。

次易刚中韵二首

腰带都（杨校：丁本作“多”）因病里宽，晨兴无赖俯流湍。转蓬独客空沧海，折桂群公在广寒。白酒可令终日醉，青山那得（杨校：丁本作“似”）故乡看。期君共买双溪艇，高挂风帆上碧滩。

年年湖海歌长铗，渺渺乾坤寄此身。近到荒村经数月，得逢佳士作比邻。东风齐落花千树，凉夜新生月半轮。策杖好来同煮茗，题诗何用苦怀人。

落日

秋郊惨淡落日微，西风萧萧吹客衣。残霞红叶自相映，独鹤孤鸿何处归。中州尘暗鼓鼙急，沧海浪高舟楫稀。回首东山月未上，怪看星影弄辉辉。

易刚中来访

一月过门无好客，故人底事到茅斋。相看萍梗悲华发，共语干戈感客怀。篱菊有花堪对酒，盘餐无物旋煎鲑。情真政拟留君宿，童仆催归忽满阶。

元日剡（杨校：丁本作“栝”）溪舟中

元日舟中眠复坐，荡桨上（杨校：丁本作“下”）滩多北风。椒花柏叶负佳节，纱帽布衣随短篷。溪山可人空满眼，岁月催我恐成翁。腊底还家今未到，新年思溪情最浓。

云松巢为曾东白赋

云松深处何人住，东白先生结构幽。可但巢居同太古，只疑仙隐是丹丘。凉生牖户浓阴合，气润琴书曙色浮。不有归来双白鹤，月明谁得伴清秋。

江亭独坐图

老翁独坐江上亭，远山近山青复青。白波东流天渺渺，碧树自古天冥冥。目送飞云渡水去，啸引神蛟出穴听。此意世人谁到得，除是谪仙初酒醒。

甲午岁滨州道中

驱车北行值新岁，滨州城西官道长。远山残雪映日白，旷野飞沙如雾黄。身世百年徒汗漫，头颅四十愈疏狂。已判今夕到无棣，烂把酒杯浇客肠。

三月十三日钱成夫寿旦诸公曾饮城南文秀园

城南园馆小桥东，柳树青青花树红。此日杯盘追胜事，一时冠盖集群公。美姬舞罢歌金缕，醉客归迟并玉骢。莫遣春光空老去，明朝欢会更须同。

羁思十首次谢纯然韵

霜风吹帽发全枯，多病兼愁懒步趋。身寄他乡年又尽，吟看衰草日将晡。故园消息沈天表，旧日交游隔海隅。只有浊醪堪遣兴，拟从邻舍典罗襦。

山骨倚天霜落后，湖光沃日雨晴初。何缘碧树千寻起，谁遣流波万顷潴。眺望岂无佳景致，羁栖不似旧阎闾。草堂忆在清溪曲，竹里幽窗可读书。

夜中见月浑忘寐，晓起看山只独吟。那得文章垂不朽，已知衰老故相侵。天寒大泽龙蛇蛰，岁晚荒郊雨雪深。有客可人吾邑子，往来时得一开襟。

客居无事日从容，只有伤心似酒浓。金马玉堂成寂寞，田翁渔子惯迎逢。坐看同辈声名起，羞见诸生礼数恭。淮北近传兵甲满，且须归去抚孤松。

晚来濯足向清湍，远客无朋总不欢。弹铗高歌还自笑，开樽一醉未能拚。散才岂必同樗栎，薄俗谁令受茝兰。父老相逢情更恶，为言租税未输官。

盛世贤才皆进用，野人漂泊更何悲。无由省闼联鸳序，且向江湖食肉糜。刘向重登天禄阁，荀公再入凤皇池。腐儒只解谈今古，岂有功名勒鼎彝。

淮西盗贼成群起，攻夺城池杀害多。保障谁能为尹铎，折冲未见有廉颇。南来羽檄时时急，北向官军日日过。贾谊治安空有策，九重深远欲如何？

落木飞鸿冬月暮，短衣乌帽五湖滨。思亲夜夜生归梦，作客年年笑此身。犬吠竞猜南越雪，莺啼未听上林春。世间谁是知音者，青眼相看只故人。

遥怜雁荡天台秀，雨过群峰翠黛凝。崖瀑高悬千丈雪，洞门深积万年冰。几回梦想题诗到，何日归来拄杖登。拟拉仙人酌仙酒，醉看明月海东升。

汉朝儒雅江都相，唐代文章吏部郎。万古斯人如日月，只今馀子但膏粱。萧条自恨生予晚，追逐何由到汝旁。俯仰乾坤一长啸，不知身世在他乡。

怀信州彭仲愈

盗贼攻破信州城，传闻杀戮到孩婴。故人经年无信息，此时无地避刀兵。风雨每惊乡梦短，莺花偏唤客愁生。兰溪船上看红叶，长忆同归载酒行。

桃山小港

江流深入乱山堆，山随江转势萦回。天雨天晴龙出没，潮落潮生舟往来，遥看缥缈云烟起，疑是神仙洞府开。豺虎纵横不可到，行尽水源空复回。

寄题叶氏皆山楼

闻道君家楼绝奇，青山重叠开罘罳。岚气能令窗几湿，日光映出树林迟。二月三月雨晴后，千峰万峰云起时。想见登临足幽赏，倚栏留客共题诗。

寄亨元峰

见说云峰亦有年，墨名儒术最堪怜。山中到老应长健，笔下能文非浪传。习隐径存陶令菊，寻盟社结远公莲。何时释我尘缨缚，来伴闲云听说禅。

辛丑元日原注：至正二十一年

新年览镜白发多，老将至矣可奈何。云霄飞腾无壮志，山林懒拙抱沉疴。江西江东地流血，村北村南人荷戈。生逢此世有何乐，屠苏饮罢强高歌。

咏雪三首

连年腊月不见雪，今日开门见(刘校：一本作“对”)雪山。滕六飞花自天上，仙翁种玉满人间。淮西战士无消息，剡曲扁舟谁往还。试看梅花故无恙，且将浊酒破愁颜。

积雪经旬白未消，纷纷又见六花飘。野蚕茧熟堆千顷，云鹤毛轻散九霄。草屋晓来寒凛冽，江村岁暮景萧条。题诗最苦无佳句，那得骑驴过灞桥。

昨夜苦寒不可当，晓起雪侵三尺强。江上光摇琼玉树，空中碎剪白霓裳。征夫贾客废行路，草舍席门愁绝粮。来岁丰穰预可卜，吾侪犹及见时康。

寄陈彦卿

楼屋近山东海头，翠云影落小窗幽。登临昔日同诸彦，羁旅经年忆旧游。故国莺花春入梦，沧江风雨夜生愁。不堪老去悲离别，岁月无情如水流。

寄顾仲明教授

长忆青华翠色寒，北窗对酒几回（杨校：丁本作“同”）看。鼎煎浦口罾鱼白，盘簇檐头树果丹。来往正期娱晚景，乱离俄叹失清欢。故乡回首江山异，落日闽南独倚阑。

题中峰楼

中峰之楼风景幽，山花满屋翠云流。海天日出蓬莱近，月夜烟清沆瀣浮。溪上松阴归晓鹤，檐前花树语春鸠。齐州渺渺黄尘里，此日登临是胜游。

赠陈性初

髯朱别后正作恶，忽见吾宗喜欲狂。他人何如同姓好，流俗都缘声利忙。道义交游追古昔，文章品藻出寻常。青云期尔飞腾早，馆阁诸公鬓已苍。

寄高晦叔兼简衍道源

每忆西斋竹色深，东风新笋想成林。一春弹铗梁溪上，何日移船汉水阴。高子平生偏爱客，衍公于我最知心。相期白首交情在，岁晚鸥盟可重寻。

送冯升伯航海归

江头木落晚萧萧，送客青山万里潮。过海青山才咫尺，开帆白雁共飘飖。故乡霜后鱼虾熟，十月山中芋栗饶。思尔到家无限乐，岁寒清隐可能招。

独坐

独坐东南日向晡，风高雪尽雁行孤。青山天际连于越，白水秋来满太湖。海内干戈犹烂漫，舍西园圃近荒芜。文章未必能经世，深愧飘蓬岁月徂。

挽许兹父处士

豺虎纵横满故丘，少微星殒避旄头，骨仙生托旌阳梦，羽化今从长史游。池上风悲春雨黑，松间鹤去暮云愁。诔文赖有燕公笔，解使清名身后留。

赠医士陈宗正（杨校：丁本作“丘”）

吾宗雅爱北山居，几上常摊素问书。橘叶秋香浮石井，杏林春绿满庭除。宋清焚券谁能似，扁鹊回生信不虚。海内即今成痼疾，问君医国计何如。

送陈与公（刘校：一作“恭”）入京

掾郎文采吾宗彦，泛舸之京意气雄。碧海五更看北斗，锦帆六月挂南风。九天宫阙祥云合，万里（刘校：一作“国”）车书此日同。看汝飞腾方绿发，烟蓑应笑白头翁。

题聚禽图

幽禽无数杂雌雄，画笔能追造化工。白鹭彩鸳洲渚上，班鸠锦雉树林中。双双上下飞相逐，个个分明态不同。安得小亭依绿水，朱栏尽日倚东风。

濯足秋风图

千峰翠影落孤舟，高人濯足沧江流。远天光动玻璃碧，西风木落潇湘秋。渺渺乾坤大瀛海，悠悠今古一浮沤，昆仑玄圃在何处，从此乘风万里游。

谢戴文璝佥院惠草帽

细结夫须染色新，使君持赠意偏真。玉川便易煎茶帽，元亮还抛漉酒巾。影堕水波浮晚照，黑遮霜鬓隔秋尘。深惭欲报无琼玖，感戴宁忘拂拭频。

游灵山寺

旧闻海上有神山，今见楼台岛屿间。鳌背千年开佛国，鲸波十里隔人寰。风吹僧影浮杯渡，云送龙身听法还。避世拟从支遁隐，尘簪吾已久投闲。

东林院（在陈家茔）

佛子神功世莫论，空中拥地作峰峦。贝宫万叠金银烂，琪树千章紫翠屯。白日风雷生树底，青天花雨散云端。何当伴我烟霞隙，一榻宁辞野阁寒。

送孔正夫赴会试

冬日江头梅蕊新，鹿鸣歌辍送嘉宾。把文南省已惊俗，对策明堂定绝伦。桐树朝阳鸣彩凤，桃花春浪化金鳞。高堂白发俱强健，早听芝泥出紫宸。

赵氏祖墓大樟木

翠拂苍穹霭绿烟，地灵一气萃山川。孙枝直耸三千丈，奕叶曾经几百年。诗礼培根资伯仲，衣冠席荫续曾玄。三槐门巷应相似，何似君家庆泽绵。

黄河

河流九折自昆仑，海内川渠此水尊。势走东南无日夜，声喧雷雨动乾坤。禹功曾凿三门险，汉使宁穷万里源。千古英雄争战处，舟人指点尚能言。

自明回温留寓郡城不得遂归田之愿述怀有作

西风落叶送清秋，力疾凭栏寄远愁。政慕陶潜归栗里，翻为王粲客荆州。山峰近郭东西起，江水通潮日夜流。景物年年只依旧。独怜白发鬓边稠。

幽居晚兴就简荣子仁都事

花开疏雨夕阳明，竹外幽堂夏气清。饥鼠窥人缘石走，小禽啄食下阶行。哦诗不惜生华发，把酒真堪慰客情。从事拟寻丘壑胜，也须骑马出江城。

寓鹿城东山下

大隐从来居市城，幽栖借得草堂清。鸟啼花雨疏疏落，鹿卧岩云细细生。石眼汲泉煎翠茗，竹根锄土种黄精。艰危随处安生理，何必青门学邵平。

庚子岁元日

晓风吹雨漏声残，野径青泥湿不干。椒酒聊从新岁饮，梅花犹似去年看。生逢兵革空流涕，老向田园已挂冠。遥望金门天万里，群公献纳在云端。

立春

前日愁看人日雨，今朝喜见立春晴。土牛鞭动驱寒气，玉烛调和想太平。片片雪梅窗外落，丝丝白发镜中生。年来贫病添衰老，节物开怀负酒觥。

过青华山访曾子白不值留宿僧舍

青华山根紫石洞，僧家结构林泉幽。为忆看书坐白石，相从策杖来清秋，烟霞满目共谁赏，猿鹤有情邀客留。尚拟青灯对今夕，逢君煮茗话离愁。

冬日夜梦中得句因续成之

今日冬至阳始回，客中无赖废持杯。乾坤万里风尘满，南北何时道路开。白发频添随绣线，壮心都冷类葭灰。中兴早看云台筑，老去何妨卧草莱。

刘山驿

冯公岭头树可数，刘山驿前花正开。白日同行如梦寐，长年作客暂归来。生涯谩倚青藜杖，羁思都凭浊酒杯。野店老翁惊再至，自怜不是弃繻才。

题白鹤寺瀑布(《东瓯诗集》作“白鹤寺观瀑”)

白鹤寺前看瀑布，丹霞洞口(《东瓯诗集》作“山下”)坐莓苔。千古万古流不尽，前山后山何处来。风吹散作晴天雨，客梦惊闻半夜雷。我欲挽归霄汉上，遍令六合洗尘埃。

客南塘作四首

乱离作客最间关，目送归鸿老泪潸。咫尺家乡成异域，朝昏烽火映前山。学仙无路游三岛，避地何时到百蛮。独立风前梳短发，懒将明镜照衰颜。

春来日日起西风，吹送浮云过海东。花落名园荒草满，燕归华屋故巢空。陶潜解印闲居久，王粲登楼作赋工。旧日交游多白首，时时相见慰途穷。

雨霁南塘春水多，日光浮动绿生波。风前无数蜻蜓舞，柳底成群白鹭过。垂钓老翁真可画，荡舟女子最能歌。眼看景物浑依旧，漂泊风尘奈老何。

江头无计问归舟，抱病羁栖古寺幽。风雨莺花成寂寞，干戈诗酒废赓酬。衰年白日愁边度，故国青山梦里游。见说王师向淮甸，早须传檄定南州。

和陈君从中中秋对月二首

海风吹月上江头，碧落沉沉白露秋。对酒何人开绮席，题诗有客在江楼。一天星斗光全没，万古山河影不收。极目南溟仙岛近，乘槎欲放钓鳌钩。

每恨中秋对月难，天时人事总堪叹。几年愁向他乡见，此夜欣从故里看。光射玉龙鳞甲动，影翻翠鸟羽毛寒。已拼醉倒金樽侧，百岁光阴若逝湍。

杨建德名其居曰竹泉求予赋

绿竹流泉带草庐，眼中得此称幽居。荷筇移屧清无比，开径穿渠计未疏。书帙翻风惊翠羽，钓丝牵雨出文鱼。栖迟自得丘园乐，不羡人间驷马车。

卷八　五言绝句　六言绝句

思亲词

泪滴东瓯水，思亲欲见难。水流终有尽，儿泪几时干！

送兴童都事还京三首

家临东海住，身共白云闲。不为瀛洲客，终年不出山。
出山连日雨，送客大江潮。天际开晴色，云帆去影遥。
日照离筵酒，风吹去客舟。不如东海水，相送到神州。

题画二首

烟树高低绿，春山远近青。僧归云外寺，客坐水边亭。
晓嶂青螺起，晴云白练舒。林间茅屋上，仿佛似吾庐。

己亥四月十九夜梦中作二首

芳草隔平地，碧云生远天。空将旧时泪，洒向落花前。
鸟鹊鸣棠树，椒花泛瓦樽。双亲堂上坐。执爵有诸孙。

题画四首

小园桃与李，春日竞繁华。石上幽兰树，秋来自作花。
茅舍雪初消，幽窗夜方静。美人期不来，月照梅花影。
愁来生白发，问尔复何愁。应被春光恼，多情雪满头。
芳草绿净姿，开花媚长夏。蛱蝶自飞来，岂是忘忧者。

题水仙花图

草木凋零尽，风霜送岁华。湘江寒夜月，独照水仙花。

访杨汝揩遇其饮醉不相见

为爱扬雄宅，携琴暮晚（杨校：丁本作“往”）来。草玄人醉卧，惆怅抱琴回。

题丹丘生柯敬仲竹木

云烟迷紫阁，风雨暗丹丘。仙客今何在？凄凉竹树秋。

题子昂折枝竹

帝子啼痕湿，湘江暮雨寒。绝怜樵采后，留得一枝看。

绝句二首

地湿泉流础，庭虚石卧云。井栏行小蚁，蛛网挂飞蚊。
云合虹腰断，风回雨脚斜。浅滩屯宿鹭，高树竞栖鸦。

雁字

势折成千点，行开见八分。书空有底恨？落日映回文。

红叶

片片染秋霜，枝枝映夕阳。纵饶红胜锦，只是恼愁肠。

题王景略扪虱图

头岸乌纱帻（杨校：丁本作“帽”），身穿白布衫。英雄如不遇，扪虱对谁谈！

禽名诗

游子归心切，提壶看落红。告天天不语，愁杀白头翁。

药名诗

丈夫怀远志，儿女苦参商。过海防风浪，何当归故乡。

赠诸葛东山

丞相名传万古，远孙学足三馀。试问东山高卧，何似南阳草庐？

卷九 七言绝句

送章好德还京二首

海清天影落波间，使者楼船六月还。水底蛟龙眠不起，顺风打鼓过成山。

北望燕山倚舵楼，水程十日至通州。宸居飘缈青霄上，阊阖门开拜冕旒。

题菘菜图

栗里园荒旧日归，手栽菘菜两（杨校：《元诗选》作“雨”根肥。只今客里看图画，惆怅红尘满目飞。

赤城春晓图

晓日霞光映赤城，琼台天近碧云生。世间车马纷如蝗，谁听仙人弄玉笙。

清港渡

清港矶头坐夕阳，萧萧只（杨校：丁本作“双”）影寄他乡。天边不尽青山色，若比羁愁愁更长。

题献狻猊图

西域狻猊百兽豪，照人闪闪紫金毛。当年入贡来疏勒，谁向明堂讽旅獒。

戊子元日客中有感二首

慈乌绕树声哑哑，新年见汝更思家。弟妹堂前称寿酒，吾身飘泊海天涯。

生平苦有文章癖，老大仍悲岁月增。馆阁只今招隐逸，吾曹何日见飞腾。

题花竹翎毛四首

棠梨三月吐花齐，布谷飞来树上啼。想见小园微雨过，春光都在石栏西。

梨花沐雨带娇羞，独立枝间一鸟幽。若遣美人初睡起，定应无处着春愁。

秋林物色晚凄凄，寒雀飞来棘上栖。最爱石根青竹好，天空不见凤凰啼。

乾坤寥落岁将阑，竹叶梅花独好看。可惜幽禽栖不稳，霜风日暮羽毛寒。

题梅花二首

夜宿罗浮酒半酣，霓裳梦里舞毵毵。觉来月在梅花树，无限清愁落海南。

西湖载酒负幽期，想见梅花似旧时。曾忆倚窗清夜看，雪晴月照过墙枝。

东坡游赤壁图

石壁悬空树影枯，江船载酒鹤鸣孤。须知苏子登临地，不是英雄战斗墟。

题画

夕阳凝紫满秋山，松下茆亭只数间。独棹小舟溪上去，何人得似老翁闲。

白莲图

佳人翠袖玉为容，沦落清波恨最浓。千载香魂消不得，至今化作白芙蓉。

溪山秋意图

古木槎牙夕照间，萧萧秋意满溪山。东风拟觅玄真子，不见渔舟系石湾。

题戴悦齐兄弟墨迹

戴家伯仲旧知名，闻道临池笔意精。今日晓窗看墨迹，风流仿佛见平生。

王子猷访戴图

月照清溪雪满山，孤舟乘兴只空还。一时来往同儿戏，底事流传满世间？

即事漫题十首

日日四(原作“西”，刘校：一本作“四”)山黄雾昏，时时战鼓响江村。愁看春色随流水，那得开怀对玉尊。

年年花发可怜春，今年见花愁杀人。不是风光近来别，只缘兵战此时频。

连年筑寨向山中，晓起俄看野火红。三百壮夫同日死，千家居室一时空。

老翁忆子哭声哀，妇怨征夫去不回。前日山中新战死，昨宵梦里见归来。

悍吏登门横索钱，人家供给正忧煎。官粮预借三年后，军食尤居两税先。

农父江边立荷戈，无人南亩种嘉禾。今年妻子愁饥死，活到明年更奈何！

并（丙寅孟春重刊本作“濒”）海居人不种田，捕鱼换米度长年。钓船鱼网都狼藉，老稚流离哭向天。

将军披甲气如霓，猛士操戈命若丝。高坐谈兵真莫敌，前驱战死竟谁知！

江汉（刘校：一本作“海”）波涛日日生，山林豺虎复纵横。老夫僻在深村住，恰似春蚕茧里行。

兵革相寻余十年，十人九死一生全。近闻关陕王师出，何日南来扫瘴烟。

烟江叠嶂图

烟波千里楚天长，叠嶂青青人渺茫。江上渔舟元不系，只应招我钓沧浪。

八月十六日夜忆何汝樵林希颜追思往事怅然伤怀二首

月满空阶独自行，思君偏动旧时情。少年相见今头白，几度中秋看月明。

昔年曾忆夜相过，共赏清光对酒歌。天上月明还似旧，故人分散奈愁何。

贞妇词（丙寅孟春重刊本作祠）五首

处之丽水，叶氏女嫁为潘家妇。处陷，女归家从父母居白岩砦中，与弟妇王氏以死自誓。贼至，王先自经死，叶与其妾新葵相随投大酒瓮中。瓮破，因投崖下死。乡人为立祠焉。

白岩山砦白云根，剪纸那招节妇魂。涧水流干崖石烂，精灵终古在乾坤。

女子归宁妇有夫，妾知事主肯逃逋。叶家一旦三人死，贞烈同门绝世无。

玉质追随捐绝壁，悲风萧瑟起长杉。旧传古嵊青枫岭，今见高楼白石岩。

红巾攻破处州城，多少男儿人虏营。何似妇人能守节，千年英气死如生。

白石山头贞妇祠，乡人时节荐香粢。凭谁收拾春秋笔，节义堪为后世师。

题蟹

昔年作客到淮阳，饱食霜螯一尺长。几度春秋橙子熟，樽前空对菊花香。

子昂图

风动秋山日已晡，旧时林苑尽荒芜。王孙去国犹无恙，解写江南竹树图。

秋雨四首

九月以来天色晴，一朝风雨闷还生。客乡白苎那禁冷，沧海归舟未可行。

墙边黄菊开正好，晓来雨过尽离披。客里宁悲秋色老，遥怜打损故园枝。

雨脚黄昏万点齐，只愁入夜更凄凄。家书可忍题灯下，归梦那能到屋西。

老亲忆子海城边，舍弟思兄风雨前。秋水夜来添一丈，栝溪应望下滩船。（此首原脱，刘校补）

棘上双禽

幽禽并立羽毛齐，日落风寒棘树低。拟待洛阳春色好，牡丹枝上伴莺啼。

刘景玉赠蕙花口占绝句谢之

故人晓剪盘中蕙，遣致双枝几案前。只恐鼻根勾引惯，朝朝准拟送新鲜。

景玉和韵来觅荷花复成二绝送花与之

荷花花落莲房在，不似兰蕙殒风前。谩遣数朵供玩赏，深怜佳实倍芳鲜。

觅花仍许为开筵，瓶罐应簪置席间。（杨校：孙仲容先生云："间"疑"前"之误）但得双樽浮绿蚁，不须多品竞红鲜。

赠星士陈光大三首

有客布衣纱帽乌，相逢华发更清癯。曾闻历卜青云士，他日还应到我无。

爱汝读书不作吏，少年蹉跎今老成。日日开帘肆中坐，高谈祸福使人惊。

底用赢粮去远游，只将奇术动公侯。京都春色浓如酒，三月莺花满御沟。

题水仙

深冬霜雪送年华，野草全枯未作芽。赖有小园春意在，新开无数水仙花。

送牛德大三首

送别都门酒半酣，绿杨芳草忆江南。故乡闻道风尘起，欲寄家书不忍函。

四月西湖景最奇，使臣行役到家时。画船载酒轻轻荡，红袖笼笙细细吹。（据题脱一首）

芦沟晓月图

芦沟桥西车马多，山头白日照青波。毡庐亦有江南妇，愁听金人出塞歌。

翎毛

幽鸟毛翎也自奇，竹边孤树立多时。只今何处无罗网，落日空郊慎所之。

陶隐居画像

注就神农本草文，高风欲寄大茅君。羽衣不受人间聘，句曲山中多白云。

李息斋竹

蓟丘墨迹重今时，一尺琅玕价不赀。想见小窗秋雨后，酒醒貌得过墙枝。

觅薰香

君家自造熏香品，绝似番禺船下来。谩遣小诗从汝乞，已温微烬待人回。

乙巳元日客中二首

去年新岁客东瓯，今岁新年闽海头。北望家山三百里，南风何日送归舟？
老鬓慵梳添白发，客樽强饮对新年。此身那似山中鹤，夜夜归栖碧树颠。

久雨二首

新年新雨连残腊，一月浑无一日晴。晓起莺声都寂寞，寒深柳眼未分明。
春来杀气连天地，海内民生寄甲兵。独客倚栏愁更老，隔墙时听午鸡鸣。

藏春亭四首

倚阑只见四山青，竹外墙扉尽日扃。绝爱园林风景好，韶华都在水边亭。
亭前花木满园栽，李白桃红树树开。春色恼人浑欲醉，双双飞蝶过墙来。
细听流莺宛转歌，对花不饮奈春何。日斜醉卧阶前草，不觉沾衣柳絮多。
好花园里四时开，谁道春光去复来。但得玉壶频送酒，不妨日日共衔杯。

春日送别

昨日相逢今日离，东风回首日迟迟。春深应有梅花在，别后何妨寄一枝。

题顾仲华扇就送之京

好向（丙寅孟春重刊本作“对”）山中草屋幽，晚凉随意到（丙寅孟春重刊本作“钓”）溪流。凭君为问金台客，何似渔翁不系舟。

题明妃图

明妃出嫁离长安，拨尽琵琶悲远天。自是生为延寿误，至今死后画图传。

题画

华盖群峰雁荡南，夕阳雨过碧云（刘校：一本作“於”）蓝，秋风八月凉堪倚，拄杖穿云看石楠。

卷十 序

族谱序

族之有谱，所以别宗支、叙昭穆、定长幼、辨亲疏也。流派虽分，而其原同出乎一。子孙虽众，而其祖未尝有二。以吾祖之一身，而为子孙之千百，非谱曷以明之？

然观今世，昌盛之家族之无谱者固多矣，有谱而泛及乎远者亦多矣。族而无谱，则不知其本始之所自，忘其祖也。有谱而泛及乎远，则指他人之先，以为吾之先，诬其祖也。为子孙而忘其祖，非仁也；为子孙而诬其祖，非智也。二者，君子之所不与也。

陈氏自虞帝以来，不知其几百世矣。而吾族则在五季时，自闽之长溪赤岸，避乱迁居平阳，今已四百馀年。入宋为乡之望族。族旧有谱，亡失于大德丁酉风潮之变。高生也后，志在修辑而无所考见，乃广询诸族之故老，及检寻先世遗简残幅，略得其宗派流传之一二，因次序之，以为陈氏之族谱焉。失其名者则阙之，而犹著其字，传疑也。得其实者则谨而书之，传信也。断自始迁以下，而又及夫居闽之世，盖不忘其祖而亦不敢诬其祖也。

嗟夫！先王之时，人人亲其亲，长其长，推而至于睦其族。在上者既立宗以继之，又有不悌不睦之刑以纠之。故服虽有降，而凡同族之人，无有不相亲爱而未始相背弃也。降及后世，浇伪日滋。而上失其政，富贵而骄，势利而争，甚而手足同气，犹相视如途人，而况于服之穷乎？况于数十世之远者乎？为吾族之子孙者，盍亦思法古人之厚，而戒今世之薄乎？此高所为作谱之意也。

易书二经通旨序

予友赵君伯起(杨校注：孙仲容先生云：赵伯起名良震，平阳人，见《苏平仲集·东谷先生墓铭》)著《易书二经通旨》，取经文意义之近似者，比类而条析之。或会而同，或别而异。大而为天文地理，细而为制度名物，微而为性命道德阴阳鬼神，以至于先儒之训诂。凡有所疑，靡不辨决。呜呼，亦勤矣！

朝廷设科以明经取士，而试以经义。经义之文，易用程氏朱氏，《书》用蔡氏之说，二经及传疏数十万言。学者讽诵寻绎，或自少至老不能究一经，及就试场屋，主司发难，则握笔瞠视，不敢措辞者，往往有焉。赵君独能研精探赜，贯穿融会，解其肯綮，剖其盘错，使习是经者得而观之，如获指南之车，不待问途而越裳可至，其于答主司之问也何有。然则是编之有益于学者，固不少矣。虽然，士之明经，岂专为科举计哉？圣人之道，非经不传，学者读圣人之经，则当求圣人之道。是故明吉凶消长之理，知进退存亡之几，而动不违乎时，则深于易者也。观二帝三王之心，考唐虞三代之治，而以之修己治人，则深于书者也。若夫迷溺于文字之支离，而徒以是为进取之媒者，亦岂赵君之所望于后学也哉。

四书管窥序

圣贤之言，夫岂徒言而已哉，道所存也。故凡求道者，不可不得于其言，不得其言而欲以明道，譬之适国而不由其途，未有能至焉者矣。

然圣贤之于言也，或近而旨远，或约而义微，大而无乎不周，细而无乎不贯，载诸方册，宏深简奥，而其理实具于吾心。学者不可以易而观之，亦不可以僻而求之也。夫以易而观，则鲁莽而疏略；以僻而求，则穿凿而牵附。若是，则日诵其言，而不达其意，其于求道也，不亦远乎？孔曾思孟之书，载道之言也。自朱子为集注章句，释其义理，要其指归，而其说大明于世。其辞详以密，其趣悠以长，天下学士所共尊信。至于受业私淑之徒，又为之发其绪馀，演绎增广，纷然间见而层出，背而违者，亦或有焉。文日繁，而辨日起；歧愈多，而道愈幽。使读之者不舍源而寻流，则弃同而即异，君子盖病之也。

吾乡乡先生史君文玑，苦求于学，笃信坚守朱子之说。反覆研究殆三十年，遂取诸家纂缉之，编而去取焉。乖戾者，折而辟之；隐昧者，引而伸之。旁通曲畅，著于简牍，名曰《管窥》，抑可谓有功于朱子也已。呜呼！立异以为高，好奇以为尚，为学之大弊也。《管窥》之作，盖为是欤。孟子曰："博学而详说之，将以反说约也。"学者由是以明朱子之说，然后自详而反约，以究圣贤之言，则其为道也庶几矣。

顾氏文录序

顾君仲明（杨校注：孙琴西先生云：《苏州府志》元常熟教授顾元龙，字仲明，至正十六年。则仲明盖名元龙。今《平阳志·人物补遗》有顾仲明任教授，而不详其名）录其先世杂文凡若干篇，编次成帙，题曰《顾氏文录》，而俾高序其端。

序曰：太上立德，其次立功，其次立言。古之君子死而不死者，有所立也。立德立功尚矣，而言之可传于世，夫岂易乎哉？言之不文，则其传也不远，此君子所以贵乎文也。文之载乎道者，盖难言之矣。指事陈辞，摛章摘句，虽若异乎古之立言者，然其称述论议，往来唱酬，藻思纵横，才华发越。有以夸美于人而流传于后，固亦当世之所重也。

吾乡望族盖非一姓，而顾氏尤为时所宗。自他姓而观，其位固有显焉者矣，其赀固有厚焉者矣，其子姓支派亦有蕃（杨校：丁本作“繁”）衍众多焉者矣。然而文人才士，彬彬辈出，未有盛于顾氏者也。尝闻之长老，言其在前朝时，试艺场屋者比肩骈首，策名进士前后不乏。而通经博古，驰骋词翰，为乡人所推重者，乃至八九十人。然则顾君之所录，特序一二于千百耳。簪缨世族，务以爵位相高，一再传后，泯没无闻。其有可称者鲜矣。盖显荣于一时者，卒不免于草木同腐。而垂声后世，则在此而不在彼也。观文录者，亦可以自励矣。

是编以钱唐主簿君《上萧侍郎书》为首，书中所论朋党事，著明深切，直气凛凛，足以廉顽立懦，使读之者，千载而下，犹可以想见其为人。此又顾君托始垂训之深意也。岂徒曰文词云乎哉。

王季修字序

王君福庆，其字曰季修。翰林承旨巎巎公为作大字书，而当代名公，敷绎其义以为说，言夫修德致福之道详矣。季修揭诸座右，以朝夕观省焉。夫男子冠而字，所以尊其名而责其以成人之道，则为之字也，得不寓夫儆戒之意乎？于字而寓夫儆戒之意，则闻朋友之称之也。其心岂不恻然思有以践其实乎？

古人盘有铭，几席刀剑户牖有铭，盖所以自警也。今也耳朋友称己之字，而目诸公训告之辞，无有师保，如临父母，比之铭盘几席刀剑户牖以自儆者奚以异？若以朋友之称字为尊乎己，而衒诸公之文以夸乎人，夫岂季修之意哉。

吴氏世谱序

古之人尊祖而敬宗，敬宗而睦族，民俗之所以厚也。夫自一人之身，支分派别而为千百。及其久也，有富有贫、有贵有贱，服与亲尽，于是始相视如途之人。历世愈远，疏者益疏，甚至于富而役贫，贵而奴贱。遂令同宗共祖之人，而为佣奴役隶之属，其故何哉？由图谱之不明也。是故族必有谱，然后知夫派之别也，而其源同；支之分也，而其本一。贵而不敢遗贱，富而不敢忘贫。则民于是乎不偷，而俗且归于厚矣。然则族谱之作，乃所以序昭穆、辨长幼、别亲疏，而尊祖敬宗睦族之道，举在于是。其所系顾不重欤？

呜呼！王政不行，宗法废久，世道下沦，日趋于伪，簪缨胄胤，降为皂隶，故家旧族有谱存焉者寡矣。而凡同姓之中，或贵且富，则以贫若贱者为非其族，而邈焉不知恤。故吾每观人之族谱，未尝不兴感于斯也。

吴氏之先自闽迁平阳，今十有六世矣。其显名于世，则有太常博士白斋先生蕴古。及（刘校："及"下一本有"今"字）登仕籍者若干人。世谱所载，支派非一，而疏远弗遗，后世子孙于吉凶合族之际，考诸图谱，以明尊卑。夫岂有富贵贫贱之相弃而不相睦也哉？此盖古者敦厚民俗之遗意，固君子之所尚也。因为之序其端，使览吾文者或有儆焉，则孝悌之心，岂不油然而生乎！

徐氏族谱序

谱所以纪世系也，氏所以辨宗族也。族久则世远，世远则亲疏，非谱以记之，则同宗相视为途人，曷知所自之本于一原哉！晋宋以来，遂分差次，欧阳公用汉年表法，苏老泉取礼大小宗为次，自高曾至孙五世而一迁。盖以上下虽或不可见而知之，亦可以闻而知之，庶不失于虚诬（杨校：原作"无"，据丁本校正）之诮也。

坊郭徐氏一十七世孙士琦，明蔡氏书，肄进士业，出家谱属予序之。予惟故家旧族之子孙，所以历年愈久而愈繁者，皆由祖先积庆累仁而致之也。徐氏自晋天福间，于闽之秦川徙居平阳县西，其后散居不一。独邑居繁衍，登名桂籍，代不乏人。故志称昆山下孔徐多青紫，则其世族可知矣。今士琦复能修葺旧谱，使根株枝叶灿然，后人溯流求源，可坐而致。是亦孝之大者也。

吁！祖宗以孝义之积而致族繁；子孙以孝义之推而修典备，古人致重于斯，讵不信乎。若士琦者，可谓贤矣。于是乎书。

山中白云诗序

天下之物，凡可以适意娱情者，苟非其所有，则必将尽心力以求。求而且不能必得，苟得矣，又虑夫攘窃之患，重固扃钥，惟恐其有窥而伺之者。而人方且因而肆为争夺，使之不得以有其有，是则物之可爱玩者，适足以累夫人耳。若夫不劳心而得，不用力而有，得之而人不誉，有之而人不争，此山中白云所以为可贵也。然世之人，鲜有知爱之者，惟方外清幽之士，时有取焉。

浮图宗旨南，居玉环之灵山，遗尘垢，绝世纷，金璧珠玑之宝，锦绮翡翠之华，象齿犀角琛贝外国之珍，乃世之所爱所玩者，举不足以易其性情，汩其心意。而独扁所居室曰"山中白云"，其好尚可谓异矣。

且夫云之为物，其来无方，其去无迹，舒卷自如，变化靡常，或隐而藏，或散而雨，千态万状，若有若无，可玩焉而不可执，可望焉而不可即。旨南闲居是室，结跏而坐，由禅定起观白云往来于山谷中。漠漠乎与身同虚，湛湛乎与世同寂，浩浩乎与之俱游于鸿濛之上，悠然独得其趣，而岂世俗之所能知哉？旨南既以之自乐，又求能诗者歌咏之，且征言于予，故为之序引。使知旨南者观于是诗，而有以见其志之所在。其不知者，亦可因是而得其为人矣。

望云图诗序

凡为人子之爱其亲也，在乎左右，则敬养之礼备，违乎膝下，则思慕之情深。故虽颠沛流离之际，耳目不及夫形声之接，而所以思其亲者，曷尝顷刻忘哉？昔者诗人于行役之劳，而不得终养也。则有《陟岵》之篇，《蓼莪》之赋。发之于性情，形之于歌咏，使后世读之者，感慨之意犹不能已。又况于身处其地，而亲历其事者乎。

常熟缪侃叔正，世居于海虞山之阳。至正丙申春二月，江城陷，叔正避地荒野。时父仲素君为掾江浙，故父及弟皆寓居杭。秋七月，寇犯杭城，二弟相继没于兵若疾，叔正携妻子入杭省觐。居无何，三关有警，乃奉母渡浙江，侨居会稽之柯山。既而杭城克复，母氏复返父所，叔正方从事浙东帅府，縻于职守，弗获归侍。而仲素君于己亥岁丁大父忧，自杭归常熟之故里。

明年庚子，叔正且自四明从事来温。去家千里，道途阻兵，父子相望，各天一涯，十馀年间其得在侍侧者，仅留杭数月耳。叔正每以不获奉温清进瀡瀡为恨，对人言之，则欷歔太息。乃取唐狄梁公望白云思亲舍故事，俾洪元质画其故乡云山之景，及所居之室曰“猗猗堂”者以为图。题曰《望云》。而士大夫之相知者，又为赋诗以述其志，并写于上。叔正朝夕挂图寓所，想象白云亲舍之似，而讽诵朋友所赋之诗，俨然若身处乎虞山之下，而聆謦欬于父母之前，可谓不忘其亲，而切于思慕者矣。

呜呼！孝者百行之本，而身者父母之遗体也。叔正之思亲如是，则孝敬之心常存而所以奉父母之遗体者，必将无所不至矣。况亏其行以辱其亲乎？予故为之题辞，抑亦古人序诗之意云尔。

太史氏家谱序

自因生赐姓之后，生齿日繁，而居族日众，由是以字为氏，遂以为族。周末秦汉，乃用氏族为姓，或以国，或以官，而姓氏之源流益难别矣。故有同宗而异姓，亦有本异而末同，若虞陈胡田之同出于姚，商殷宋孔之同出于子，与夫周鲁郑卫同出于姬之类，凡此皆同宗而异姓者也。王姓出周太子晋，而魏信陵君之后亦为王。马姓出赵马服君奢，而马矢氏之后亦为马。刘出刘累，为尧之后，而项伯、娄敬赐姓曰刘。刘聪亦自姓为刘。至元魏、高齐、后周、隋、唐以迄于今，或赐以国姓，或改从华姓，或往随母族，凡此皆本异而末同者也。是则族之广者益多，浑淆而莫考其实矣。又况近世家乘族谱之作，往往夤缘攀附，忘其先而冒其祖，吾其敢尽信乎？若太史者，其支派传次，谱虽弗完，而族亦稀少，然初未尝有杂而乱之者也。

按太史得姓，自齐子余始，见载记。其后显者，战国有齐大夫敫，三国时有建昌都慰慈，吴郡太守亨。萧梁时有扬州文学叔明都尉，初从江南文学居吴兴。传至承事府君基，复还临安。承事之玄孙曰玄，出其所著家谱以示余，且曰：自吾先世得姓以来，今已二千馀年矣。文学之后，迄无闻人，且世次之微，久将湮没，而后嗣无所考见。此谱之所以作也。

呜呼！玄之用心，亦可谓远也已。夫盛衰消长，理若循环，太史氏之微也久矣，焉有微而弗著者？异日蕃衍盛大，其必在玄之子孙乎？

美陈国英修堰诗序

（杨校注：孙琴西先生云：按《平阳志·荐举》，陈文俊字国英，陈营人，官至元帅府佥事，或即其人。又孙仲容先生云：石本《陈君惠泽记》云，君名文俊，国英其字，自号苍雪道人）

温之平阳，滨海为州，州之南为长港，港之南有田四万馀顷，皆膏腴也。当山断处，津渠通海（杨校："海"字据孙琴西先生校补，丁本无）潮汐所往来，并海之乡田不可稼。

宋嘉定中，乡人林君居雅始为堰八十丈于津流人海之冲，外障海潮，内蓄清流，数乡之人，咸赖其利。元至正三年，堰坏，屡修治弗克完，农民失业，岁以荐饥。越五年，岳侯伯仁来知是州，将召民致其役，州人陈君国英，素有孝（杨校：丁本作"好"）义名，闻之奋然以为己任。乃率众趋事，散财募工，晨夜戮力，营之逾时，堰成而寻复坏，众且缩手。君独劳心殚虑百计作治，至于不遑寝（杨校：丁本作"寐"），食不避风雨，靡怠益勤，竟获倡功，旧规克复。

于是乡之父老咸曰：其自今岁且有望，吾无患饥矣，陈君之惠其可忘哉。而文士遂相率为诗以称道之，予即美陈君之劳，而嘉吾乡之蒙其利泽也，故为序之。而系以歌曰：

悠悠巨海兮漭漭洪波，山断水交兮潮汐奈何。溢于川源（刘校：一本作"原"）兮甘泉为鹾，自古有田兮不可以禾。昔人经始兮陻以沙土，堰其要冲兮以防以御。爰得清流兮溉我禾黍，食我农兮实我廪庾。岁既远兮决坏，饥馑荐至兮为我农害。思昔人兮谁复继？维兹有土（疑作"士"）兮为我农惠。沉土万篑兮下石千艘，再毁再成兮其役孔劳。隐以金椎兮既完且牢，断绝鼋鼍兮捍遏鲸蛟。谁实为此兮利我农亩？前有林公兮陈君在后。自今以始兮岁其大有，吁嗟斯人兮惠我孔厚！

（杨校注：孙仲容先生云：子上别有《陈君惠泽记》，亦为国英作者。至正十五年刻石，今在平阳金舟乡。余据拓本补入戴教授咸弼《东瓯金石志》第十一卷，此集失收，当据补录。

《陈君惠泽记》已据《东瓯金石志》，补录于本集十二卷末。黄群注。）

卷十一　赠送序

送林希颜归永嘉序

（杨校注：孙琴西先生云：希颜名齐，见本集《竹西楼记》，《平阳志》入《文苑》。汝樵名岳，亦见本集，而《平阳志》不详其名。允心名，无考。）

余少时不知论学取友，年弱冠而得林希颜氏，既又得何汝樵氏、陈允心氏。凡余在乡井所与为友者，仅止此耳。而余知读书为文，不自暴弃而流于鄙俗者，则希颜之助余者居多焉。其后余辞亲戚去故旧，而来游于浙之西，羁旅数岁，思向日之所相好者，则邈乎其悬隔千里，而不可得见也。

六年冬十有二月，希颜来吴中，忽过余于舍馆，握手道故，感慨畴昔，而相视则已俱壮大，侵寻入于长老之域矣。余以学无成功，行不加进，将欲广游道，廓（刘校：一本作“扩”）见闻，蕲有所树立。是故孟浪江海，日复日，月复月，岁复岁，不自知其年之迈也。可胜嗟哉！希颜之来，志亦且有所为，而以其爱亲之故，不欲契阔于温凊之奉也。居无何，复转而东归。余虽爱慕欲挽留之，然于义，乌可得哉？

大凡士之学古道，思以自别易（刘校：一本作“异”）于庸众者，虽身在困约，而出处行藏之际，至不可苟也。盖出游则以充耳目之接，泄胸中之蕴，亲贤士大夫名人巨公以成其材。而居乡则供养父母，笃于宗族亲戚闾里以周其行。二者之势常不能两全，然则若何而可哉？盖以较所轻重而行之耳。使居乡，而父母之情乐，居焉可也；出游而亲之志安，出焉亦可也。视其孰为重，孰为轻，而为出与处之计焉，夫岂苟也哉。今希颜之归，诚有得其重者。第其跋涉道途，乍往乍返，为勤亦至矣，吾独将何语之哉？林氏世多文人，希颜之从大父碧梧先生，严父伯舆先生，皆饱学笃行君子也。若归而朝夕待焉，而又穷究经籍，尚论千载，则所以成材者，又奚必千里之外也耶（杨校：丁本作“即”，《永嘉集》内编亦作“即”）？于其行，姑序以为别，善于诗者歌以系之。

送吴起元之金陵序

金陵当大江以东，古称佳丽地，至今为士大夫渊薮，朝廷耳目之司在焉。其达官往往知礼遇贤才，拔引士类，是故世之怀蓄知能，思自奋者，不之京师则之金陵也。

永嘉吴君起元以壮岁耿介之气，知读书，习律令，抱负所长，愤不见知于时，毅然去乡邑，溯浙江，道毗陵，方且适斯土。将以览江山之胜，发泄其胸中，曳裾候门，蕲有所树立，夫岂流俗落落可比耶。

起元伯父博文先生，季父近仁先生，皆尝典教于常；兄起东久职教成均，多为显者所识。使起元而无所挟也，人犹将爱敬，而乐先道之，而况其为人有如此哉。以起元之耿介若是，抱负若是，而今中丞公及诸僚属，又皆时之选，汲汲求访遗逸之不暇。吾知起元之往，必有所遇也已。

余与起元同里居，又同为客，于其行而来征言也。故送之序，而系之诗曰：白日照绿水，兰芷发馨香。游子有远行，采之以为粮。手提太阿剑，被服白玉珰。岂无当途士，致汝青云旁。

送高彦平知高邮府序

知府位四品，视一府为长官。凡政事无大小必有所决，簿书不得署不敢奉行，予夺谴呵唯意所向。得其人则一境安，否则吾民受荼毒，其为职亦甚重矣。五年秋，大名高公以无锡知州，转知高邮府。高邮界长淮以东，辖县三，上隶大省，旧称有鱼稻之美，俗厚而勤稼。比年以来，蝗旱相仍，民困于饥，俗浸以偷，奸盗滋炽，其为理殆难。当道者重其选，故属之公，盖以公之能为也。

予尝慨今世士大夫鲜自砥砺，率以官为生，相与语则曰：某所沃壤可为也，某所瘠土不可为也。民瘼利弊一置不问，恶乎所谓敬其事，后其食哉？夫国家设守令，为民师帅，崇其秩禄，而责以六事。若利顾一己，如吾民何？吾知高公之不为此也。

公尝由象胥氏扬历中外，往往有声。为无锡三年，民安之，既秩满而居是邦，家无赢（杨校：丁本作“盈”）赀，其为人可知。今之往，吾又知高邮之民之受其惠也。公雅重儒士，无贤否皆礼接，故咸乐公之美，而歌诗以饯其行。

送林伯和归乡序

予昔年尝识黄文举于乡，爱其才奇崛卓荦，志大不羁，为文若诗，率不事故常语，遂与之相好也。前年春来勾吴，始识林伯和氏，则黄君之门人也。伯和为人，大率如黄君，而歌诗又似焉。余既与黄君友善，故亦与之游，然伯和抱负磊砢，为客几十年，未尝一旦少得志，每令有识者恨之。岁五月，揭而东归，过予言别。予虽知伯和最深，然亦龃龉于世。顾力不能推挽，既惜其去，而独深喜其归也。

凡士之怀蓄利器，出游无所合，往往困心衡虑，知自磨砺，以求实乎内。暨其老于世故矣，然后所就者远大宏达，与夫壮岁得意，而暴用其气以无所树立者，相去何如哉。今伯和之不遇时，恶知非天之欲福之耶？子归，力取圣贤书读之，与若师相敦，以古道自任，勿以外物戚戚摄于中。则他日之所成，必有大过人者，将于是乎在。余志乎此而未能，余有愧于子矣。于其行，知伯和者，各为诗以饯，予故引而序之。

送麐上人序

道原衍公主德藏之明年，宝磨为典客事。其七月归吴，乃辞于常往来者，皆歌诗以饯之。予不可无言也。麐出于天泉泽法师之门，法师贤也，来游于衍公之门，衍公贤也。二师之交游多四方之士，其士皆贤也。麐于法师为嫡孙，于衍公为从游，于四方之士日与交接，则麐又贤也。而与为方外友。予得无言乎。

夫蓬生于麻而直，曲木生松柏间而连卷诘屈，物固有化有不化。岂非以刚而自持，不若柔而自胜者乎。故夫人之与贤居，而能如《易》之所谓顺以巽，卑以自牧者，虽愚尚可得而化，而况于贤哉。今以麐之贤，而所与从事者又皆贤，苟能逊志，会众善以充其学，其庸可冀乎。昔宋有宝麐师，以文行为苏长公所重，至今人称道之，又恶知继之者不在于子也耶？勖之而已耳。于其行，故以此告之。

送曾子白员外序(杨校注:子白名坚)

天下宾兴之士，由乡而贡之礼部者，岁大比不过三百人。其与礼部之选而升之天子之廷，获奉大对授官爵者，不满三之一焉。夫以区域之广，亿兆之众，越南燕北之所至，日月出入之所近，所取之士若是之少也。而一科之中，有能灼灼以事功显著，为时所称道者，又不过数人焉。是则人才之难而不易得也较然矣。

至正十四年，左右榜进士及国子生之中选者，凡六十有八人。是科最号为得士，其散于四方，赫然有声誉者，盖班班可数也。而求其学力之精深，文章之富丽，秉心之方正，持己之端恪，未有若曾君子白者焉。十八年，朝廷命省台重臣经略江南，慎简僚属以为之辅。于是曾君以江西省左右司员外郎为从事官。越明年，君以褒赏功绩之命，自闽来温之平阳，宿留久之。予与君有同年之雅，时方卧病家居。当兵革艰难之际，而处海滨遐僻之乡，喜君之至于此也，乃数数过其所寓，讲明道理，商榷古今。暇则相从杖屦，访林谷之幽，览泉石之胜。而君每谈及天下事，未尝不慷慨太息而欷歔也。

大抵儒者之在今世，得柄恒轻，而责任恒重。方其无事之日，固有以先见夫成败之几，可以有为，而曾不得其柄。言之于人，则见以为迂阔，而听之藐焉。及夫海内多故，纷扰劻勷，其势日趋于坏烂而不可救，然后始求儒者以为用，而又动辄有所牵制，使不得以尽其才。则复从而咎之曰：多论议而少成事，儒者盖不足与有为哉。呜呼，士大夫之生于斯时也，其将卷而怀之耶？抑亦出而任其咎耶？曾君蕴才德之美，抱设施之行，且其筹策谋谟，亦足以成就勋业，而共事者所见率督（刘校：一本作“多”）异同，卒不得伸君之志。故知君者，咸为君惜之。虽然，有猷有为之士，布列于显位，言听而计从，则能亨天运之屯，萃人心之涣。今朝廷方更张，以复太平之治，如君之贤，必见优礼而尊用。由是而行其所学，进忠谠于庙廊之上，而下膏泽于寰宇之内，此则吾党之所深望于君者矣。君之还京师也，州之人士咸不忍其去，相率为诗以饯之。而高为之序。

送周尚文归吴序

吴郡周尚文侍其父来平阳，平阳之学者无不友而爱之。予向日游吴，尽得与其贤士大夫接。今以兵戈道梗，归耕于乡，离群索居之际，而得尚文焉，故尤与之相亲厚。一日过予，怆然而告曰：“旦日将奉亲以归，且与先生别。愿有以进之也。”予既与尚文亲厚，于其行也，恶得无情乎？情动于中，必形于外，又恶得无言乎？

夫士之所以自重者，由其有礼义也。交际之无失，有礼存焉耳。出处之不苟，有义存焉耳。世之昧于廉耻者，不知择其所从，荡然失己而不顾，盖非迫于饥寒，则诱于纷华而已。然亦鲜有不贻后日之悔，而取当世之讥者也。尚文材质甚美，而恭谨有文，居贫困之中，未尝苟有进取，是其贤固可尚已。今兹之归其乡也，养亲之暇，其必勤于学而励于行，坚确其守而不易乎其初。非礼之举，虽细弗为也；非义之得，虽大弗居也。夫如是，则充乎内者既至，而其所就，必将有大过人者矣。

送顾仲华督漕入京序

（杨校注：孙琴西先生云：仲华，元龙弟，见宋文宪集《题顾主簿上萧侍御书后》，当考其名。）

国朝岁漕，东南之米数百万由海道以达京师。米之所出，多仰吴郡。数年以来，寇盗梗化，吴郡之米不输，海（杨校：丁本作“漕”）运之舟不发。京师外馈军旅，内给百官俸禄，粮饷乏绝，上贻庙堂宵旰之忧。江浙行枢密院判官周君（杨校

注：周君名诚德，见《郡志·忠臣》），以省台之命，分镇平阳，绥降讨逆，境邑以宁。艰勤累岁，克底成绩，乃谓京师天下之本，而国用以食为重，为臣子者，岂容以遐僻方外而弗究弗图？若得漕运之达，无问多寡，庶几可以率先远近守土之臣，咸供馈饷，以成戡定之功乎！由是裒诸境内，得米若干石，载之巨舰，浮海以漕。爰命顾君仲华曰："吾以职守所縻，不可以亲往．子其为我行哉！"仲华毅然承命，初无纤毫难色。趋装戒程，略不以家事为意。涉风波如履平陆，真可谓男子也哉。君子谓周君于是举也，忠爱不忘乎国；顾君于是行也，义劳不图其私。使为臣者，皆能如周君，其有不尽其忠者乎？为士者，皆能如顾君，其有不勇于义者乎？忠也义也，人之所尚而天之所佑者也。仲华到京之日，朝廷必有以嘉其勤而宠赉之，韦布而往，衣锦而归，其在兹役矣。是乡之文士，咸壮其行，相率歌诗以饯，而陈高序之。

送刘景玉赴金华县学教谕序

（杨校注：孙琴西先生云：景玉见《平阳志·荐举》。
按景玉字也，当考其名）

仕于今之世，其有位卑而任专，可以推行古道、化民善俗者，惟学校之职为然。凡郡县皆有学，学皆有师，师专掌教养子弟事。郡守县令，治其郡若县之民，政事刑罚，咸出守令。而教之以诗书礼乐，使知廉耻退让，明孝亲弟长之节，则必由于师。故有贤守令无贤师儒，虽能为治，不能为善治。县学之师曰教谕，主教一县，则为职亦重矣。然其秩禄，曾不得比书院之长，是故上以轻授，而下以慢为。居其职者，鲜能尽其职，苟延月日以希考选。甚者至縻廪庾之委积，而摭其赢以为己私。是岂皆其人之过，亦势（《永嘉集》内篇作"亦其势"）然也。间有一二知所当务，而所以为教者，不过循当世记诵词章之习，月课季试，以举子程文第其高下而已。固能令俊秀之士争先科目，锐于进取，出为国家用。然而奔竞之风以炽，德行之懿靡闻，舍本而趋末，其于古人教学之意何如也。如是而望化之行俗之美也，不亦难乎哉。呜呼弊矣！

同里刘君景玉，以帅府檄为婺之金华教谕。景玉明经而富于学，其智足以谋，其强足以立，敏足以行之，文足以发之。推其才，必能易时之弊，尽己之职，而与令共兴善治者矣。景玉尝抱利器试于有司，屡为其所抑。今居兹职，宜若有不屑焉者。然官无大小，皆可以行其志，不以所处之卑而不敬其事，君子之道也。景玉往而加勤焉，俾教彰于一邑，声流于四方，岂非予之所望于君者哉？而亦岂非君之所优为哉？

夫庠序之教，世俗以为迂，而有识者以为急，顷者寇盗煽蘖，赤子化为蛇虺，有司以文法治勿胜，卒至用兵戈狝薙之。若使教之有素，则民有恒心，莫不知尊君亲上而各安其分，孰有入于邪僻以犯非义乎。立民防而导其善，其于治化夫岂小补哉(《永嘉集》内篇作“小补之哉”)？景玉之行也，士友饯者，咸相率为诗。予故言教人之事为君赠，亦以白夫世之主学校者焉。

送子文张君之莆田主簿序

州县之职，最近民而亲焉。凡民之理乱肥瘠，恒必由之。自寇盗扰攘以来，兵革日用，刍粮器械之所需，咸于民焉取具。武将悍卒，惟暴戾恣睢是务，不顾民之荼毒，动趣(丙寅孟春重刊本作“辄”)迫乎有司。有司或应之稍缓，则凌辱备至。故州县之官，虽名刚介果毅不畏强御者，亦莫之能抗也。由是不得不移其疾于民，以纾己责。日施棰楚于疮痍肤体之上，而严督其所出。贪墨之辈又并缘为奸，则民于是乎重困。往往弱懦者流离，强梗者反侧，遂令安靖之区，凡吾赤子，皆化为敌者，良以此也。然则居当今之世，任州县之职，而欲其道之行志之伸也，不亦难矣乎！虽然，君子之为政，未尝无其方也。苟设心于爱民，民亦未尝不受其惠也。师旅征敛固不可以不给，而凡出乎民者，必使之均平无所偏颇，而又推恻隐之意以取之，则民虽重困而不吾怨，宁竭其赀力而祸变不生，可以保境，可以全名，此诚有职乎州若县者之所当知也。

里人张子文，将为簿于兴化莆田。子文之从仕，非无意于民者也，而适遇时之多故，则其难盖十倍于平宁之日矣。不遇盘根错节无以别利钝之器，子文可不尽其心乎哉。莆田为邑，滨于南海，虽不罹兵燹之患，而供亿之繁夥，盖有不能免也。当斯民困弊之馀，而赋敛之必均。抚摩之必至，使之与吾同其利害休戚，岂非近民者之责欤。子文之于为政，因不待予言而知矣。而予又以是告者，悯夫世之居职者，不知恤乎民隐，以致若是之纷纷也。故因子文之行，有感而发焉。

送道士邵涧泉序

江阴道士邵涧泉来永嘉。永嘉之士大夫，凡与游者，皆称其可与游。而涧泉之于人也，不问贤不贤，与之游者，必与亲狎。

予今冬始见涧泉旅邸，视其貌粹然而和，听其谐谈，犹炙毂輠，而出不穷。其行其居，适己自如，不拘拘于形骸之内，而为世所桎梏者。予甚异其为人，然求其能，则不可得。叩之则笑而不予应，询之人亦莫之知也。其学庄周氏之逍遥者耶？或曰：涧泉好修炼，盖明于内金丹药术者也。

夫自老子著《道德经》五千言，有云：“谷神不死，是谓玄牝。玄牝之门，是谓天地根。”而后世为老氏学者，祖述其语，以为炼形保生之说。其法以吾身精气为药物，用火候锻炼（刘校：一本“炼”字下有“养”字）之谓之内丹。丹成者可以长生。推原其术，盖出神仙者流方士所为，非老子之道本然也。老子之道，以清净无为为根柢，恬澹寂寞为门户，守雌抱一，勿摇其精，勿滑其神，则自然久生。此其要妙者也。涧泉学老子法，亦尝得其要妙矣乎；如得其要妙，尚何假于金丹修炼之术为。

又考庄周著书，推崇老子，大较齐死生，一彭殇，以生为附赘悬疣，以死为反其真。贵在乎达生随化。周之论与老子虽若少异，然善学老子者莫如庄周。后之欲学老氏者，求之于周斯可矣。涧泉之迹似学周者，由其外以观其中，抑亦有得于周乎？

予少时尝读老庄书，今则业于儒术，既与涧泉不同道，而涧泉之来求予言以为归乡之赠者，亟请而愈勤。涧泉奚所慕于予者哉？予道不足以裕乎己，予文不足以振乎人。涧泉得吾言以归无益也。虽然，世有知予者，因予之言，亦可以知涧泉矣。

送族弟祥游金陵序

族弟祥，早岁在庸众中能自标异，颇涉猎书史，于医方星历尤所精究。

向年为乐清阴阳（丙寅孟春重刊本阴阳作“平阳”）教谕。治职之暇，则从师问学，与诸儒生讲明经籍，县尹杜君宗儒（杨校注：孙琴西先生云：郡志元乐清县尹有杜继祖，蓋即宗儒）甚器重之。比归见予，听其吐辞论议，乃知所趋向识见文采皆非昔日比。予深叹美其质之化，而喜其习之益也。今春予自吴回，忽过予言曰：“祥之齿壮矣，驰骤乎乡里，胶扰乎尘俗，其何以广闻见而能有所树立哉？闻金陵为江东名都邑，朝廷风纪之司所在，其达官往往能礼贤引荐士。祥将适兹土，庶几其有合乎。”

予闻其语而壮之，且告之曰：“世之人能自奋拔而致通显者，不可一二数也。虽其无他抱负，苟有推挽之力，犹且成就，况以汝之多能哉。然予所见则有异于是，固不容默默于汝也。凡士之求遇于世者，求在外者耳。不知君子固轻乎外而重于内也。予将语汝以所重，而进汝以为人之道乎？为人之道，其必由学焉。予将语汝以为学之术乎？为学之术，力诸己而资诸人，今汝之往而游也. 其必资诸人而力诸己乎。是故，人之贤而有道者，汝则师之，其有文者，汝则敬而友之。虚而之志以求进其知，切而之言以求践其实。读古人之书，而观其行事与其用心。毋悦于纷华而易其守也，毋习于便佞而荡其气也，毋口为礼度而心实违之，毋貌为恭庄而中则肆焉。闻人誉己，必反而思曰：吾诚有美矣乎？闻人毁己，亦必反而思曰：吾果有失矣乎？毋少得而盈，毋自怠而画。夫如是，则日求充于内而不暇计乎其外。内既充矣，人不知，吾不信也。人吾知矣，不遇于时，无有也。故车之坚可以任重也，而人斯载之；故弓之良可以射远也，而人斯彀之。苟汝治车而坚矣，为弓而良矣，焉往而不为人所求，不此之务，而急急焉以求人知为事，则非予之所望于汝也。祥尚勉之哉！祥行至吴，吴之故人有问予者，试以予言质之，其必有以发汝矣。”

赠周元帅序

兵者所以诛暴禁乱，不得已而用焉者。故善用之则乱息而民安。不善用之则民受其祸。然用兵之善无他焉，在乎将而已矣。将得其人，则兵之用也，进退有度，攻守有数，夷大憝，芟凶逆，宥胁从，故虽毒天下而民从之。将非其人，则兵之用也，进退无度，攻守无数，残兵以逞，以致于失律亡师而殃及其身。呜呼！为将之道，其可以易言哉。

自盗贼梗化以来，有年于兹矣。吾观夫将之贤者，千百人中不获一二焉。其不贤者，肩背相摩，踵趾相接也。是故城邑之陷，壤地之失，人民之糜烂流离，奸宄之纵横滋炽，皆由乎将之不得其人焉耳。然所谓将贤者，非专善战斗之谓也。宅心之不忠，字民之不仁，若是者，不能已乱，而徒以长乱。呜呼！古之名将吾不得而见之矣，若佥都元帅府事周君守仁，抑亦可谓贤将者欤？君佐其伯氏佥枢公，分守平阳，总制瑞安，而军旅之事，君实专其任焉。严部伍，明号令，必赏罚，布恩威，驭士卒，如严师之训弟子，而爱其民犹慈父之于子也。不顺命者俘而戮之，有附降者抚而育之，二州之境寇以殄而人以宁，君之力居多。由是台省交上其功于朝，自同知平阳州事升温州路总管府判官，未几而复受兹职，宠以节钺之荣，重以阃外之寄，功泽被于黎庶，而声名达于遐迩。岂非当今之贤将哉。使世之建将旗握兵符者皆能如君之贤，则祸乱之戡定也久矣。

虽然，平阳为州，介在遐僻，四邻皆虎狼蛇虺之区，而截然中处，保障无虞，用力倍而成功难。夫以君之果毅谋略，若统率其师旅，以驰驱乎中原，其勋业所就，岂止若是而已哉？吾又未尝不为君憾也。今朝廷更张事以图治功，汲汲焉求文武士以备内外之职，而陕西行省平章察罕公，下兵河南，收揽英隽，以佐成中兴之烈，其独于遐远举君（刘校：一本作“其独遗于遐远乎”），君其慎守忠贞之节，以副国家之倚任哉。顾君仲明，君之懿戚也，来征予言为君赠，予故论良将之不易得，而道君之美，以致其愿望之意云。

送刘仲彬序

往岁予在四明，乐清刘仲彬自乡中来，以善数学，能推人生年月日时，多中。

上官有据权势者，方骄肆得意甚。仲彬布数为言：不避去，将败。未几果败，人咸神之。予始知仲彬之精于术也。

后数年，予归永嘉，仲彬亦自杭回，会于真华玄馆。仲彬为予言，幸为当道者推举，授官东归，予且知仲彬之有所遇也。今年（刘校：一本年下有“秋”字），予来城中，寓松台僧舍。一日卧病，招吴龙元（刘校：一本作“元龙”）诊脉。忽有著道士衣冠者，翼如而来，径入室中，揖予而坐。予初不识其何人，怪而问之，则曰：“吾固弃俗而为黄冠（刘校：一本作“者”矣）。始吾以术动公卿，谓富贵可立致，往来吴越之间七年，经涉世故，亦尝滨于死。今吾观世之荣名利达，犹春花秋叶耳。吾母年老，奉之隐居，因作养真道院于玉环山凤林奥中之梅屿，将以终吾身焉。孔子云：‘不知命，无以为君子。’吾之所赋于造物者，既有定分，吾已知之矣。吾于世果何求哉？”

予闻其言，始而甚骇之，卒而深喜之，而又知仲彬之异于人也。今夫奔走乎要津，请谒乎权门，大可以获爵位，小亦不失润屋而肥身。举一世莫不皆然也，而且相习以为常，其不能然者，则众嗤笑之而谓之迂。仲彬乃独背驰于当世，不顾人之笑己，而甘为迂焉。岂不甚可骇欤？虽然，予乃一世之所共笑以为至迂者。仲彬之出处，虽不与予同，而为世之所笑以为迂，则与予同。此予所以深喜仲彬也。予闻玉环在海之中，昔之方士以为海中有三神山，仙者居之，不知果有三神山与否？若玉环者，岂即其地也耶？方悲世俗之迫厄，愿轻举而远游。他日予或访仲彬于海屿之上，而要安期、羡门以与之接，则亦将从子而终老矣。因叙以赠之。

送缪应龙入京序

临川危公，参预大政，以其王大父尝受荐于故宋知临江府平阳缪公，因曾仲衎来官平阳，遂俾求访其子孙，令至京师。于是知府之曾孙应龙航海以往。乡人皆以为荣。盖知生之必有遇也。

予惟昔人于同年僚友举主门生，世笃通家之好，虽远而不忘。俗与世迁，此道之废为日久矣。今危公独能敦尚古道，念先世之交谊，而思拔擢其子孙。传曰：“故旧不遗，则民不偷。”使天下之人闻公斯举而感发兴起，风俗其有不厚者乎。然吾于生则不容无以告也。

吾闻古者学而后入政，故君子不患其无位，而患所以立。今生之齿方壮也，志方锐也，其质秀以良，其气和以充，进取有其阶，推挽有其人，奚患爵位之不至哉。所未至者，学问之功也。生至京师，拜危公之后，观其功业之盛，文章之懿，言论风旨之详密，而就学焉。吾闻成均之内，人才所育，生其往而游焉。耆硕之儒，吾尊而师之；俊秀之士，吾亲而友之。而又曰读古圣贤之书以明其理，以成其才，由是序爵而论官，以列于有位，岂不于尔祖为有光乎？若然，则生之受知于危公也为不忝，而公之举生也为无愧矣。生尚勉之哉。

送林子植入京序

国家用兵以伐强暴，十有馀年矣。后进师师，凡俊秀之子弟，其所业者，孙吴攻战之书，苏张揣摩之策也。以是驰骛乎当道，急功利，走权势，至于圣贤六艺之文，乃以为不急于用，而莫之习焉。

夫自道学不明于天下，世之为学者，已不能推究本源。然而犹幸家讽人诵古圣之经，讲求贤传之旨。如有豪杰才士由是而兴起焉，岂不可以造夫高明之域，而尽修己治人之方乎？假令不得豪杰才士而使之兴起，然其心术犹知慎所趋向，不专以诈谋权变为先，而习俗颓败未必若是之甚也。虽然，此其失有自，其化有机，能斡其机，斯可以见其失矣。要在乎上之人举措何如尔。故夫俊秀之士，有能不为习俗之所移，吾则举而用之，以风天下。天下之人，其有不从风而化者乎。今寇盗就戮，文教复兴，所以正人心，所以易风俗，盖维其时矣。操时之柄者，恶可不用心乎哉？

林生子植，自幼从其师读圣贤之书，探性命之理。当俗尚委靡之日，而守之愈确，为之愈勤。权谋之言，未尝入乎心也；名法之编，未尝经乎目也。行辈之得志者，群笑而丛议之，子植弗恤也。故予每称道其美，以矫夫人焉。今将往游于京师，子植之为人，非衒其能以求售于人者也。京师之大夫士，讵有如（《永嘉集》内篇作“知”）子植者哉？予固言之以为之先容，使在上者知而举之，以厉夫后进之学者（《永嘉集）内篇作“之为学者”），其于正人心而易风俗也，亦庶矣（疑“几”字）其宜乎？

送徐天常入京序

同郡士徐天常将之京，求予言以自壮。予语之曰：子亦尝闻夫钓之说乎？世有慕得鱼而业于钓者，其始也曲针以为钩，断蚓以为饵，投竿洲渚之中，而鲂鲫鳊鳜，日充乎庖厨矣。既而闻有钓于江湖者，其所得之鱼，乃有大于此焉。于是乎以锥镞为钩，以鳅鳝为饵，投竿于江湖之上，而鲭鲈鳗鲤日满乎舟车矣。既而又闻有钓于溟渤者，其所得之鱼复又大于此焉。于是乎悬数尺之钩，用全犗之饵，投竿于万顷之波，而垂纶于千万丈之流，掣吞舟之巨鳞，引横山之修鬐，然后知夫昔日之钓其所得者微矣。

今子以儒试吏于郡，自漕府至于守府，非钓于洲渚而得鲂鲫鳊鳜者乎？由是而从事帅府，举贰大邑，非钓于江湖而得鲭鲈鳃鲤者乎？今兹之入京师也，大官高爵，可掇而取之。吾见子之钓于溟渤，而巨鳞修鬐恶乎可逃子之钩饵哉。子往矣，吾且拭目望子之得鱼而返矣。然予亦烟波之钓徒也，泛不系之扁舟，垂无饵之直钩，钓于寂寞之滨，而求希有之鱼，于兹有年矣，未始有得也。子之京师而问焉，有能持竿从吾而钓者，吾斯与之为友矣。

送楼学录序

予尝往来道缙云，缙云在万山间，其山之环县治者，盘郁美秀。其溪自山中来，经平地，水清而流缓。意夫风气所钟，生于其间，必有文雅淳谨之士。

前年楼君景辰来录温郡学，与之接。察其辞气，信乎抱淳谨之质而文（刘校："文"上一本有"具"字）雅之懿者也。不待观其行事，固已概得其人矣。今春予入城，日至学宫，时四明杨君仲如典教之初，三衢程君思齐为学正，凡学之事一新。而景辰与二君周旋雅相得，所以协力作兴者，具有条理。思齐为予言："景辰在职，尝复豪民所侵田，及正土田之籍，使复其旧，于学校为有功。然后知景辰行事果有可观者焉。"予方喜而称诵之，以为文学师儒官皆贤者，庠序之教，其庶几乎。居无何，景辰以考满代，众咸惜其去者。予则以为士之仕也，将以有为也。居下位，其势不得专，而不可以为（刘校：一本作"以有为"），人才之屈焉者多矣。如景辰者，假令得可专之势，其设施宜有出于人，特以职之微，而所建用未甚磊落耳。

今四方武备未弛，国家以用贤之急，藩臬大臣，往往起人于布衣，而加之不次之位。智者献其谋，勇者效以力。景辰自兹以往，岂无知而举用之者？则其爵禄之显荣，声实之流布，殆未易量也。区区校官，恶足久为景辰淹哉。于是皆相率为诗以饯其行，而予为之序。

送章氏二生游国学序

朝廷稽古以建国学，其师儒皆极天下选。下自公卿大夫士之子，与凡民俊秀，咸入而学焉。弦诵之教必勤，肄习经传之旨必极讲明，周旋揖逊必中规矩，祭祀献酬必正仪式，月考季试必严其程度，属辞角艺必课其殿最。故其入而学焉者，率有以化质而成才。由是四方英敏之士，不远数千里鼓箧而逊志焉，其出跻朊仕立勋业者，往往而见。盖国家所以造育人材之地，而子弟之欲就其业者，不可以不游也。

章氏二生弼、善，少而知读书为学。齿且长矣，处乡里间，苦于闻见之局而行艺之堕也，将往京师而国学是游。二生之志亦可尚也已！然京师繁华之会，万方之所辐辏也。达官贵人，其出入则车接毂，马联镳。外国奇货川委而山积，名倡异妓杂处径巷。睹侈靡之色则目眩于视，聆曼衍之声则耳荧于听。其中焉有弗摇者乎？故成均之内，虽可以化质而成材，而志之未坚定者，亦易以丧己。况自大学之道废而不修，为教为学者，记问文词之外无为焉。学果为己乎，圣贤之言，人无不口尔，孰若刍豢之甘焉者哉。

弼也善也，其亦往而慎之矣。贵而崇高，吾勿慕焉也。纵而嬉遨(杨校：丁本作“游”)，吾勿狎焉也。道德之尊者吾师焉，行业之懿者吾企焉。内焉义理之求，而外焉威仪之习。夫如是，吾将见其质之化之速，而才之成之易也，爵禄之至乎何有。今夫子弟，在家多恭谨以自持，而其出也，或流荡而无检。是故业成于居，而学堕于游，世之若是者众矣。然则吾于二生之行也，恶得而忘言耶！

卷十二 记

平阳州儒学增田记

凡学校之经用，师弟子有廪膳，士之贫者有养，春秋释奠有簠簋俎豆之实。苟岁之所入无以为出，则庶事阙遗，师生旷业，而学校废矣。平阳旧为县，赡学之田素寡，后升州，更设教授员，厥费倍昔。且田弗加多，岁所收谷以石计者不过三百。二丁奉祭之赢，教官禄且弗给，是故训导之师恒虚其席而弦诵之声未之尝闻。前后之职教及守土者，虽或病之，而其力不足以为。

至正十九年，天台陈鉴翁来为教授，慨然以兴起学校为己任。越明年春，南台监察御史易普剌金、孔汭行部闽广，取道于温。三月之吉，适临是州，乃莅学宫，虔谒于先圣先师，遂登讲堂，慰劳多士，宣布德意。环列观视，罔不欣肃。因睹学师缺员，生徒稀鲜，乃询其故。鉴翁具以膳廪空匮告。二公惕然曰："崇学尊教，实我国家盛典，而勉励作兴之，岂非吾职所当先乎？"乃言于副元帅周嗣德，曰："自吾入兹境，民若不知有干戈焉者，子之保守抚绥斯土，厥功茂矣。然当海内用武之日，吾民得以安居无事，必须庠序之教，使之明人伦而知礼节，匪为治之急务欤？州之有学，盖以教民，而田弗充于赡士，（刘校："士"下一本有"教"字）奚由兴？盍图之。"元帅曰："诺"爰拨在官之田若干亩，归诸学，且籍其入，专为师弟子廪膳费，而俾来征记于余。

余唯学校育才之地，凡子弟来游于是者，将以渐摩乎理义之训，涵泳乎道德之源。少则习夫洒扫应对进退之节，长则业夫修己治人之术。始之为士，终之为圣贤。其所以为教而学者，闳大如此，则其养而食之也，庸可阙乎？而凡师弟子之食其食者，得不思夫为教之本，与夫为学之道乎？异时吾见礼乐之教行，俊秀之才成。居则有以孝亲而悌长，出则有以化民而善俗。是则增田之功，有补于学者岂小乎哉。盖非御史之贤，无以成其美；非元帅之贤，无以拓其规。陈君之志由是而获遂，然则书之以昭示久远，夫孰曰不宜？至正二十年秋七月望记。

栖云巢记

人有居于巢者乎？上古之世，其民盖尝为巢而居矣。自上栋下宇之制兴，易营巢以宫室，于是乎高堂邃宇，重屋广厦而犹不足以居也。讵肯处危巢以取颠踬哉(杨校："哉"字元脱，据丁本补)！予来华亭，乃闻有巢居者。意其必遁世俗，离人群，而与鹳鹤并栖于丛木之上也。及往窥其居，则为屋数楹，深广丈馀，而表其名曰"栖云巢"。怪而问之主人，主人曰："若岂疑吾之名室乎，夫鷦鷯巢于深林，不过一枝，而人之寓形宇内，偃仰一室者，亦若是而已。百堵九埏，千门万户，穷雕巧而极壮丽。其自处也，不过容膝，又有异乎鷦鷯之巢者哉？然则吾之兹室，岂非吾巢乎？且吾之居是巢也，除风雨，绝尘嚣，俗虑不至焉，惟白云往来其门(丙寅重刊本与《历代小品大观》皆作"间")，与吾同处同休。吾游而嬉，云兮我随；吾倦而息，云兮我即。我卧云衾，我坐云席。吾依云而栖，而云之与吾未始相离也，是故有栖云之名。若以吾之巢为小乎，大而观之，万物以天地为巢，天地一巢也。寄吾巢于天地之内，六合八荒皆吾户牖也。吾又泛观乎天下之物，苟可以玩目娱心者，非有力不能致。彼造物者，复靳于人；惟云也，出人无常，变化无方，不以吾贫而独与吾亲。取之以自怡，而人莫与争。吾将始终与云栖乎是巢之中，澹泊乎相安，逍遥乎无为。世有知我者，必且以我为有巢氏之民。"

予于是释然而喜，谓主人曰："子之言似有道者，吾为子笔之。"遂书以为记。

巢之主人，杨君伯成也。记之者，永嘉陈高也。其时则至正甲午八月朔日也。

碧山堂记

自平阳州治西南行七十里，其地为凤奥。凤奥之野多山，其最高大而特起者为许峰。许氏世居焉，故山以许姓。许份景文所居之屋日碧山堂。环其屋皆山也，故堂以是名。堂之前正面，许峰若屏障罗列。去屋可三百步，左右之山，翼附乎其旁，若虎蹲鸟厉，璧判圭峙，其近可按而抚也。卉木春荣，松柏冬秀。朝云飞白，夕阳凝紫，奇态殊状，旦暮万变，景物之胜，咸萃于斯。凭槛而睹(杨校：丁本作"观")，隐几而卧(杨校：一本作"睨")，不待登高涉险，而凤奥诸山举在乎目中矣。

大抵因胜概于丘壑者，多在寥阒之境，崎岖狭隘，人迹所罕至。诛草茅，垦荒秽，然后筑室而居焉。自非遁世绝俗之士，未有久而不厌者也。今斯堂在众山之间，而宅乎夷旷，许氏之族繁衍，父子昆季，兰辉玉映，贵游之士，亦复数有至焉者。早晚会聚，时节燕饮，歌诗诵书，奕棋鸣琴，寝处游息，衎衎如也。与夫居岑寂而逃虚空者，岂不相去辽绝哉？嗟夫，碧山之幽与斯堂之美，世之好奇喜异豪贵有力者，虽欲以千金致之而不能得。今景文独善（刘校：一本无“善”字），擅而有之。然则前人之来胥宇而贻孙谋者，亦可谓弘远矣。

许氏之（《永嘉集》内篇作“其”）先由闽来居此已数百年，代有闻人。在宋时有自进士至郡守，太学生入仕者，前后相望。盖其清淑之气，又有以钟乎人，非但所居之胜而已也。景文有才干，能保障其乡里，又数佐官府讨贼有功。《传》曰：“公侯之子孙必复其始。”将于是乎在。

水竹幽居记

福东门（杨校：丁本作“福城东门”）之外一里，为金鸡山，山之阳为东禅报恩光孝寺。寺之左右，其地多闲旷，虽负城郭，无异坰野。逆川顺师来主是寺，于兵毁之后重建梵宇，不再期而成。瓦砾之墟，焕然金碧，众屋既备，旧规复完。乃营寺西南隅隙地，为休憩之所。其室三间，中广寻丈，旁辟两阁，疏棂密牖，凉燠咸宜。又作小楼，仅容卧榻及置几案。面其前，有池方可三十馀步，积水泓渟，色黝以碧。环其侧，植竹数百竿，玉干翠叶，亭亭猗猗。复垣其四围，穴垣为小门以出入，内外迥隔，市嚣俗纷，靡接于耳目，因名之曰水竹幽居云。

予尝偕客过之，俯池而玩，则莹洁可鉴；倚槛而咏，则清标可挹。明月东出，微风南来，寒光映隐，爽气交袭，翛翛乎若脱尘埃而游空虚，不知日之夕、身之寓也。客谓予曰：“吾闻为佛氏教者，道存冲寂，心与世冥，而犹留意于物若是耶？”予未有以应也，乃相与质之。主人曰：“子以物观物而物于物，不若以非物观物，而不物于物。今夫湛然而澄彻者水也，挺然而娟净者竹也。水犹（杨校：孙琴西先生云：“水犹”二字犹衍）法性本空，法身无相（刘校：一本作“水犹法性本空，竹犹法身无相”）。作如是观，则水非水，而竹非竹，虽有是居，实无所住，非幻而幻，我且忘我，而况于水乎？于竹乎？又况于水竹之居乎？”于是宾主相视而笑，释然玄契，遂记于壁，俾感（杨校：孙仲容先生云：“感”当为“惑”。丁本亦误）者祛焉。

远山轩记

凡世之迁居而去其故土者，其始也未尝不思，久则安厥居而忘其思矣。是故君子于此，必有以寓其思于耳目之所接，触焉有感，而情于是乎生，则愈久而不能忘也！

予友何君汝樵，自将军里迁某处，去山甚近，而于迁室之东偏为轩焉。扁曰“远山”。夫其苍翠之色，朝夕在望，烟云吐吞，松柏森列，瞭然于眉睫之间。则山岂远乎哉。盖以寓夫故土之思焉尔。君旧居括山下，列楹峙乎崖石，疏牖瞰乎深涧，岩竹园卉，茂树清泉，可憩可玩。君髫龀日，尝侍其大父后溪翁，寝兴于是，弦诵娱游于是。时序移改，陵谷变迁，昔之栋宇，今丘墟矣。而君乃能卓然有立，艰勤缔构，以成室庐。初欲从其祖居。相厥遗址，榛莽芜没，四顾寥寂，又无与为邻者。乃舍其旧而宅于兹。爽垲坚密，不陋不华，燕处奉宾，爰有其所，儒者之居，亦云美矣。然君身虽居此，而心未尝不在括山之麓也。是则兹室去山虽近，而视昔之负山而居者，庸讵非远乎？

嗟夫，敦仁笃行之士，不忍轻乡邑以忘其本，忠厚之至也。而放旷者，虽适千万里之远，乐其处则终身忘归其乡。今君之去故居无十里遥，而不能忘情若此，信乎敦仁笃行君子哉。虽然，故居之不忘，盖不忘其祖也。为人子孙而可以忘其祖乎？然则君之居于是轩，不惟思其故居之近乎山而已也。将必思而先世有文章之懿，德业之盛，而求所以继其美矣。《诗》曰："无念尔祖，聿修厥德"，其是之谓欤？君名岳，隐居不仕，以孝行为众所宗云，故为之记。

林氏祭田记

古制田以井授，由士而上，祭皆有田，然其法之废坏久矣。近代朱氏著家礼，乃教人取附墓田以奉祀事。盖生者之于既死，日远（杨校："日远"二字，及下文"时"上"岁"字，"报"下"本"字，依孙琴西先生校补，丁本亦缺）日忘，子孙霜露之思，弗保其久而不怠。使有田焉，则不惟可借其资于给用，而岁时常祀，因田以存，所以竭虔致享，岂不可继于无穷哉。

福宁林君宗璧孝其亲，亲既没，而哀慕不已，岁时思之，祭必恪恭如式。于是乎图所以为久远计也，乃谋于兄之子某，合出田若干亩，籍其入以为祖祢春秋之享荐，忌日之献祠。且刻其数于石，以示后人，而求余文以志。

夫报本严祀，礼之大者。去古既远，习俗浸渝，而世人于奉祀之孝，漫不以为事者，盖有之矣。或孝子慈孙有能致其追远之念者，则施田释老氏而立祠焉。曾不思吾祖考之灵，非类不享，而况托于虚空怪诞之说也哉？呜呼！道教之不明，而斯民之敝惑，亦可（刘校：一本"可"上有"大"字）哀也已！然则林氏祭田之举，诚今世之所当法者。《诗》云："永言孝思，孝思维则。"其此之谓欤？是宜书之以示劝，故为斯记。

钟秀楼记

天地之始辟也，其气氤氲郁积，盘错纠纷，则凝而为山，流而为水。是故山水者，所以钟夫天地之秀者也。凡天下山水之美，东南居多，层峦叠嶂，清湍飞瀑，极变化奇特之态，有不可以名言。而幽人逸士，欲擅山水之乐，则必为楼观亭榭以居其间。然后所谓钟夫天地之秀，而为变化奇特之态者，不待穷搜远举，可以安坐游目而得之矣。

信之贵溪，山水之乡也，方外士吴季彬居焉。作楼以为休息之所，而名曰“钟秀”。盖以山水固钟天地之秀，而兹楼又有以钟夫山水之秀也。

季彬遇予淮南，而征文为记。予未尝至江以东，若兹楼之胜，固不可得而知。然试以闻于季彬者言之，则琵琶岿其前，台山拥其后，琼林屹其左，应天峙其右。而沂溪之水，又回环乎四向。争奇献怪，含辉呈媚，阴晴异状，四时殊象，交乎目者皆苍翠之色，入乎耳者皆清泠之声。燕闲无事而日延览其上，有足绝尘堁，遗世纷，若徜徉于物之表，而忘其寝与食也。季彬诵书之暇，仰而眺远，俯而瞰近，旁观邪（丙寅孟春重刊本作“斜”）睨，应接不穷。于以舒幽情发天趣。倚几而吟诗，则若有助其思；据席而挥弦，则若有畅其音。盖兹楼既钟山水之秀，而季彬又有以钟夫兹楼所钟之秀也。季彬为老氏，得澹泊以无为，寂寞以自持，而招赤松、王乔与娱。或谓仙人好楼居，季彬之意，无乃在于兹乎？予不可得而知也已。

义田记

三代之世，同党相救，同州相赒，而在官又有不恤之刑，以纠其阙。当是时，凡民皆知分有馀，补不足，而急人之急也。逮乎世道下降，王政不行，人各私其富，锱计铢较，怯（丙寅孟春重刊本作“吝”）于施予，甚者至于骨肉同气，虽极冻馁，滨于死亡，犹邈然不之恤。而人亦恬不为怪。于是而有推其财以惠困乏者，非仁人之心不能也已。

桃源陈君思礼，买田其乡，为义田，凡若干顷，岁籍其入以赒恤宗族邻里之贫者。予有常数，贷有常经，丧葬嫁娶各有常给，而又以其赢，即所居之旁，建书塾，招致经师，教乡之子弟。呜呼，陈君之用心亦仁矣哉！

昔先哲范文正公置义田于姑苏，迨今数百年，遗业犹在，而鲜闻有继而行之者。陈君兹举，盖闻文正（刘校：一本“正”下有“公”字）之风而兴起欤。虽其规模有所不逮，然亦各随其力之所至，而用心之仁则一也。若使世之富者，皆能如君之用心，而人人赒其宗族，恤其邻里，则施之所流者，广远而溥博，岂不可以厚（刘校：一本作“厚民俗”）俗而有补于王政也哉。君字义甫，尝以帅府辟教谕赣榆县儒学，秩未满而隐去，以善称于乡云。

三友轩记

至正甲午冬十月，予过王伯尹氏。伯尹以客燕于三友之轩，属予而言曰：“斯轩也，前郡守赵侯之所名也。往岁赵侯来抚绥南海，道经吾里，先人馆焉。一时游从，皆冠盖知名士，多先人之友。于是赵侯嘉其取友之端也，乃以三友铭其轩，亲为之大书，俾揭诸楣。今先人没而轩未有记，愿得子言，庶使我后人朝夕观，以无忘先人美而嗣志弗怠。子其毋辞。"

予谓孔子称益者三友，而孟子之论友曰：一乡之善士，斯友一乡之善士。盖惟善人（杨校："人"字原缺，据丁本补）为能取直谅多闻之友，而直谅多闻之友庸非善士乎。呜呼！朋友道废久已矣，富贵者有所挟，贫贱者有所冀。上下之交，非谄则渎。又（杨校："又"原误"人"，据丁本正）人之常情喜谀而恶闻其过，饰诈而靡尚夫诚，以己之不知而忌人之知。故直谅多闻之士，每见摈于时，而便辟善柔便佞者恒为人所狎。然则能取益友于今之世者，可不谓之贤矣哉！因轩以是名，而伯尹先人之善得以不泯，赵侯其知言者乎？今伯尹处斯轩而睹斯名，思所以继志述事，而益亲益者之友，通古今，论道理，切磋刮劘，以成其后（刘校："后"一本作"德"），视其先人蔚然有光。使世之取友者，皆以君家父子为法，顾不伟欤？伯尹名野，其先人名某，字爱民；赵侯名凤仪，字瑞卿。

如愚斋记

华亭彭伯玉扁其斋居之室曰"如愚"，友人邵文伯为之求文以记。

予谓颜氏在圣人之门，终日不违如愚。夫颜子亚圣之资，闻一知十，颖悟如赐，犹曰不敢望，况其下者乎？今伯玉以是名斋，抑自处于颜子欤？文伯曰："否。伯玉之为人也，外和而内专，去华而务实，故常自以为愚焉，人亦从而愚之。其知伯玉者则曰：我伯玉岂真愚者哉？伯玉于世间事无不通晓，其耳目心思皆出于今人，而乃以愚自守耳。若伯玉者岂真愚哉?"予于是而得如愚之说矣。

昔在太古，群氓蚩蚩，敦庞倥侗，以相生相长，相老相死，于智巧乎何有？世降愈下，太朴散而为浇漓，于是乎有愚智之辨。公卿士庶，靡然日趋于机变，以相诈相欺。有不同于俗，不合于世，而淳质少文者，则咸指为愚焉。甚矣世道之不古也！然有机事者，必有机心。彼为小智自私，行险侥幸，役于物而丧乎己，谓之智可乎？老子有言，大智若愚。若宁武子邦无道则愚，吾夫子以为不可及。若二子之所谓愚，其果愚也哉？

予未尝知伯玉，而文伯称之，其为人亦可知矣。然予乃世之真愚者，他日或遇伯玉，坐如愚斋中，相与论鸿蒙混沌之初，必将有以语我乎？

苍翠轩记

夫人之好尚不同，而其取于物也必以类。豪华之士娱情乎花卉，清修之士适意乎松竹。是皆其趣有所合，非可强而予夺之也。故君子观人之所好，亦可以知其人矣。

浙之西土腴而民佚，俗尚侈靡，廓其居、饰其宇者，皆是也。莳名木，蓄奇石，以奉燕游资观赏者，十室而九。惟顾宗元独能不移于俗，而所好出乎（杨校："乎"字原脱，据丁本补）庸众。宗元居嘉禾，汉唐（杨校：孙琴西先生云："汉唐"疑作"溪塘"）所处之地，一哄之市也。构一室，不陋不华，置书其中而读之，室之前则甃小池，累甓为垣。于垣之外，丛植修竹，碧干离立，绿叶茂敷，阴映几席，可爱可玩。而其室之幽夐，恍若在深林邃谷中。遂名曰"苍翠轩"云。

夫植物之幽者莫如竹，而轩之幽也，又假竹为幽。宗元怀清修之志，脱豪华之习，偃仰于是，咏歌于是，待宾客朋友于是，无日不处乎苍翠之间。其神清以正，其气爽以豁，其发为诗也俊逸而长深。夫然后知竹之于幽居为最宜，而世之知此者盖鲜矣。虽然，竹之可爱，独苍翠之色乎哉？夫（刘校：一本"夫"上有"今"字）冬夏不变，有贞介之节焉；特立不挠，有幽独之操焉。虚其中者，抱道之器也；直其外者，卓行之表也。故竹有类乎君子比德焉。宗元年壮而质美，积学而茂（杨校：丁本作"懋"）行，吾见其德之成有日矣。《诗》云："瞻彼淇澳，绿竹猗猗，有斐君子，如切如磋。"卫人美武公之德也。宗元尚思所以似之。至正十五年五月五日记。

忠敬堂记

传称臣事君以忠，又言为人臣止于敬。樊迟问仁，孔子告以执事敬，与人忠，忠敬之道大矣哉。是故以之事君，则尽臣道焉：以之自治，则尽人道焉。君子于忠敬不可斯须忘也。斯须而不忠，则邪慝之心生矣；斯须而不敬，则怠傲之义起矣。忠也，敬也，其为人之大端乎。

同知元帅府事天台贾侯，名其居室曰"忠敬堂"，昭其志也。侯世家子，好礼知学问，沈毅其谋。自汝颍扇孽，海内用兵，侯散赀鸠义旅保乡聚。至正戊戌，从军来温，每有征伐，未尝不在行（刘校：一本作"行间"）。踣楠溪，守安固，入横阳，皆躬擐甲胄，率先士卒，卒以成功。他帅有异谋者，使来诱侯。侯曰：吾惟知忠于国者是与"，遂发其奸。夙夜在公，小心慎密。至于交际，朋友必尽其情，处事不苟而兢兢畏谨，然则侯于事君与人之忠，为臣执事之敬，亦可谓能勉焉耳矣。堂以是名，夫何忝乎哉？

君子曰：忠，德之基也；敬，德之舆也。基积而立，舆载而行，贾侯之德也。故记之以示其子孙，使夫居斯堂者，必以忠敬而存心焉，则侯之德益传于永久矣。若夫景概之胜，厦屋之美，泉石林树之幽茂，则不待述也。侯名嵩，字伯嵩。至正二十四年七月八日记。

清芬阁记

温城环十八里，居者二万家。甍连栋接，簇簇若蜂房，咫尺空隙地不易得，故各为重屋以处。层楼飞阁，翼起相望于湫隘喧哄之中，而有闲静幽雅之趣。吏胥叫嚣隳突稍远于耳目，可以舒怀抱集宾友，游焉而文艺，乐焉而弦歌，则非特凭高眺远而已。

娄镐鼎周，宅城之西南隅。居临巷道，且近市，为阁堂屋之上，名曰"清芬"。盖其先祖所建，而名则鼎周所命也。阁之为间者五，衡广六寻，纵二寻有半，中可坐数十人。南北各列牖，望见远山壁立，其左右两间设茵榻，蓄图籍。鼎周之先子竹近处士某，性雅好士，遇佳士友至，则延而居之，读书鼓琴，投壶弈棋，觞咏相乐，以穷昕夕。乡之先达进士郑君僖、项君仲(杨校："仲"字原缺，据丁本补)升、章君仕尧、彭君庭坚、皆常(杨校：丁本作"尝")游憩是阁者。

至正甲辰之岁，黄岩商君复来正郡学，鼎周舍焉。予每过商君，必登阁而坐。鼎周及其子观，辄款留讲论古今。观年弱冠，善执弟子礼，且好文学。鼎周能继处士志，而观之志如鼎周。然则斯阁也，所以致贤士来游，而相与诵先人之清芬以见于斯文者，其在慈乎。吾闻娄氏之先世有讳寅亮者，登宋甲科，高宗时为御史，论建储事，连疏请选立太子，天下称其贤。是其清芬之远播，愈久而不泯者，尤可(杨校："可"字原脱，据丁本补)诵也。观来请记，故述(杨校：丁本作"书")之以示后人云。

苍雪轩记

蒋君文质旧居括之青田，慕其先世开三径故事，于屋傍莳竹，厥如茂林，乃名读书之室曰"苍雪轩"。其后侨居永嘉，窗户之外，有竹数竿，故名亦因其旧。

今年秋，予至三山，访君于郡庠之寓，在奎文阁(刘校：一本作阁后)，斋室空旷，四壁萧然，而苍雪之扁复署焉。环视其旁，则颓垣荒址，猗猗之枝，青青之叶无有也。方深以为疑，而君且征予记之。

予谓君曰："名本无名，因物而有，有是物斯有是名，未有无其物而有其名者也。故曰名者实之宾也。今君之居未始有竹焉，乃独揭斯名以示，不已迂乎？"君笑曰："子知吾室之名，未知吾之所以名也。自吾去乡而居温、居闽，今三十馀年矣。吾每念祖宗之丘垄与先人之敝庐，闲居燕坐，其心常往来于青田山中，凉阴碧色，若在左右。至于瞑目而寐，则其身忽处于故乡之屋，而竹尚无恙，苍雪飞洒，爽气袭人(刘校：一本与丙寅重印本皆作人)。哦诗诵书其下，如旧时所习。及其觉也，吾之身初未尝往，而吾之居亦未尝易也。抑不知苍雪之在彼乎在此乎？为是而名吾室，恶可谓无其实哉？”予因悟曰：“我以迹求，故不见其有物；君以心会，故不泥于无形。然则宜书之．以告疑者。”遂为记。

听鹤楼记

予同年进士薛子颙氏，名其楼曰“听鹤”。始予闻之，意夫鹤之为物，羽毛洁白可爱，异乎众禽，而其声清厉，故喜听之耳。否则鹤鸣夜半，审于知时，子颙之出处，盖以时进退者，或有取于是也。既而征予为记，乃得以质其故焉。子颙曰：“《易》不云乎：鸣鹤在阴，其子和之。吾夫子系传，则以言行为君子之枢机。出乎身而加乎民，发乎迩而见乎远。善与不善，随感而应，可不慎哉。故吾每闻鹤之鸣，而必以自警焉，此楼之所以名也（杨校：“也”字原脱，据丁本补）。”

予曰：善哉子之学《易》乎，因斯楼之名，而知子之深有得于易者矣。夫易之为道，至广至大，至精至深，天覆地载。天地吾易也，盈天地间惟万物，万物皆吾易也。君子以一身而体天地万物之易，必观其象而省诸躬。故天行之健也，我则以自强不息；地势之坤也，我则以厚德载物。睹山泽之损，而以之（杨校：“之”字原脱，据丁本补）惩忿窒欲，睹风雷之益，而以之迁善改过，易之为象变化不穷，而反之于身，无非道之所在也。然人之反身修省，求其至切，而尤不可不谨者。言与行而已。故君子观鹤鸣子和之象，知夫至诚感通之理，无有闲于幽远也。则必致察于言行之间焉。

言也者，心之声也；行也者，德之见于（杨校：“于”字原脱，据丁本补）行事者也。言行动于跬步之内，而应于千里之外，是故庸言之信，庸行之谨，惟恐其有失口于人而失足于人也。寡尤寡悔，其机岂在外哉？非深于易者，奚足以知此。若子颙，可谓善学而深有得于易者矣。虽然子颙之于言行，岂独闻鹤之声而后致其谨也哉？盖将无时而不谨，虽闲居独处，寂然哄然之际，而所以自警者，必常若鹤鸣之在乎耳矣。予齿少长，而言不知讱，行不加修，方将从子于听鹤之楼，相与论羲文周孔之易，庶几其有益乎？

重建东禅报恩光孝寺记

粤自佛法之入中土，其教漫衍，招提之宫遍乎海宇，而闽越尤多。东禅在福州城东三百步，倚郭近市，而左右乃皆负山，林麓邃幽，是宜仙佛之所宅。

梁大同三年，郡人郑招勇者，始舍其居立净土院。唐（杨校：孙琴西先生云：“唐”下疑脱二字）中废为白马祠。咸通间，辨才大师慧筏以禅定之力，咸通避去（杨校：孙琴西先生云：“成通避去”四字疑衍）复建焉，屡更赐额。今之报恩光孝，则宋绍兴十七年所赐也。旧有大藏经刻，流布真诠，又有东野清阴之亭，芙蓉之阁。昔贤名人，往往于斯游观吟咏，遂为闽之望刹云。

至正壬寅，平章燕赤不花公由江浙被命来镇闽省，岛夷据城以拒，火厥寺，公召兵讨平之。异日言及寺之毁也，喟曰："寺燎靡存，以我之故，其可勿图?"乃遣使诣温，起前归元寺住持法性圆辨禅师智顺为之主，而属以兴作焉。

先是禅师尝造浮图于净光山，公道温见而嘉之，故有是举。至则拂秽草，除烬土，购材僦工，千指并役而行。宣政院副使侧实世鉴，复鸠赀以佐其费，肇事于癸卯之五月，越明年冬告成。觉皇之殿，演法之堂，三门两庑，僧堂钟楼，悉复其旧。像设咸备，庖湢有舍，僝功之亟，观者咨骇。既乃求文以记营构始末。

予惟释氏之道，以色相为虚幻，是故古之桑门，卉衣木食，林止岩栖，唯究观夫空寂，初奚有慕于外乎？至于后世，徒众寖繁，丛林日广，于是乎崇屋大厦而不以为侈，施彰五彩而不以为华，其或庳狭简陋，则为之徒者且不能一日群聚而处矣。故有废必兴，而起废之功不免于壮丽者。岂独以歆动流俗而夸耀乎人哉，亦欲辑学徒使之行住坐卧于中而修焉证焉，以广夫教之传焉耳。然当四方用武之日，岁艰物匮，而兹寺之构，期年以完，炫金碧于瓦砾之墟，而幻宝刹于劫灰之后，何其盛欤！向非禅师愿力弘深，规猷有素，孰能成之。若是之易。而藩省大臣为之纪纲而相其成者，盖谓西方象教，威灵赫弈，必能赞延丕祚，而阴骘黎元，非但植福田利益于己而已也。禅师嗣法铁关枢，得其宗要，辨说无碍，距辨才之世，凡七十一传。方且远绍遗风，以接来学，缔造经画，乃出绪馀，其道盖不在是也。至正二十四年十一月甲子记。

竹西楼记

温之平阳，有地曰炎亭，在大海之滨。东临海，西南北三面负山，山环之若箕状。其地可三四里，居者数百家，多以渔为业。循山麓而入，峰峦回抱，不复见海。其中得平地，有田数百亩，二十馀家居之，耕焉以给食，有潜光院在焉。

潜光院者，明教浮图之宇也。明教之始，相传以为自苏邻国流入中土，瓯闽人多奉之。其徒斋戒持律颇严谨，日一食，昼夜七持（刘校：持一本"作"时，下有"呗"字，"诵"作"咏"）诵膜拜。潜光院东偏，石心上人之所居也。有楼焉，曰"竹西楼"，当山谷之间，下临溪涧，林树环茂。楼之东植竹，其木多松楮桧柏，有泉石烟霞之胜。而独以竹名焉者，盖竹之高标清节（杨校：丁本作"洁"），学道者类之，故取以自况云。

乡之能文之士若章君庆，何君岳，林君齐，郑君弼（杨校注：孙琴西先生云：何岳字汝樵，林齐字希颜，见《平阳志・文苑》。章庆，郑弼无考）咸赋诗以歌咏之。斯楼之美与竹之幽，固不待言而知矣。石心修为之暇，游息于是。山雨初霁，泠风微来，如挹琅玕之色，听环佩之音焉。而又仰观天宇之空旷，俯瞰林壑之幽深，翛翛然若游于造物之表而不知人世之为人世也。

石心素儒家子，幼诵六艺百氏之书，趣淡泊而习高尚，故能不汩于尘俗而逃夫虚空。其学明教之学者，盖亦托其迹而隐焉者也。若其孤介之质，清修之操，真可以无愧于竹哉！楼建于某年，石心之师曰德山实经营之，石心名道坚。至正十一年七月望记。

木石居记

居必以群，群必以类。群则相合，类则相亲。故非其类者，不可与之群，而况与之居乎。人之于人，类也；禽兽草木之于人，非类也。麟也凤也，龟龙也，非不灵且瑞也，然与人群而居，则未始可焉者也。

会稽生，予之同姓而氏曰胡者，乃号于众曰：吾之所与居者，木石也。众瞿然异之曰：胡子首圆足方，耳目口鼻四肢人也。心明乎理义，智通乎古今，出言有章，动作有仪，又人中之秀也。而胡为乎与木石而居也？

予因是而思之，胡子之意，盖有所激欤？两翼而飞，四足而走，毒齿利爪，击搏触啮，弱肉强食，若是者，吾可与之居乎？淳化浇漓，朴变虚伪，狙狡狯诈，内藏坑穽，貌人心禽，若是者吾可与之居乎？鸟兽非吾群类，难与居也。然而天地之间，可与同居者，莫若木与石矣。木石虽非吾类，而有得于吾心者焉。今夫木自生、自长、自荣、自植，其才足以备器用充梁栋（杨校：丁本作“栋梁”）。而其高至于百寻，上千霄汉，未尝挠折。然则物之直者，有过于木者乎？今夫石，屹然，崭然，其大磐然，径尺之璧，希世之宝，或韫于其中。水之而不屑，火之而不烈，击之而不阙，然则物之刚者，有过于石者乎？直也，刚也，君子之德也。胡子之性既直且刚，固于木石有合焉耳，与之居不亦宜乎？且木之直也，而抱美材焉；石之刚也，而函至宝焉。胡子负材而怀宝，方且出为世用，又岂终于山林而已哉。

或者以告胡子，胡子以予为知言，既名其室，遂请予记之。胡子者，温其名，遵道其字也。

瑞榴记

至正二十一年，林君伯恭所居之园，榴生五实，并蒂其四，在下四向相对，大小如一。其一居上，而稍加大焉。端正美好，置诸笾豆，巧若人力之为者。

秋七月辛未，伯恭以客宴。在坐者监察御史孔汭世川，浙省左右司员外郎李伏子庚，江浙省都事林彬祖彦文，江浙行枢密院都事翁仁德元，合浦沙可学，江浙行宣政院照磨崔仁智道明，江东宪史方源明与高凡八人。伯恭出榴示客，客传观之，咸嗟叹称赏曰："此瑞榴也。不可以无述。"伯恭乃请客赋诗，而属高为记。

予谓祯祥兆福，妖孽兆祸，气所感召，有开必先，吉凶善恶，各以类应。大抵嘉瑞之生，未有无因而至者也。维兹和气薰蒸，达于厚地，发于植物，积善所致，夫岂偶然也哉。且榴之为物也，内蕴精华，其房多子，非子孙众多之象乎？其数五者，五为五行，人得五行之秀者为贤，非（杨校："非"字原脱，据丁本补）子孙贤哲之象乎？子孙既多而又贤也，福庆之盛，孰过于此。九茎之芝，连理之木，异亩同颖之禾，载于简册，世所罕见。兹榴之瑞，可与并纪。曰国曰家，厥应则一。林氏之大其在兹乎。

伯恭以文魁江浙，登进士第，授休宁尹，辟南台掾，除福建省管勾（《永嘉集》内篇作"营勾"），今为江浙行枢密院都事。弟常，为乐清主簿，嘉、诚各从仕枢府。二子本、东皆清俊端确，以茂才举为文学官。华萼相辉，桥梓并秀，所谓祯祥之兆，盖验之人而已见之矣。伯恭问学才艺，众所共推，而心甚坦夷，于物无忤。善与人交，乐道人之善。吾知天所以报伯恭者，殆方昌而未有艾也。永锡祚胤，世济其美，他日符瑞之应，岂不有征而可信者哉？伯恭名温，所居在永嘉郡城之南三里。

明远楼记

吴子中居平阳之夏口里，作楼三间，题其额曰"明远"，而求予言记之。

予乡（丙寅孟春重刊本作"嚮"）日尝过子中，子中邀予登楼饮酒，予乃游目环视。见夫川源平衍，峰峦罗列。南挹龙山、霞岭之幽，北瞻青华、墨城之耸，西览雁宕、玉苍之秀，而东则极溟海之广大，睹日月之所出，与夫客帆渔艇之往来上下焉。凡四向山水之奇，烟景之胜，数百里外所有之物，举不能逃吾瞳睫间。信乎其明之所及者，不近而远矣。虽然明远名也，必有义存焉。吾试为子中言之，子中当试为吾听之。

今夫人之有目所以视也，视之有明所以见也，而明所见之远近，实系乎所处之高下焉。故登高而望，则虽千里可见者，远也。身之所处者卑，则目之所及者近，理固然也。故君子自修之道，必立身于崇高之地，使夫私欲无以累其中，则本然之明，物莫能蔽，而无远弗照矣。是故君子之视也，必用夫明焉。君子之明也，必烛夫远焉。《书》曰"视远惟明"，其是之谓乎？子中平居暇日，俯仰于斯楼之上，而加修省于延览舒眺之馀，则其为益（杨校："益下"，丁本有"也"字）大矣。夫岂徒曰居高明远眺望而已哉？子中曰："子之言甚善，吾请终身由之弗忘。"于是书之以为记。

农乐堂记

清河王文瑞，名其所居之室曰“农乐堂”。而为予言曰：“吾家有田若干顷，播种其中，足以资伏腊。近舍园数亩，树桑以蚕，植麻以绩。而衣有馀布。嘉蔬异果，时食其新，畜鸡豚以供膳羞(丙寅孟春重刊本作“馐”)。吾春秋课耕艺，督敛获，徜徉乎陇亩畦圃间，与与如也。穑事既已，租税毕输，则为酒醴具甘旨，以朝夕奉吾长老而洽比邻，吾亦优游无事以卒岁焉。意人世之乐无过此者，故以名吾居。敢请子言记之。”

夫当天下治平之日，而耕田凿井，以食以衣，荣辱不得加其身，利害不能婴(丙寅孟春重刊本作“撄”)其心。凡所谓忧患者皆无与于己，庸非可乐之至者乎。然世之人，莫不慕千驷万钟之乐，至决性命而求必得之。不汲汲焉，则戚戚焉。终夜以悲，终日以奔趋，而于畎亩稼穑之事，则以为太劳而莫之为也。夫乘人之车，可加以 铁钺之诛；食人之禄，可随以鞭朴之辱。较之二者之间，果孰得而孰失耶？今文瑞不乐于彼，而乐于此，诚可谓得其乐者矣。虽然，农固可乐也，若夫夺其时，而使之不暇于耕；扰其居，而使之不安其业；削剥其财，而使之不得以生且养，则虽欲乐其乐，有不可得已。自非为政者，能推是心以及人，人又恶能使天下之农，皆得其乐(杨校：丁本作“其所乐”)哉？吾故重有感焉。于是乎书以为记。

蒙斋记

予友李巘(杨校：丁本作“巘”)景章，名其读书之室曰“蒙斋”，而来求言记之。

予作而言曰：呜呼！蒙之义大矣。夫物生之初，混沌未开，空侗颛愚，昧昧蚩蚩，而莫知其所为。人之与物，均若是蒙也。然人虽在于蒙，而四端之德，五典之常，万物万事之理，盖已无一不具于吾性。是故君子之所贵者，养蒙而已。当其未发之蒙，纯一无伪，外物之未感，情欲之未动，能养其正而无害。自其固有之善而充之。以至于尽性践形之极，则必明睿而通达，笃实而光辉。故曰：“蒙以养正，圣功也。”

若夫蒙而不知养，养而不以其正，亦终于蒙而已，是之谓自弃。虽然欲养蒙以入圣，盍观《易》之象，而求之乎“山下出泉”，泉出遇险，未有所适，蒙之象也。夫水之为物流下，而其势必行；及其行也，则盈科而进，放乎四海，夫孰能遏之？是故君子观泉之出未有所适也，则务学以敦其本，观水之势必行而不可遏也，则行道以达其志。故曰君子以果行育德。

景章居是斋也，读圣人之书，求古圣贤之用心，而诚身穷理，以育其德。见善必迁，闻义必徙，不为（杨校："不为"二字原脱，据丁本补）通塞易操，以果其行。夫如是，则于作圣之功其庶几乎。景章曰："善。请书之，吾将以自勉焉。"于是书以为记。

积善堂记

"积善之家，必有馀庆"。夫人而能言之也。然求其能行者，千万人中不得一人焉。间有为一事善，则责报于天曰："胡其不吾福也?"又望知于人曰："胡其不吾与也?"再而不得报于天，不见知于人，则怠矣。三而如是，则弃其善，而莫之为矣。自非笃信之士，恶能行善而无倦哉。

淮水之南，有隐君子焉，曰潘君思诚。学岐黄俞扁之术，畜药于家，有疾告，无贵贱，辄予药。遇危笃则趋之，贫乏者不责其售，至十数次无厌色。尝曰："吾闻君子为善，不惟善其身，而必有利益于人。吾既不能用于时，无能利人，以医愈人疾，济人之生，亦仁者事也。吾从事乎此，以岁月计，则亦庶几其善之积乎。"于是名其所居室，曰"积善堂"云。

呜呼！造物者之于人，固未尝屑屑于应感，然亦未有久而不通者也。福善祸淫皆非朝夕之所致，必由积渐而然。譬之穴土不已，则井必深，而泉出矣。覆篑不已，则山必高，而物生矣。今潘君之善，惟能积之而不已也，则彼造物者，岂无感应乎哉？况天之报施善人，不在其身，则在其子孙。吾知潘氏之后必大也。使为君之子若孙者，皆思所以袭行君之善，则为天之所佑助，岂不益绵远而弗替乎哉。予既美之而重勉之，而又欲其后人之知继也，故记之。

梅湾小隐记

梅湾在乐清县治之东三十里，其地旁际大海，山环海岸若屏障。然世俗谓水之支流而汇者为湾，昔有居是者，植梅其处，故以命名梅。梅今无存者，而名则因其旧云。

梅湾之上，凡山水可游览者，曰镇屿，曰名（杨校：孙琴西先生云，按下文"名"作"明"）山，曰龙门山。镇屿正当海口，捍潮汐之冲，或汹汹作声，则久晴必雨。旁居人以占候常验。山脊有龙井，井畔小穴，视不见底。投之石，良久乃有声铿然。龙井之北，有立石高可三丈许，广如之，石纹理若窗棂状，俗呼石棂窗。明山上萧相国祠，莫知其所从始。水有赤水，一名白龙，港中有白龙，天阴雨则见。长老相传云，昔有妇人不夫而孕，破胁产龙子。龙奔入海，所经为渎，数回顾其母，故水势多曲折。有松濑泉，泉甘冽，以煮茗甚佳。

至正甲辰之岁，予友赵新彦名来卜居焉。僦屋数间，日洒扫，具图画琴书。

蓄小童一人，令其拾薪汲水。彦名隐处其中，教授子弟。暇（丙寅孟春重刊本“暇”下有“则”字）徜徉泉石间以自娱，取景之佳者凡八，俾诗人歌咏之。好事者以彦名故，率多来游。由是梅湾之名遂传士大夫间矣。

自有天地以来，不知几千百年，居者盖非一姓，而景物之胜今始昭彰。岂地之显晦，固有其时耶？抑亦待人而然耶？彦名尚志节，学问才器出于人远甚。沉冥善藏，怀珍待用，其所谓隐者，岂真长往而不返哉？予以乡邑沦陷，义不受污，弃家遁逃，来从彦名居。数日尽得梅湾小隐之趣，盖非遁世而离俗者，初未易以语此也。彦名求予记之，遂为记。

赵氏书塾记

古之为教也，立学于国，序于术，庠于党，而家则有塾。师儒之职，官所选置。田以井授，又无甚富甚贫之民，故人生于其世者，无贵贱皆得以学。而其教人之法，自洒扫应对进退以至于修己治人，本末精粗复无不备。是故贤才盛，礼让兴，而风俗美。降及后世，先王之治，晦而不明，学校之政隳，师儒之官废，井田之制坏。于是乎惟富有力者，其子弟乃得从师学业，而力或不赡，虽有俊秀之质，亦终于无成而已矣。

乐清赵君士正，世居莆岐。至正甲子（杨校：丁本作“甲午”。刘校：至正无甲子）始迁于壶山之下而宅焉。乃谋诸从子，辟塾于家，延致名师，尽聚其族之子侄而教之，币帛饔膳之费，咸出于己。赵氏故名族，支庶蕃衍，来就学者凡五十馀人，而赵君新实主之。弦诵之声，揖逊之容，问辨之习，济济如也。

君子谓兹塾之设，一举而三善备焉。收其宗族而不遗疏远，非尊祖敬宗之义乎？训以德义而使之兴行，非敦睦九族之要乎？矜其匮乏而教之知学，非作养人才之道乎？没而不书，则何以示劝。若夫子弟之学于是者，循小大之序，诵六艺之文，讲明乎理性之原，审察乎义利之辨，而从容乎道德之归，可不勉焉孜孜。以毋负尔父兄教迪之意哉。至正二十四年春三月甲戌记。

江东王庙碑记

江东王本赣雷冈之神也，在秦时有其祀。神姓石氏，名固。旧志载：汉灌将军婴略地江南，道出祠下，捷还祭之。由汉以来，昭晰丕阐，宠锡之典，代有褒嘉，国朝屡加封为江东圣济显仁元庆忠烈感应灵惠王。今所在有祠，而江东西尤盛。勾吴孟君栻总制乐清之明年，始立庙花山上。

庙成于至正二十四年二月。先是，君陷于集庆虏中，义不屈，计欲自拔遁去。潜谒神，卜之而吉，遂脱身间走姑苏，卒达于温，因誓为立庙。及莅兹邑，敷布政条，弊革奸屏，民既顺令，乃致力于神。暨尹李光，相厥攸址，爰陟兹山，寻清辉寺左废亭故迹，得石笋之征，以定其居。盖赣之庙中，故有石笋就刻神像，至今在焉，显异示祥，若有孚契。于是鸠赀僦工，缔构涂塈，肖像其中，率吏若民而虔事焉。君又循山麓，见石罅流沫如缕，命去（原作“居”，刘校改）秽壤，斧石而沼之，甘泉溢出。耇长咸曰：“此神惠也。”因请名惠泉。君曰：“诺，兹殆清涨之埒欤。”清涨者，自赣抵万安，滩碛之险十有八，舟遇旱则胶。神每出水以济转输，及应行客之祷者，故名曰“清涨”云。

邑人以庙之始立，厥有兹祥，咸曰“休哉！灾沴必禳。”牲醴日至，灵贶来下，报以祯嘉，神惠昭孚，民用益敬。高尝往造祠下，徘徊顾瞻，见冈峦之势，蜿蜒南来，奔走翔跃，而止于此。是其气之盘郁，浮图所宫，盖未足以尽当之。而神之于兹，爰宅其英灵肸蚃，必将御菑捍患，福于吾民者，无有穷已。矧石笋之应，惠泉之感，已有以开其先者乎？佥来征辞，以刻诸石，乃纪以诗。其诗曰：

维古有神，于赣开绩。越嬴而刘，明祀于赫。施延千祀，祠宇相望。封锡代加，衮冕煌煌。其在皇元，褒宠崇极。秩禋勿替，昭垂令式。乐成有祀，始自孟君。君来总治，百废以新。昔君在升，矢死靡屈。阴骘尔忠，忱祷无拂。履虎勿咥，伊谁之庥？立祠报贶，正直是求。幽幽花山，风气磅礴。妥灵有严，厥庙基作。石笋之址，神则定之。清涨之流，泉复应之。岁祓我瘥，秋祈我穑。髦走稚趋，来荐醪食。父老有言，君牖我氓。俾神我福，我氓以宁。神惠于民，神佑于国。天子万年，景贶无斁。

坦庵记

人心其天地乎，至坦易而弗险巇也，至坦明而靡幽昧也。苟有险巇幽昧之心，则非君子之心矣。

今夫高而在上者，天也，日月星辰，风霆雨露，天之所有也。卑而在下者，地也，山水土石，草木百物，地之所载也。有目者举得而见之，愚夫愚妇皆得而知之，君子之心亦若是已。彼庄周氏之书有曰：人心险于山川，难于知天。噫！此岂君子之心哉？自圣贤之道不明于天下，士大夫不知自治其心，而习于诈谋功力（丙寅孟春重刊本作“利”）之末，于是乎游心于至险至幽之域，若将使鬼神不能辟其奥者，然厚貌深情虽曰难知，而诚中形外卒莫能掩，不足欺人而适以劳已。究其所由，盖非人之本心，平易明白而已矣。《易》曰履道坦坦，《传》曰君子坦荡荡，非知道者孰能与于斯？

天台某君祥卿，名其居室曰“坦庵”。盖有慕于圣人之言而取以自为者，予闻而深美之。祥卿出仕于时，历宰乐清、永嘉二邑。其为政也，不烦苛徼倖，故能获乎上而近乎民，抑亦自坦而推乎。太子赞善陈君颖达为作飞白书，俾揭诸楣。予故为之记，既以广祥卿，亦以告夫世之学者焉。

重建灵山寿圣寺记

温之乐清东南为巨海，有山曰玉环。在巨海中，岛屿萦纡，袤亘八九十里。山限多平地，居其隈者凡数千家，有佛寺（刘校：一作“氏”）宫八所，而灵山寿圣寺为之冠。其寺背负大峰，若展屏障，左右之峰隆起，翼两旁，对峙翔伏而回抱其前，处乎内者视不见外，自外望之隐然莫知中有寺也。故地之胜为最。

寺始建于唐咸通间。初，桑门爽公者芟屏菑翳，结茆居崦西，日课《妙法莲华经》，朝夕鸣钟磬，声殷岩谷。里人异焉，迹声所殷地，创兰若，迎爽居之。闻于朝，朝廷以爽能宣布灵山会上大乘之典，故锡今额。其徒曰诚公，曰竟公，堤海为田。众由是乃聚而处，业由世嗣以甲乙传次主之。更唐及宋以迄于今，或盛或微，若巨公之匡复，真公之振发，皆有功于寺者也。

至治壬戌毁于灾，金碧之区悉化灰烬。僧一濂惠宜咨询其众曰：“事不为，无成。成不成，在为之力与不力耳，吾属勉夫！力之所至，而相继以复旧规，奚患无成哉？”佥以为然，而善来者遂以营构为己任，铢累其衣钵之赀，得千七百馀缗，倡立佛殿，及严像设，又鬻地百五十亩有奇，为寺之经用。至顺庚午，一濂成三门两庑。元统癸酉，惠宜善来成大殿演法之堂。及（丙寅本无“及”字）观音大士殿，则一淮成于至正乙未。藏经之室，则可兴成于至正庚子，而多宝法藏，乃甲辰岁明释所成也。若智康、一沂、德昌、寿贤、惠超，或赞之资，或翊之力，以竟厥事。钟楼僧庐庖湢众屋，次第完美。室庭雄敞，甍宇绵联，丹艧炫耀，辉映林壑，旧观复还而加壮丽。昕镛昏鼓，法音梵呗，寒暑匆替，隐若十方殊胜丛林。

呜呼！近年以来，象教陵夷，加以南北用兵，江东西浙闽招提巨刹，隳坏十九，兴者百无一二焉。而兹寺乃能恢廓坠绪，非独其地之斗绝幽夐，尘坌所隔，盖亦有人以维持之也。向非得人以相承继，孰能兢惕负荷，而究心以图永久哉！虽然，得人以兴，不得人以废，天下之事莫不皆然。后之继今者，顾前人经画之艰勤，益思增广而弘大之，则庶乎愈久愈盛。而凡其徒之逸居于是，安食于是，亦勤修梵行，究竟夫灭寂无生之学，以毋忝尔大雄氏之教乎。明释请记颠末，以示来者，故为之书。寺僧思宁（杨校：丁本作“来”）能奉正宗，惠然、永亭、祖璘、文琛、如岳，皆将以次嗣主是寺，尚得绍续厥志云。

游罗源县莲花山记略（《慎江文征》作《游莲花山记》）

罗源负山而邑，县治（《慎江文征》作邑治）左有莲花山，不甚高大，而多清泉怪石。予道经罗邑，闽省左司郎中葛君、理问王君，要与同游。

始上山百步，至圣水寺，中有鉴池，泉自石中出，石龙喷注池内，其声泠泠然。佛殿旁夹室，有白玉蟾题诗壁上，书大草，字颇雄伟（《慎江文征》作“有白玉蟾题诗，字颇雄伟”）。出寺旁石径行二十步至眠鹤亭，望连山重叠若屏障，市廛居室，历历在目中。自亭转行至寺后，有石室。室之中有金钟潭，其前有方池。池之畔，为壶春亭。行稍倦，坐憩亭上，仰望见补陀峰，因上至峰所。大石岿然，下瞰空洞，有观音大士阁。自石壁而上，可三十步，至龙虎岩。高广四五丈许，势如虎蹲（杨校：丁本作“踞”）龙蟠状（《慎江文征》作“势如龙虎蟠蹲状”）。泉水自岩罅涓涓流出如缕，名曰“仙源”，大旱未尝竭。鉴池、金钟潭、方池其源皆出于此。龙虎之上有笔砚峰，二石相并，其一立，色白，其一偃，色黑而上平。笔砚之间有仙迹路，险塞莫能穷。

大抵山水之可游者，多在辽远幽僻，好事者必裹粮以往。又多深窈峻拔，虽有心目之适，然其为劳也亦至矣（《慎江文征》作“然亦劳矣”）。兹山去县治不过一里（《慎江文征》作“去县治不远”），无跻攀登陟之疲（《慎江文征》作“劳”），而泉石幽雅，赏玩不厌，亦可谓奇绝也。时同来者六人：彭城葛良仲温，永嘉陈高子上，灵武王翰用文，沛郡朱希文仲纲，东莱太史玄子玄，安钟元子初。至正二十六年二月（《慎江文征》作“正月”）十八日记。

陈君惠泽记（据《东瓯.金石志录》补）

温之平阳，其乡为金舟，有善士焉，曰陈君国英。隐居而好义，凡遇事有益于人者，必奋力勇为之，其惠泽及人甚众。至若修水利以济农民，遏寇乱以保乡井，此功尤灼灼明著者也。

金舟之东北距大海，当众流入海之冲，有堰曰阴均堰。堰长八十丈，其傍有水门。宋嘉定中，林君居雅所作，（“以”字前有“于”字，据石本抄录的民国《平阳县志・文征内编》）以捍海而潴水溉田，凡四十万馀亩。历年久，潮汐数啮。至正初，堰及水门皆坏，官屡兴役修筑。然皆为具文，且缘扰民，不能就绪。膏腴化为斥卤，连岁凶歉。父老言于官，请以属君。君则出泉粟为众倡，运材鸠工，先治水门。水门已完，明年修堰，其经画劳费，倍于水门者四五。既成，未固，复毁于潦水。君至仿徨悲泣。复□营之。昼督畚锸，夜补罅漏，竭心瘁力，卒复旧规。君能任浮屠氏道成，俾相其役。成亦不惮奔走，故获成功。由是农无失业，禾黍岁登，而人免于饿莩。十三年，□□贼起州之边境，山谷之民亦相聚为寇盗，残毁州治，所过焚掠。有恶少谋欲乘时起乱，应之未发，众且汹汹。君乃率豪右结集义民，而召致其人，谕以祸福，遂止不动。

会山寇为湖南里人所败，遁走。而□江浙行中书省亦命周君宗道权知州事，总兵讨贼，人心(《苍南碑志》作情)始安。当是时，微君乡里几不可保。方州之新破也，里中凡欲讼曲直者，悉诣君所，君为处平，多得其当，咸服去不怨。既乡之人士佥曰："水门及堰，非君修之，则吾不食其土而饥死流离久矣。奸犷造变，非君之力，则吾不能保有其老稚居业。君之惠泽在吾乡者，可谓至深。吾欲货之以贿，则君所不欲。吾欲尸而祝之，社而稷之，则君又不可。将图报于君者无由，惟勒之坚石，以示厥后，其庶几焉。"乃相率来言，而以文为请。

夫王者之政，在乎生养安全斯民而已。兴利以生养之，止乱以安全之，岂非有补于王政而为惠泽之大者乎？然此乃长民者所当行，而其行之也最(《苍南碑志》作"亦")易。今君以布衣独能行之，斯可尚也已。推其用心，盖出于不忍坐视乡人之饥困乱亡，初非沽名要誉而为是也。乌乎！安得天下之人皆有是心哉？书其事以为劝，庶乎闻风而兴起不无其人耳。然则德君而不能忘者，众人之情也；书其事以劝夫人者，予之志也。于是乎书。君名文俊(《苍南碑志》作"儁")，国英其字，自号"苍雪道人"云。至正十五年秋七月庚子记。

卷十三　传墓志铭　行状

胡孝女传

胡孝女泰，秀之海盐武原里匠氏女也。母沈氏，患手足挛，不能行动举持，积年不愈。家人侍疾者颇厌倦。泰尚幼，乃戚然自悲曰："吾力稍能任，岂令无人养母哉？"及长，即日夕侍奉母侧。饮食药物，必手进之；盥栉，必躬为之；溲矢起卧，必亲抱扶之。父及兄日出佣业，药膳皆其所供具。凡母所需者，未尝不给。遇风雨辄楚痛增剧，则终夜不寐。人若有不堪其为者，终未尝见厌怠色。或劳苦之，则曰："亲，吾天也，不幸至是，吾为子，义当供养，何劳之为？"

兄后取嫂，嫂难于事姑，乃谋析居。而泰遂及其婿留母家，以养母焉。至顺间，岁荐饥。泰夜作佣织纴给食，至剪（刘校："剪"下一本有"发"字）鬻之以赡足。泰伤母病无瘳时，乃刲股饵母，不效。后又闻郡人戴某，亲有疾，刃胸疗得差。一日俟家人出，即引刀刃胸取肉，杂他肉以进。因病疮。沈氏今年且七十，疾如故，泰侍疾三十馀年矣，愈益加谨不衰。

初，泰少时，父以里人宋氏子养为赘子婿，已而羸病。或谓泰曰："宋氏子疾弗良，弗可托终身，宜及未婚别图配，无贻后悔。"泰曰："吾父母为我择偶，志在宋氏久矣，吾知从父母之命而已，岂可以其疾故有他志耶？"卒嫁之。事夫甚得妇道，夫亦顺而化其义，视外姑如母。

论曰：竭力事亲，人子之职耳。世教下衰，民不兴于行。有能孝于其亲，则以为奇特异常而共称述之。然所闻于今世者又绝尠，何哉？若胡氏三十年艰难奉母，士大夫由问学欲自树立者有所不能，而一庸女子反能之。彼岂知植名要誉而为是哉？然世之烈女子，固有能为人所难者，要勉强感奋于一时，至如胡氏之女，盖出天性，真可谓难能也已！胡氏之同里人倪大可（杨校：丁本作"可大"）为予言其事，甚详且信。予重恐其湮没无闻，故录之为世劝焉。

王伯颜传

王伯颜，字伯敬，滨州霑化人，性倜傥好义。既冠入京师，驸马荆王一见奇之，与议疑事，剖决无凝滞，深加爱重。王拜湖广行省丞相，署为知印，补宣使。考满，为蕲阳尹。调乌程尹，所至有声。迁信州推官，平反冤狱，民为立生祠。

至正九年，朝廷选守令，用上官荐，为福宁州尹。政教大行，民爱而敬之。十二年春，除福建盐运司副使。将行，会邻境贼起，势焰颇张，州民群焉拥马拜且曰："公，吾之父母，岂容舍我去哉？方今盗贼蜂起，公去，吾民将谁赖乎？"父老百馀人，诣太府乞留伯颜，伯颜复留。其年秋，贼自邵武间道迫福宁，伯颜募民兵得一千五百人为守备，又遣吏谕乡民，令各自为守。十一月庚辰，贼至青皈（杨校：丁本作"皎"），屯杨梅岭。伯颜与中子相引兵直抵贼营与战，破之。贼益众，复进，民兵仅千馀人，伯颜乃还守州治。

壬午，贼众数万，平旦攻西门，众寡不敌，吏卒奔溃。伯颜独身，奋以死自誓。俄马中流矢，坠地，为贼所执。贼酋王善谓曰："闻公廉能著称，欲相屈遂尹此州？"伯颜厉声叱曰："我，朝廷守臣，义当杀贼，不幸败，有死矣。"贼怒，令其跪。伯颜曰："此膝岂跪贼耶！"贼愈益怒，令左右殴之。伯颜曰："我为人臣，当为国死。"乃啮舌出血，喷贼酋面骂曰："反贼，杀我即杀，殴我何也？"会贼执达鲁花赤阿撒都剌至，诘之曰："汝何敢起兵拒我？"阿撒都剌恐惧不能对，伯颜曰："吾起兵杀反贼耳。"因大骂不绝口，且曰："我死当为神，以杀汝曹。"贼怒，遂害之。临死色不变，立而受刃。颈断不僵仆，出血皆白。时年七十矣。

死后数日，肉色如生。百姓无老稚皆恸哭，贼亦悔之。子相亦被执，贼欲官之。相曰："汝，国之逆贼，又杀吾父，义不戴天。我，忠臣子，讵能从贼耶？"又杀之。相妻潘逃民间，有恶少欲乱之，不从，执献贼酋。潘恸哭曰："吾既失所天，义岂受辱！"乃绝不饮食，及其二幼女皆死焉。

赞曰：群盗之起，首衅河南，延蔓于江淮闽浙，将帅守臣，败死降死逋窜者，不可胜数。而死节之士，盖少见焉。若御史张柏，江州守李黼，固可称述。而伯颜之死，其节亦伟。传所称舍生取义者，非斯人之谓耶？至其子为父死，妇为夫死，忠孝贞烈萃于一门，尤足尚哉！

处士彭公墓志铭

至正己亥冬，予自四明归，与友人何君岳过处士彭公所。公时年七十六矣，筋力坚强，衣巾楚楚，见客至，大欢。遇夜留客饮，命诸孙行酒馈食，而公坐对客款待殷勤甚。予出谓何君曰："耇长耆耋，其礼貌人不苟如此，足以见公平日为人。可敬也夫！"明年公殁，予闻大戚曰："乡之老成人不复可见矣。"又明年，将葬，其诸孙以状来乞铭曰："先生知吾祖，敢以为请。"呜呼！其尚得而辞哉！

公讳仁翁，字如山，其先自闽迁温之平阳金舟乡。曾大父弘，大父旦，父直道。公昆仲三人，而公为季。聪敏通豁，遇事勇，重然诺，负干济才，不出求用于世，而能以善治其家。兄濬翁早卒，其子珙甫始生孩六月，公曰："兄弟之子，犹子也。"字育训诲之，俾成人，与己之子均养齐爱。珙甫死，抚其诸子与子之子如一。及诸孙长，分财，珙甫子四人，子之子一人，公析赀产为五，略无纤毫偏私厚薄。人以为难，乡党宗姻称其义，故家人化服公训，长稚敦睦，毋敢有间言。尝遇岁饥，设粥食饿者。邻里之不能自给者，赈之粟，人多德之。或解衣以济贫人，瓮路以便行旅，蓄药以惠病者。其好施予，不吝啬财，多类此。

至正二十年三月丙辰以疾卒，年七十有七。配郑氏。庶生子一人，日莹甫，早卒。孙男一人曰文震。从孙四人，珙甫之子也。长文从。次文明，庆元路奉化州判官。次文定，次文崇。卜以二十二年二月壬辰，葬于其乡梅奥之原。予闻天之报施善人，必大其后，公之后，其将大乎！铭曰：

箕衍禹畴，九以福终。克享厥福，世罕其逢。在公之躬，实兼而有。畀予自天，亦孔之厚。爰振厥绪，乃裕而昌。爰起其承，乃弈以光。友于其兄，以及孤幼。化行于家，睦焉靡疚。均财之义，州里贤之。推赢于人，积而能施。生逢其居，殁藏其宅。梅山之原，幽幽松柏。松柏幽幽，淑气萃焉。式祐尔后，厥庆绵绵。

梅隐处士章君墓志铭

处士章君，卒于至正十五年三月乙未，葬于至正二十二年九月乙巳。其子德来请铭于赐同进士、将仕郎、前庆元录事陈高，谨为之铭。

君讳成，字叔实，自号梅隐处士。曾大父溢，大父如博，父季伦。娶黄氏，子一人，德也。孙男六人：以折、以信、以道、以齐、以周、以仪。系曰：

章之裔，繇浦城。练氏功，活我氓。施奕叶，弥昌荣。郇国奋，业以弘。逮伯归，仕永宁。居白沙，后以兴。世传十，处士生。性克敏，识斯明。抱材器，嗜史经。孝于亲，友弟兄。齿方壮，慕簪缨。远周览，北如京。浩然归，爵奚萦。笃为义，闻斯行。奉惟约，家则赢。周人急，众所称。岁壬辰，盗以狞。气日张，诛弗胜。君感愤，疾乃婴。寿七秩，逾三龄。天不慭，溘以倾。维处士，载德馨。负耿介，韬光英。志则郁，善可程。身弗享，在继承。子克肖，孙有成。葬蒋岭，祔先茔。考厥美，视兹铭。

故宋学士徐公墓志铭

公讳铣，行千四八，姓徐氏。其先，闽之秦川人。始祖讳賨者，石晋天福庚戌徙居温之平阳坊郭，至公一十三世矣。

岁至正庚子，其曾孙德一，一日请于予曰：“吾曾祖学士公既葬虽久，而乏所志，盖以吾祖与父皆历薄宦，适丁世变而不暇。乃（杨校：丁本作“及”，属上句）今幸叨遇隆平，敢不泣血而白祖宗之遗德乎？”予辞不获，乃按状序而铭之。

公祖讳曼，高州通判。父讳淮，江东主簿。母夫人郑氏。公生，自幼天资聪敏，度量弘远（杨校：丁本作“达”），儒言经旨，夙有闻知。既而以明经擢授正字，寻命集贤学士。居官谦谨，不失矩度，上甚礼遇焉。而公未尝少有懈志，尝谓人曰：“士君子读书务在明体适用。为臣死忠，为子死孝。使方寸事事方正，有可对人言者，则施无不达，用无不可。”故公德器成就，言随所行，人皆以古君子亦不是过也。兹因德一之请而暴白之，庶几前人之德无所遗矣。吁！读书而明圣贤之学，人仕而行圣贤之道，草诏銮坡，张皇国命。一出于上之实意而不媚浮辞，其何负于平日之学者欤？

公生于宋嘉定庚午二月二十八日，卒于宋咸淳辛未九月十五日，享寿六十有二。以是年十二月十三日葬于薛家堂之原。夫人朱氏。子男四：长公瑾，四川帅干。次公玑，州前税务大使。四公球，医学提管。孙男十，曰参翁，衢州税务大使。曾孙二十三，曰山寿，处州税务大使。玄孙二十六。是非天道之馀庆者欤？宜为铭。铭曰：

光狱之英，文物之规。笃生大家，馀庆所宜。其学伊何？维孔是师。其道伊何？维周是期。操翰銮坡，蛟腾凤仪。有子有孙，寿考维祺。令德若斯，谁其似之！用传斯铭，以昭潜辉。

瘗殇子慈童铭

慈童，陈高子上之次子也。至正十八年戊戌之岁，三月二十三日，日未入而生。二十二年壬寅九月十六日，日既出而死。生于庆元之慈溪，故名慈童。甫三月，高自慈溪揭家附海舟还乡里，历涉风涛，幸无恙。慈童方五岁，头角岐然，聪慧而厚重。与群儿嬉，彼则竞为佻健（杨校：丁本作“挞”），独凝坐不动。客至辄迎揖入，索茶酒，舒舒徐徐。见者咸谓陈氏有后，予亦冀其成立能大吾门也。是岁，高居母夫人丧，每朝夕馈奠，必随拜于后。夜寝苫次，亦来同寝不肯去，以是感寒热疾夭死。死之日，敛以小棺，瘗屋东竹坞上，实平阳之金舟乡咸通里。铭曰：

天之生民，或夭或寿，胡为其然？殇人（刘校：一本作“子”，《永嘉集》内篇作“乎”）果夭耶？黄耇果寿耶？夭也寿也，同归于尽而已，又何足悲乎！骨肉复于土，魂气散何之也？生为父子，死竟何为也？

愚翁墓志铭

温平阳凤江之南，曰夏较里，顾氏世居焉。其先，李唐末自闽之长溪赤岸避乱始迁族，后蕃衍。在宋时掇科第致通显者，前后相接。又多以儒名，文学为乡之冠。

绍兴初，钱塘主簿冈，潭州监狱硕，连翩出仕。秦桧用朋党倾赵相鼎，主簿君贻书让萧侍郎振不当阿桧，辞气激烈。宝庆间，主簿之从孙任，知横州。从曾孙翼夫，通判隆兴，皆由进士显著一时。横州之从弟讳大斋，学优而仕不偶，生子晏，以明经教授乡里，为硕孺。生四子，俱有声场屋。其第三子讳力行，才特俊迈，学者宗之，号南江先生。遭宋革命，文运未兴，赍志以没，有诗万馀篇，曰《小惭集》，尤工骈丽语，多为人所传诵。其弟讳某，号牧坡先生，为诗文亦清丽，伯仲间声誉籍籍。

南江先生无子，以牧坡先生次子为后，是为处士。讳某字某，为人质直，不能曲意随顺人，而好趋人之急。性喜竹居，屋傍栽竹数百竿，每与宾客弈棋饮酒其下，醉则陶然若有所得。尝曰："竹，吾友也。"因自号为"竹友"（刘校：一本作"友竹"）云。年若干，以疾终于家，且死，谓其子曰："吾生无所成，死而无以传，后世之愚者莫我若也已。我死，必以愚翁易吾号，庶几表吾之志乎哉！"故没而以愚翁称，遵遗命也。娶郑氏，子男一人，曰世标，温州路永嘉县尉。女一人，适曾瑾。孙男二人某某。处士生于至元二十九年十月某日，卒于至正六年七月某日，以至正二十一年四月某日葬于凤林乡凤奥之原。世标来以铭为请。呜呼！处士生簪缨士族，浮沉于世，不为声利逐逐，死而托其迹于愚，岂真愚也哉？要之所以为贤乎？铭曰：

与竹为友，清可则也。以愚自名，晦其迹也。嗟乎处士，类有德也。凤林之丘，爰安宅也。有考吾铭，过必式也。

净居寺圆鉴智觉禅师塔铭

净居寺之主者，圆鉴智觉禅师，示寂于至正二十年十月庚戌，荼毗于至正二十一年正月壬午，遂以是日葬其舍利若骨于寺之东偏而塔焉。越明年，其徒之上首文昙，以逆川顺公之状来请曰："凡葬浮图氏，有塔有铭，所以表其行业而昭劝后学。若吾师之超诣功勤，多可纪者，敢乞文以志诸塔石。"

按状，禅师族姓周氏，讳慧定，字常照。始生之夕，母梦云云。禅师生于前至元戊寅九月四日，世寿八十三，僧腊七十三，住山三十有九年，度弟子一百六十人。自杨岐四传而为大慧，慧七传而为禅师。禅师师铁舟海，海嗣了堂达，达嗣佛照光，光嗣大慧杲。溯流寻源，其有由来也远矣。禅师儒家子，世为宦族，以其显于释也，故略而不书。铭曰：

圆明藏宗炳星月，法席绍承续靡绝。显彰幽昧繇智劣，海也追宗骋轨辙。有夷（刘校：一本作“美”）厥嗣定维哲，宝珠无纇鉴罔阙。生而有异死昭晰，诞登彼岸证寂灭。穷源本始自前烈，曰岐曰慧派匪别。后来继者仿以法，欲求其真视兹塔。

倪母墓志铭

倪氏子婿邵炳泣告予曰：“炳之妻之母赵氏，无子，惟生一女，妻炳。及死，炳为具其凡葬事，又为筑庐墓侧，以奉岁时祭祀。炳惧其后世一旦隳坏，则死者目不瞑于地下，弗为铭以贻后，将无以诏焉。敢请。”予谓古者墓有铭，非惟俾姓名传，亦所以示后人无敢伤墓。然则兹墓也，其可无铭？赵氏系出宋宗室，世居嘉兴之海盐，祖某父某。年及笄，归华亭倪伯玉。卒年五十有一，以某年月日葬华亭之泖湾。铭曰：

水流而潴，林茂而腴。藏焉有穴，祭焉有庐。是为倪母，之墓也乎。铭示来者，其勿毁诸。

郑处抑先生行状

先生讳昂，字处抑，一字崇阳。其先自高密迁闽之长溪赤岸，石晋时，徙温之平阳宰清乡。世为望族。曾祖讳时，祖讳符，父讳公显。先生为人警敏详密，清慎狷介，貌庄毅若不可近，而即之甚平易。少豪侠，与富贵子弟田猎驰骋为娱。及长，乃痛自激励刮磨，悉弃去旧习，读书为文，尤长于歌诗。年四十九，始游郡城。一时诸公，莫不敛衽推服而愿与之交。教授赵檠延为郡学师，前后居庠序且十年，所薰陶甚众。凡四方之来游宦者，有知先生必造谒听受，言论惟谨，苟非其人，先生未尝与接，而亦无敢尤先生者。

至正十年冬，寇盗窃发，犯州郡。明年山獠起，先生携幼稚往来避难崎岖山泽间，备极困苦，而未尝忧戚。顾谓家人曰：“我命盖尔，其安之。”十三年冬，温之戍卒戕主帅，据城以叛，气焰张甚。先生臆其酋尝知我，必且浼己，遂逃之山中。既而求者果至，已失先生矣。居久之，回城，酋款门求见。先生卒辞。或谓先生曰：“闻其人且宥过授爵矣，何拒之深？”先生曰：“彼若纵克侥幸获免，宁可以污我哉！”及叛卒诛，人始服先生之为高也。

十六年春，佥浙东廉访司事宋伯颜不华分司至温，复请先生师郡学，先生固辞，不获，留岁馀。一旦翻然归家，坚卧不出。衣宽衣，岸帻巾，独行孤坐，徜徉自适，绝不与时贵人往来。见者或以为古逸民之流。逾年以疾卒。

先生晚年始为学，而笃于自信。所守确然，不为外物夺。性疾恶不能容人，故予世俗人寡合，惟遇贤才士，则敬爱之若不及。家至贫，饘粥不能自给，妻子常至寒饿。他人所不堪，而先生处之晏然。哦诗诵书，应接宾友，终日言笑。怡怡如也。非其义所当得，一介不取，虽颠沛流离，未尝放肆，推(丙寅孟春重刊本推作“故”)其守至老愈坚。尝谓人曰：“吾幸处世为人，使明日所为或有愧于心，不若今日之死之为愈也。”其自力不怠如此。所为诗老益工，非得惊人语不苟操笔。有稿若干，藏于家。先生生于至元己丑九月，卒于至正戊戌二月，享寿七十。娶林氏，先二十五年卒。继余氏，生三男：果、异、集，蚤卒。高辱与先生游且久，而知先生深，用述其行之梗概，以求铭于当世立言之君子，而传之不朽焉。谨状。

卷十四　铭赞箴跋

三复斋铭并序

高君名其子尚之读书室曰“三复斋”，有旨乎？南容三复白圭，谨言也。谨其言，斯谨其行矣。尚也而可不谨其言哉？而父欲而之戒之也，故命是名以诲。亦欲而之识之也，故为之铭以告。铭曰：

言之易矣，践之孔艰。言之危矣，躬之匪安。言之巧矣，实之匪存。言之肆矣，众之所怨。嗟言之玷，磨之实难。谨言善行，入德之门。

栖云精舍铭并序

同郡陈光祖，字用宾，葬其母于祖茔之侧，在吹箫台山下，距城二十里。构屋于墓左，用宾居息读书其中。集贤学士陈公扁之曰“栖云精舍”，以飞白法作大字书之。盖西南之山，吹台最高。其上尝有云气轇轕，故以名云。然用宾之构兹室而居焉者，岂徒爱吹台之云乎哉？盖不忘其母也。不忘其母者，孝也。孝子之道，不忍死其亲，故亲殁而不忘焉。亲殁而不忘，则必思所以显其亲矣。思所以显其亲，恶可以他求哉？反诸己焉而已耳。用宾读圣贤之书，以修其身，以善其行。身修行立，而声誉流闻，斯有以显其亲矣。因铭其室，使之朝夕观省而加勉焉。铭曰：

吹台之山，众阜所宗。维冈崔嵬，其云溶溶。趾麓迤延，风气盘礴。厥草维茂，丛木沃若。有斧者封，于山之阳。依其先茔，陈母之藏。陈母有子，孝思弗替。爰筑我室，爰居爰憩。爰诵我诗，爰读我书。敬亲遗体，永矢弗渝。翳彼嘉树，曰松与榎。秀色干霄，云荫其下。猗欤兹室，栖云是名。匪云之栖，庶学以成。嗟陈氏子，旦夕兢惕。式显其亲，令闻无斁。

容膝轩铭

高昌钱宝臣氏，名所居之室曰“容膝轩”，昭其俭也。永嘉陈高为之铭曰：

繄（杨校：丁本作“翳”）古初，处巢穴，神圣有作栋宇设。蔽风雨，御燠寒，后日以侈土木繁。世之愚，徇奢欲，乃高其庐丰其屋。日贤哲，约以贞，寻丈之室居则宁。维兹轩，大容膝，君子藏焉靡湫隘。爰笑语，载寝兴，吉祥萃止和且平。体斯胖，心孔硕，若居广居宅安宅。

世学山房铭

礼部郎中杨公，名其室曰"世学山房"。门生陈高敬为铭曰：成人之道，惟学是力。学传于家，君子之泽。泽绵不斩，世学永存。猗欤杨氏，积庆之门。自昔先人，代济厥美。训其义方，贻谋孙子。蕴久而发，芳远而彰。迨礼部公，硕大且臧。曰匪予能，教由祖考。世世缵承，学以为宝。其学维何，读书念兹。伊尹吾志，颜孟吾师。学而不世，奕叶则殒。孰克象贤，弗替而引。我继我述，无愧在兹。嗟尔后嗣，其敢有违？弓冶之良，箕裘其继。矧兹学业，无念先世。藏修有室，刻铭于楣。嗟尔后嗣，庶其勉之。

散木轩铭

上清道士郑无用，名其室曰"散木轩"。为之铭曰：

良木之产，楩梓松柏。为屋为器，中于绳墨。拥肿拳曲，伊栎与樗，百不胜任，茂阴道隅。彼材所堪，斧斤爰伐，用资于人，而已则折。维兹不材，故以散名，匠石弗顾，乃全其生。不适于用，不婴于害，无用之用，其用为大。吾观于物，道其在兹，人不用我，我且奚亏。智巧辨慧，刚勇利捷，其资其能，鲜不蹶跲。支离偃蹇，疏愚颛蒙，为世所弃，悔吝奚从？牺牛文采，不能（刘校：一本作"如"）泥滓，龟灵钻灼，曷吾曳尾。有郑樗氏，老子之徒，自处以拙，退然若愚。筑兹一室，诡名散木，蒙庄是师，谁其桎梏？以散见废，庶于天年，与造物游，无为自然。

听雪斋铭并序

斋者，燕居之室也。欧阳氏曰："斋之为言，若于此而斋戒也。"四明应成立，以听雪名斋。斋戒之义恶乎在？盖澹泊之安者，远华靡之习；雅素之尚者，绝淫侈之妍。况乎穷冬冱寒，霰雪纷集，贫贱者有冻馁无聊之忧，而富贵者唯宴酣歌舞之乐。于斯时也，燕坐乎一室之中，而独以听雪为事，非安澹泊而尚雅素者不能也。以此而致其斋戒，于以养心，于以检身，亦庶几乎其有得哉！故为之铭曰：

五官异用，耳则司听。听溺于淫，中失其正。丝竹之韵，举世所耽。孰厌喧哗，寞寞是甘？霰雪之声，匪宫匪商。孰兹其听，而废笙簧？惟彼好修，弗愆于度。爱嗜清幽，爱葆冲素（杨校：孙琴西先生云：两"爱"字皆当作"爰"。丁本"爱葆”“爱”作“受”，亦误）。冥心端坐，静而听之。俨兮若思，澹乎无为。有如闻韶，乃忘肉味。心斋之要，庶其在是。儆戒有道，人鲜克知。我作斯铭，以阐其微。

休休室铭并序

温乐清之玉环山，有刘元芳氏，年且五十，属家事于其子，谢绝世纷，于居宅旁构屋三间，而辟东西为燕居之所，乃名其东曰“休休室”，来征予铭。予问其休休之说，元芳曰：“人之生也，寓形宇宙，视光景之迅迈，犹驹过隙耳。而举世营营役役，未至于死，则未有休息之期。既贵矣，而益思丰其禄位，崇其班资，是贵者不知休也。既富矣，而复思蓄其货贝，广其田宅，是富者不知休也。贱不能安分，而致慕乎贵，乃汲汲于形势之途，则贱者不能休矣。贫不受命而欲求其富，乃逐逐于刀锥之末，则贫者不能休矣。是故自少而长，长而老，老而死，而莫有休者焉。吾观古之达者，避名遗荣，土金芥玉，澹泊以自持，逍遥乎无为，中心诚有慕焉。吾故休息于兹，以终乎（杨校：丁本作“吾”）暮齿，或有以世事相及者，则应之以休休而已。”於戏！元芳之志，亦足尚也哉。又爱其言有可以警乎世者，故为之铭曰：

宵藐（杨校：孙仲容先生云，“藐”当为“貌”，“宵貌”见《汉书》）堪舆，有生蠢蠢。百岁驹隙，倏忽而尽。情荡欲肆，心役于形。徇物展转，形亦靡宁。攘攘熙熙，蝇营狗苟。自稚及耄，晨趋夕走。贵富贱贫，鲜不有求。既（刘校：一本作“孰”）知止足，未耋而休。曰休斯休，有刘芳氏。旷焉达观，邈矣高趾。于利勿计，于爵弗縻。珠璧沙石，轩冕涂泥。庄周我师，向平我友。盘桓一室，于世奚取？寒虫蛰穴，宵禽息巢。休休无营，永逸弗劳。

虚白室铭并序

虚白室者，释文琛名其栖禅之所也。庄周氏曰：“虚室生白。”然所谓室者，岂上栋下宇材木之所构乎？曰虚曰白，又岂谓屋室之空洞而晃朗者乎？室也者，心也；虚也者，心之不累夫物也；白也者，心之无所不照也。心无物累则静，静极而明，道之所在也。琛栖是室，而有得于此，则其于道也几希（刘校：一本作“矣”）！铭曰：

室之虚，孰室我庐？室之白，不昏以墨。白以虚生，维虚乃明。虚若太空，白如皎日。有廓其居，吾之兹室。

焦味道像赞

貌同乎人，服异乎今。彼何人斯，孰知尔心？是其好古而尚志者耶？怀瑾握瑜，而将为用于世者耶？内明而外和，默专而言辩，实而求益，美而不衒，夫是之谓焦璨。

天宇赞

俞子以天宇号，或者疑其大而未当也。而不知以道观之，则天也人也，夫孰为大而孰为细耶？以吾心观之，则天之于人也，其犹囿于巨廓之间也。李存子既为之说矣，陈高复推其意而赞之曰：

苍苍然其窅冥者，夫孰扩而闳耶？眇眇乎而有生者，伊谁梏其形耶？恍兮惚兮，孰小而大？浑兮沌兮，孰见其外？八极我区，六合我庐，方寸之中，廓乎太虚。

自警箴

义利之辨，理欲之分。静存畏惧，动戒纷纭。学不可已，过当喜闻。老将至矣，敢不忧勤。

明诚斋箴

明诚斋者，华亭邵武叔居室之名也。子思子曰："自明诚，谓之教。"盖学者之功，必先明乎善，然后能实其善。故曰："不明乎善，不诚乎身矣。"武叔以是名斋，其知所以进修者乎？因作箴以遗之。箴曰：

乾父坤母，爰生我躯。我性所有，洵美且都。上智尽性，靡丧厥初。伊予何人，其敢勿图？圣贤岂远，而学可至。自明而诚，于兹从事。日惟明诚，先哲所示。予既有闻，敢不自励。曷以明善？讲学是资。必穷其理，以周其智。曷以诚身？固执勿移。乃充其善，以去其私。我善既明，如鉴斯净。反身而诚，如璧斯莹。明诚曰教，诚明曰性。殊途同归，何有贤圣！

刘忠宪公遗语跋

《遗语》云："触怒大臣，诬构就狱，岂能与小人交口辩讼，屈膝引对于狱吏之前哉？且身为台臣，义不受辱，即当引决，无累后人。呜呼！苍天实鉴此素心"云。

至正十六年，寇陷金陵，宪台重臣入贼中受伪爵者，往往有之。或不幸死，率为乱兵所毙，鲜闻有仗节死义，奋不受辱者。若刘忠宪公，以中丞言事被诬构，尚不肯就狱吏对词，慷慨引决，视死如归，况肯偷生苟免，失身于贼耶？呜呼！死生之于人大矣，非刚毅明决，孰能舍生而取义乎？忠宪以身为台臣，屈膝辩讼为耻，而今之屈膝事贼者，曾不以为羞。人心之相远固如此哉！观公遗语，重有感焉。

顾主簿上萧侍郎书跋

秦桧当国，势焰可畏，一时端人正士，斥逐殆尽。士大夫虽素有树立，若萧振者，亦附丽焉。

钱塘主簿顾君，独贻振书，让以不当附桧，反覆千数百言。使桧闻之，祸且不测，而君乃毅然弗顾，非所谓见义而勇为者欤？主簿之职微耳，当是时，居高位食厚禄者，固之不乏人。而君独为朝廷深谋远虑，其忠君爱国之心何如也！萧为侍从，同里人士，孰不乐称颂其美，以相攀援？而君则爱人以德，尽忠告之道，不为世俗儿女态，抑可谓直谅君子哉？

勇于义，忠于国，直于朋友，此皆人之所难者。非贤，其能若是乎？使主簿君立朝当路，其功名必有可纪。惜乎居下位而不得施也。书中所谓“堂堂社稷，反为诸公快意之地，深可痛愍”，三复其言，直足以流涕而恸哭矣！

历观自古暨今，奸邪误国，未有不由乎此者。盖奸臣执柄，于不同乎己者，不问其人之贤否，必挤而去之，然后有以快其意。贤者既去，而国以危亡随其后。如王荆公安石，亦本号为贤士。及为相，欲新法之行，当时诸君子议不合己，悉加贬窜，而引用同己之小人，以快意基靖康之祸。吁！主簿君之言，不亦信而有征乎？是书宜载诸史以为世戒。既不及见录，幸其五世孙仲明能表章之，求当代名公书以示后人，又将刻之石。庶几有以垂不朽焉。仲明亦可谓贤孙也已。

赵子昂学士帖跋

吴兴赵魏公，以善书名当代。片纸遗幅，人争宝之，而流落在人间者固亦不少。近岁兵燹蔓延，书画图籍，残毁殆尽。前人墨迹，此后盖不易得也。起潜上人出示此帖，乃公得意之书，尤可宝也。

富郑公手帖跋

前史著富郑公，以不与策立英宗，与韩魏公绝。《闻见录》亦载郑公为枢密使，怪魏公不关报撤帘事，因力辞执政，遂出判河阳，自此与魏公绝。每岁生日，魏公常遣使致书币。郑公但答以老病无书。

今观此帖，乃郑公贺魏公手书也。首句云：“向捧答教。”则知前此又有书矣。书中辞意勤恳，出于至诚。且曰：“终为苍生再起，亦天下之心也。”可见其慕望之重。然则所谓郑公与魏公绝者，岂其然乎？

按，神宗即位，魏公除镇安胜武等军节度使、司徒兼侍中、判相州，郑公书称司徒判府侍中。当在此时，韩、富皆一代伟人，言行为世楷则。若使富以私憾绝韩，至不通书问，岂不为盛德累哉？昔人纪录，盖难尽信，大抵类此。此书之存，犹足征焉，必有能辨之者。参政危公得此帖，以归魏公之远孙致用，致用出以见示，故为题其后云。

诸公赠赵夫人卷跋

昔巴寡妇清以财自守，秦始皇帝为筑台而礼之，作史者列之传记，以为美谈。今观诸公所赠赵夫人语，称其聪慧贞烈，盖出天性，而守志之后，乃托迹于老子法中，以诗文著显获召。至京师见主上，名动公卿，与清之以货殖见重于时君者有径庭矣。

宋有天下三百馀年，涵濡之泽，蔚然文治，故虽亡国之馀，而宗室嫠妇，其志节词章，犹有若斯之表表者，况士大夫乎？展玩再三，为之兴慨。

陈太常飞白书跋

天台鲍公锡瓛，为行枢密分院判事官莅温郡，大得民心。威行惠流，信义孚著。其居官大抵以廉为本，于是太常陈君颖达作飞白书“廉若鲍叔”四字以贻之，昭其实也。

予每观夫天下之人，莫不知廉之可贵也，然而鲜有能以廉自守者。盖人有血气之性，则不能无欲。不能无欲，则不能不为利之所动。不能不为利之所动，则智以之而昏，正以之而邪，公以之而私。以曲为直，以是为非，虽有聪明之极，威断之至，未有能行善政而服民心矣。此廉之为善所以难能，而古今论吏治者，必以是为尚也。

鲍叔辅桓公，名著于齐国，尝与管仲贾，分财不较，以廉见称。载之前史，照耀千载。今君复能趾美前人，声闻日彰，使士大夫咸喜称而乐道之。他日太史氏书其勋业，必将有征于斯云。

春濡庵诗卷跋

亲之于子也，生之爱之，其为恩也大矣。君子念夫亲之所以生我爱我者，不可以莫之反也。故必思报之，其报之也若之何？曰：尽其情焉，斯可矣。是故生则敬养之，死则礼葬之，既葬而远则为之祭祀以追享之。所以尽其情焉，是不忍于亲之死而思报其亲也。虽然亲既往矣，容色不接于吾之目矣，声音不闻于吾之耳矣，人子之思，不能无怠以忘也。是故君子因天时之运，而察于阴阳之变，履雨露而怵惕焉，履霜露而凄怆焉。

雨露濡于春阳之发也，则来而伸者，其神得而求也；霜露降于秋阴之敛也，则反而归者，其鬼不可得而恍惚也。于其反而归，而哀以送往，孝子盖有所不忍言也已。而于神之来也，能不恻然象其亲之生存矣乎？是故严其主位，则若亲之依之也；洁其几筵，则若亲之安之也；奉其酒醴馔奠，则若亲之饮食而醉饱之也。其所以交于神明而尽其情者，于是为至。由是而绎焉，则著存于心，无日而忘之矣。

金氏之兄弟瑜与璸也，墓以葬其母，而屋于墓之侧，为时节展省而奉祀之所，名之曰“春濡”。其不忍于死其亲，而能尽其情以报之者欤？呜呼！世教日衰，盖有亲死而不与于衰麻哭泣之哀者矣，又况于追远欲民德之归厚得乎？求如金氏者，可不谓难哉？宜夫人述之文而歌之诗也，予故为之书于卷末。

蔡氏族谱跋

蔡氏之在平阳者，或居畅奥，或居步廊，或居新城，然惟步廊为最显。在赵宋时登左科者五人，特科二人，补入太学二人，免解一人，请漕试者三人，魁右科者一人，凡十四人焉。其不由选举而以恩泽资叙者，不与是数。呜呼，何其盛哉！

况自石晋天福间迁居于此，盖十有五世、四百馀年矣。至于今蕃衍丰殖，视他姓之宦达前朝，一再易世，而陵替凋零者为何如哉？今考其谱，三府君唐僖宗之时，由光之固始入闽，居赤湖。其子分处平阳、莆田。居莆田者六世，而为端明殿学士忠惠公讳襄，以文章德业为宋名臣。居平阳者十世，而为光禄大夫讳必胜，以武举廷对第一，扶立宁宗，功名显著于时。苟非先世积德深厚，何以能致光显盛大如是耶？今二派之子孙，又皆昌炽，实食端明光禄之报也。古人所谓德厚者流泽远，讵不信乎？

光禄之六世孙彦忠，读书好善，而于族谱之修，特加详焉。其意盖曰尊祖，故敬宗。敬宗，故睦族。否则五服之外，视同路人，此古人之所重，吾固不敢忽也。将使后嗣子孙观谱系之所载，考前人之所行，可不思所以绳祖武而裕后昆哉？若彦忠之用心，抑亦可谓忠厚深远矣。故为之书。

罗氏家乘跋

昔者籍谈举典而忘其祖，君子讥之。夫为子孙者，非席祖宗之馀泽，未有能传其世者也。席其泽而忘之，则忘其本矣，焉可以逃君子之讥？然士大夫不幸或其言行不得纪载简册，则虽后嗣子孙之贤，欲推原夫祖泽之所自，亦不可得矣，是岂其子孙之咎哉？无所征也。

四明罗顺舜言，于罗氏谱牒之后，悉录其先世之行状、墓志及夫垂没之训、哀挽之辞，所以不忘祖宗之善，而使后世子孙得以推原其泽之所自，其用心之忠且厚，可谓至矣。

今观罗氏之先，自宣义府君以好义显宋宣和间。而其后由文学进士扬名者，班班辈出，蔚为慈溪著姓。其遗泽之厚，固足以及乎久远。今舜言读书有文，其所以亢厥宗者既在于此，而继继承承，勿替引之，宁不有望于后人欤？然则是集之编，岂徒述其家世之盛而已哉？

孝丐传跋

郑君宣伯作《孝丐传》，曾君子白书余三事以配之。予三复其文而悲焉。《书》曰："天道福善祸淫。"若孝丐、余三，岂非所谓善人哉？而不免于行乞寒饿，跛瞽癃疾。彼冒田庐之业，负士人之名，于父母生不能致其养，死而忘其哀者，乃反轻裘肥马，厚禄显荣，若将终其身焉，安在而为福善祸淫哉？呜呼！世道之偷薄，盖（钞本增一"已"字）无足论。而天道之茫昧，其果无知耶？抑未定也耶？吾固不得而推也。

卷十五　杂　说

菖蒲说

菖蒲生溪谷间，或根于石上，而叶纤绿可喜。医书称其主开心明目，补五脏，通九窍，益智轻身。得九节者服之，乃能延年不老。大率与荪相类，惟菖蒲叶有剑脊，为少异耳。然世之人多以荪为蒲，是眩其同，不知其实不同也。凡植之者，必以石以水滋之。置诸净处，则可历久，或被污秽，必萎以死，有类乎士之贞介者。予惟恶荪之能乱真也，故著其说。

仲恒字说

吴氏子性冠，筵宾而字之曰仲恒，求予著其说。《书》云"若有恒性"。昔者孟轲氏称人之性善，其恒性之谓乎？仁、义、礼、智、信，五常之性，与生俱生，出乎天而畀乎我，不以知赢，不以庸乏，斯其恒也。非暂而得，非外而铄者也。圣人君子之为圣人君子，无他焉，顺之不失其恒而已矣。反是则戕于人而拂于天，伪也，非性也。然则性之不失其恒者，乌乎修而可？曰：学哉！学与不学，恒性之存否所由系也，圣愚贤不肖所由判也。是故，镜之明也，尘翳之，拭焉而斯莹。水之洁也，土浑之，澄焉而斯清。性之恒也，物汩之，学焉而斯复。呜呼！子盍慎乎其所以为学也哉。

虚舟字说

道士叶得容揖予而请曰："容之字曰虚舟，虚舟之说，可得而闻欤？"予应之曰："子独不见夫大泽之与尾闾乎？大泽之水，加之以雨潦时降，川谷委输，则游遏沈（杨校：孙琴西先生云："沈"当为"汛"之误）溢不能蓄也。而尾闾之泄海也，无时而盈。知乎此者，其知虚舟之说矣。是故实其中而能容者，未之有也。今子有是虚舟，吾将与子载混沌，驾鸿蒙，乘虚空而上下。吾将令子扬自然之帆，击不争之楫，以玄为篙，以静为舵，而游于寂寞之滨，无为之海，不知子其能若是乎否也？能如是，则老子法中，吾将见其有异人出矣。"

杂喻七首

鲋鲽之行也，不比不行。鹣鹣之飞也，不比不飞。目不具不可以行，鲋鲽之目不比不具也。翼不完不可以飞，鹣鹣之翼不比不完也。水母之无目也，而托之虾以为之目焉。若夫人而无友，则不知其过，则其行有不周。行有不周，则不得为全人，其为目与翼也太矣。宁亏其行，而弗求其辅于友者，不亦蔽甚矣乎！

雉之殪也，以其羽之文也。象之殛也，以其齿之美也。虎豹（“豹”，原作“约”，据丙寅孟春重刊本作）之杀也，以其皮之饰也。与凡鸟兽虫鱼之取于人也，必其肉之可以充滋味实口腹也。若夫无雉之羽，无象之齿，无虎豹之皮，以至鸟兽虫鱼之肉，又不足以充滋味实口腹，而不免其生者，将必有害于人乎哉。是故君子保身之术，亦惟审于是而已。不为利汩，不为物害，则何犯祸难之有？（杨校：“雉之”一首，原本与上首连接。孙仲容先生据丁本校正，别为一篇。）

卿蛆甘带，带食黾，黾昭卿蛆也，之三物者之相与处也，苟有先朵其颐焉者，必不能逃其生也已。故先欲而动，则其害随之，而况于人之先利而动者乎？人之先利而动者，鲜有其能免也。

水之中有鱼焉，其名曰河豚，盖味甘而有大毒。吴人嗜之，中其毒而死者岁相望也，而莫之戒。故味之甘者毒于人之身，言之甘者毒于人之口，是故孔子恶佞。（杨校：“水之”一首，原本与上首接。据孙仲容先生校正，别为一篇。）

鼠、虫之微者也，而蠹夫物焉。人之见之，盖无不欲毙之也。闻其声未有不喷（刘校：一本作“愤”）而叱，瞠而视者也。虽其素有爱慈恻隐之心，亦无不变其色矣。彼窃（刘校：一本作“黠”）以为孽，贪以贾怨者，非人而鼠乎？是故观人之恶夫鼠也，其毋若鼠之为人所恶哉。

人有之山而与虎遇者，其穷也，则谓之曰：“虎，而且止！吾将与而斗，而死之也！”虎闻其言，而若有懈（刘校：一本作“解”）焉，止以待之。其人间则伐树为挺，执焉而呼曰：“虎来前。”与之合，而折其前之左足，既又合，而折其右足以死。虎惟恃夫勇也，而不知卒以有所恃而毙于人，哀哉！

昔子车氏之获麟也，而麟伤焉。麟之灵，夫孰不知其灵也！孰不知其灵，而犹伤之何？盖不知其为麟也。知其为麟，夫岂有伤焉者哉？然则人君之于贤者，其犹麟也夫。

与张仲举祭酒书

四月廿一日，门生陈高顿首再拜，奉书于祭酒先生阁下：

甲午岁，先生主文衡，辱不以高之愚不肖，举而措诸进士之列。一谒谢后，即随队南还，曾弗获少侍燕闲，亲炙诲论。继以兵革日用，道途阻艰，咫尺之书，亦无因达于左右。其负罪可胜言哉？

高性直而谋疏，学庸而才拙，不能与世俯仰。往者备员四明，洁身奉职，惟恐获戾于民，以玷名教；而无以报阁下甄录期望之意。遭时多故，众醉独醒，弃官归田，今五年矣。或徜徉乎山谷之间，或浮游乎江湖之上，任情自适，无所系留。当道者虽欲牵挽而不能羁絷，因自号为不系舟渔。初非敢为高也，揣己之无能，处俗之不偶，故以是而托其名焉耳。阁下倘取其志（刘校：一本作“迂”），而略其迹。赐以诗若文以张大其说，俾得以称其名焉，幸甚，幸甚。

参政危公不敢以书请，愿假阁下之重，并求一文。昔圬者王承福托韩子之传而名垂于世，今若得二先生之述作，夫岂不可与圬者比数乎？然士之有所抱负者，其走书京师，干请于名公巨卿，非献陈筹策以匡时，则衒鬻智能以求用。而高独以求文章为事，亦可谓愚而不知时务之甚也。无任愧悚，伏唯照察。不备。

答友人书

辱书及示以诗文联篇，亹亹数百言。辞严而奇，意深而隐。其光彩璀璨而交错，若惊湍之奔激，若崖石之峭露，又若蛟蜃之腾搏，而左右前后莫求其分合也。

足下之为文至此，夫岂高所跛（杨校：丁本作“致”，又校改为“敢”。孙琴西先生云：当作“跂”）望而及？而来书词称，乃反过情褒许，岂其然乎？且高乌足以论文哉？高之文，非幼少而习之也，非师授而得之也。数年以来，始知读书为学，初而求之古人之言，则但见巍乎其高而已耳，窅乎其深而已耳，渺渺乎其浩荡而已耳，而不知所以高、所以深、所以浩荡也。则虽欲强措一辞而不可得也。继而愤悱奋励，虚此之心，逆彼之志，所以高、所以深、所以浩荡，始若仿佛有以仅见其一二，然而不能尽也。夫然后操翰染墨，勉强于措词，而卑浅庸陋，其不见笑于能言之士无几矣，奚可谓之文哉？年齿日长，视今所为，犹前日也，尚复能进乎，思欲大肆吾力于其中，而有未暇焉者。吾之于文，辟犹见周道之坦夷而不能由之。又安能至耶？若高者，乌足以论文？

今足下之文至矣，而足下之才宜不止此。于是而又峻其峰，道其流，扬其波，以求至于高深浩荡之域，岂易量也哉？勉之！勉之！相去无百里，舟行不日可到，能一来慰我岑寂否？高再拜。

与锁镈佥院书

（杨校：孙仲容先生云："镈"当作"铸"）

自国家用兵以来，内外之臣，有能提卒总戎，出奇制胜，以为王室之干城，四郊之保障者，盖不多见。而同年之中，乃得阁下。以忠义之质，奋英武之略，整肃师旅，征讨叛逆，其声威赫然震动，为朝廷之所倚眷，远近之所称夸。使当世之人知夫为将帅者，必说诗书而敦礼乐，不专出于猛夫悍卒也。其为吾党之光荣，何如哉？

高虽驽庸，卧病田里，处土遐僻，闻之喜跃。中夜不寐。私心自念，若得如阁下者数十人，布列海内，则贼何患其不灭，而太平岂难致哉？然窃有所进焉，古之良将能臣以功名终始者，有出人之志而不自用，有盖世之勋而不自矜，事上则翼翼小心，处己则惴惴然如有失。此所以勒铭于鼎彝，而流声于竹帛也。阁下勉之。期望之深，故辄陈鄙悃，伏惟亮察，不宣。

上达秘卿书

六月四日，陈高谨再拜，奉书于先生阁下：

夫物有以类相感者，固不待同居狎处而后通也。而人之相孚，又奚俟于交面接目，然后心合而可以言哉？高耳阁下之名，服阁下之德，而立阁下之下风，有年于兹矣！虽未尝一交面接目，而心固已知必合矣，又得以未见颜色而辞其言乎？

高尝以为文章之气，与世变上下，而亦有系夫上之人，与夫作者之为之倡也。故有世道方盛，而文章不振者，非世之然也，倡之者无其人也。非无其人也，有其人而不为文章之司命（刘校：一本"不为文章之司命"下，有"或为文章之司命"句），又循常习故，而莫之变焉。此文气所以日卑下，而其势固不能振起也。

凡今世之为进士以取科第者，工虫篆之辞，饰粉黛之语，缉陈言，夸记问，斗侈靡，寖寝嶌，竞趋于萎尔颓堕溃败腐烂之乡，而莫知其所止。以今海宇混一，际古所未有，太和冲厚之气，融融焉，熙熙焉，而君上方观人文以化成天下。当此之世，其盛矣乎，而文章之气独尔卑下，何欤？然则世之盛也若此，而文章之不振也若此，非无其人为之倡欤？为文章司命者，尚得以逃其责哉？天下之好尚，视上之趋向何如耳，又况于禄位之存焉者乎？今如是焉，则进而得禄与位；不如是焉，则退而黜伏。人亦孰不乐为此而去为彼耶。设有以贾生、太史公、董仲舒、司马相如、刘向、班固之文，而试于今，其有不见退黜者乎？其能见拔擢而采择者乎否也？

十数年前，进士之为文章，犹时时有浑朴敦庞之气，亦其一时诸老儒先知，所以造就之故也。假设其转而试于今，亦必藐焉不为主文衡者之所屑顾矣。呜呼！世之盛而文之卑，文章司命者之忧也。

高之不才而病此也盖久。然往往出己意以语人，则见嗤笑，见诋讥耳，甚者憎怒而唾骂耳。虽不能不随俗所习以干于时，而求升斗以为贫而养之计。然其志不见信于人，亦何足恤，而使盛世之文卑弱不振，岂不亦可悲乎？每欲持此而吐之于主文章之司命者，顾以身处微贱，姓氏无闻，言不足为人所信。又恐所好不与吾投，只取嗤笑诋讥憎怒而唾骂焉而已。是以噤而不敢发诸口，而今始为一宣布之也。

伏惟阁下抱隽才，负实学，擢为（刘校：一本作“于”）巍科，跻于朊仕。其文章，其节操，其政事，当世孰可与比者？而其名誉昭闻日久，言而人信之，倡而人和之，而今岁执文章司命之柄者，又在于阁下。故高敢以其说进焉，以为非阁下则高之言不能售，非高则亦无有能以此为阁下言者。高非有所私便也，特以悲世之盛而文之卑，怀其情而不容以自嘿耳。

夫朝廷以文章取士，其立法之意，至善也。其取人之道，至悉也。其责之文章司命者，至深且重也。是故问之疑，以观其明理；质之义，以究其通经；试之赋，以考其博物；习之诏诰表章，以视其代言献纳之方；策之时务，以明其政事设施。非徒以革前代之弊也，将以求真才之用也。其得人与否，则皆寄之二三主司焉。任兹责者，苟能执其公，不私其见；核其文，必要其实，则亦庶乎可以得人矣。若徒以抽黄对白之为工，柔筋弱骨之为美，缀旧闻习成说之为善，则前代之弊犹在耳。若是，则小子后生，口乳臭齿龆龀者，举能为之，而日以进。而豪杰之士，抱磊落，负奇倔者，恶从以得哉？今诚能变更积弊，使所试之士必欲其理明而词确，议论有馀裕，格律高古，典雅而精深，一切屏去浮华偶丽之习，如是焉而取，反是焉则退而黜。若此，则非豪杰之士不克进，而小子后生不能以售，决也。作养当代之人才，振起当代之文气，一变而之古也，岂不美哉？

高也性质顽钝，学疏而才卑，俛俛焉，驱逐于乡贡进士之班列者，于今秋为再矣。其得焉，其失焉，是有命焉，于高之愚，尚何敢望焉？区区之怀，诚愿盛世之文气一变而之古，于吾身亲得睹之，则虽退伏田野，黯黯然，终其身无复声光之闻于人，亦且慊然以无恨矣。或曰：“不在其位，不谋其政，子居下而思出其位，无乃非所言而言，宁免获戾于大君子乎？”高窃以为不然。夫不可谋者，政也，若文则吾志之所好，而天下之公器耳。又况阁下之志与吾同者哉？必且不我罪，而惟我听矣。冒渎尊严，下情不胜悚栗惶恐之至，伏惟亮察，不宣。

子上自识

至正癸卯十二月二十七日，平阳失守。余时自郡城回至州南，闻变，仓卒同浙江行省都事王铨伯衡，夜寻山径泥涂中，崎岖行六十馀里至麦城，得渔舟浮海达安固，不及与家人别。明年正月朔至南塘，二月至乐清之玉环，迤逦道途，随处留寓。念余以布衣举进士，辞禄归隐已八年矣。守拙耕田，将以终老，而罹此变。故间关遁逃，非有所为也，求无愧于心而已矣。困厄颠沛之馀，触物兴感，率尔成诗，聊笔诸简册，以示不忘。间有应俗所作诗文，亦并录之，其研丑不暇择也。至正二十四年春三月乙丑塑旦书。

附　录

陈子上先生墓志铭

豫章揭汯

先生讳高，字子上，世为永嘉平阳著族。先生幼读书，日记千言，所请问，即出人意表。擢至正十四年进士第，授庆元路录事。明敏刚决，吏不敢易，民不敢欺，声名赫赫。一旦忽易去。及方氏至，欲招致之而无从得矣。再授慈溪县尹，亦不起。方明善与平阳周宗道构兵，尝一出而解两家之难。平阳陷，弃妻子，往来闽浙间，盖欲人不知其所在。

二十六年冬，东西浙陷。明年春，先生浮海过山东，谒河南王、太傅、中书左丞相于怀庆。论江南之虚实，陈天下之安危，当何以弭已至之祸，何以消未来之忧。适关陕多故，未之用，士大夫闻其志，皆愿与友。丞相亦喜，即欲官之，知非其志也，亦不强。数月而疾，以八月十八日卒于邸。以是月二十日葬于怀庆城南。其疾也，丞相留河南，遣医往问。其卒也，遣官致祭，赠赙甚厚。其葬也，中书平章政事锁铸，先生同年，实经理之。四方之士，凡自南而来者皆会哭。先生生于乙卯十一月某日，享年五十有三。先生为文，上本迁、固，下猎诸子；先生为诗，上溯汉魏，而齐梁以下勿论也。先生为行，洁己而不同于俗，抗节而不屈于物，意所与，倦倦焉而不舍，赴其急，水火不避也，所不与，欲其一语一字不可得。所至合则留，不合则去，自号不系舟渔者。铭曰：

志非不在于用世，才非不足以匡时，是何节之苦而遁之肥。果人之为耶？抑天之为耶？

祭陈子上先生文

呜呼！先生有高世之志，而不得遂；有匡时之才，而不得施。抱耿介而莫屈，负卓荦而莫羁。恋恋乎追古之作，怫怫乎疾今之为。当早年而应试，即擢第于当时。任录事于四明，乃仅历乎两期。方政平而讼理，忽解绶而去之。及再授而不拜，竟东遁而西驰。或排难而一出，又翩翩而我迟（抄本作“违”）。念颓波之日靡，故乍合而乍离。

当丁未之仲春，谒总兵而北来，论天下之大计，陈闽浙之安危，无一毫之为己，岂好爵之可縻？自徂暑而得疾，气奄奄而就衰，虽药石之日进，竞摧谢而弗治。望故乡而万里，魂恍恍而何依？

呜呼！先生狷有似乎仲连，清有慕乎伯夷。法迁、固以为文，祖汉魏以为诗。仁者而弗寿，贤者而数奇，岂世道（抄本多一“降”字）而致然，抑天道远而难推？吾侪昔同处乎中土，今一旦而别兹，或素慕乎高义，或常接乎容仪，或托交于金石，或见及于文词。共再拜而哭酹，用致导乎灵輀。

跋陈子上书

眉山苏伯衡

於戏！重其身，爱其妻子，不能忘其坟墓，去其乡里人之情也。而至违乡里，捐坟墓，弃妻子，而置身于艰险之地，则以所重者甚于身，所爱者甚于妻子，所不可忘者甚于坟墓，所不可去者甚于乡里也。身非不重也，而有尤重于身者焉；妻子非不爱也，而有尤爱于妻子者焉；坟墓非能忘也，而有不可不忘于坟墓者焉；乡里非能去也，而有不可不去于乡里者焉。夫安得不舍彼而取此哉？然非识轻重之人，亦乌乎能之！

吾读陈子上遗谢复元书，未尝不叹其于轻重也明，其于取舍也审，而又悲其适丁斯时也。使子上不丁乎斯时，则固重其所重，爱其所爱，不忘其所不能忘，不去其所不可去，若寻常矣。于戏，子上何其不幸也耶。

子上，予友也。同荐于乡，同试于礼部，后一再见于四明，而遂永诀矣。曩在京师，从揭兵部伯防，得其所著《子上埋铭》。读之，而高其行，而伟其志。今读此二书，愈益信其行之高，其志之伟。虽去二十年馀：而生气犹凛凛焉。于戏子上，其贤乎哉！钱用壬、傅子敬、赵时泰、唐元嘉，皆子上同年进士也。彼惟重所重，而不重其所不可不重；爱所爱，而不爱其所不可不爱；不忘其所不能忘，而忘其所不可忘；不去其所不能去，而去其所不可去。卒之殒身亡家，坟墓无主，而为乡里羞。然则子上之不幸，固未若彼四人之不幸也。子上虽客死山东，然丧葬以礼，坟墓妻子皆无恙，而乡里与有荣耀。然则子上岂真不幸也耶？甚矣轻重之当明，而取舍之当审也。虽然，向微复元，子上安能决去，而其坟墓妻子亦安能保全。是故子上之遂其去志，而坟墓妻子之获障保无他虞者，以复元能委曲调护之也。于戏，复元真子上友哉！复元亦贤矣哉！

寄陈子上录事诗

金华胡翰

东瓯有一士，周游吴楚间。一岁一归养，四十来作官。人生贵得意，寄书忽长叹。芳兰萎蔓草，霜露复摧残。寸心欲焉托？相望隔山川。出门道路恶，起伏千万端。直性不得遂，此道自古然。寄书当路者，下流良独难。

民国平阳县志本传

陈高，字子上（旧志《文苑》），金舟乡咸通里人（见《不系舟渔集·瘗慈童铭》）。幼聪颖，日诵千言（墓志）。既冠，即以文名州郡（吴纂）。至正中，应行省试，病时文体卑下，上书秘书卿台哈布哈（集作达秘卿，吴考，即泰不华。从定本《元史》作台哈布哈），请变更积弊，使所试之文，必欲其理明辞确，议论有馀，格律高古，典雅精深，一切屏去浮华偶丽之习，振起文气，一变之古（集《上达秘卿书》）。台哈布哈不能用（吴纂）。十四年乡举第进士（旧志《选举》），出晋陵张翥之门（《温州经籍志》，孙考）。翥时官太常礼仪院判与翰林学士承旨，欧阳玄、吏部侍郎贡师泰、礼部郎中吴当（此名吴考补）、国子监助教程文交章荐高宜留置史馆。高以母老，乞外授庆元路录事（《子上文稿》序，《元诗选》小传参）。

时群盗已炽，张士诚寇陷扬州，方国珍复梗海道（《元史·顺帝纪》、《明史·方国珍传》参）。高崎岖入浙（吴纂），明年之官（据石刻《陈君惠泽记》年月题识）。明敏刚决，吏民不敢欺易（揭汯《陈子上墓志铭》）。十七年冬（据集《戊戌岁旦日方谢事闲居》诗），忽移去（墓志）。十八年五月，国珍为江浙行省左丞（《元史·顺帝纪》），招之，无从得矣。再授慈溪尹，亦不赴。时方明善据温州，与州守周嗣德迭构兵，高尝一出而解其难（墓志）。于是州郡争欲得之，而高终不应（《陈子上存稿序》）。尝与座主张翥书云：遭时多故，众醉独醒，弃官归田，今五年矣。或徜徉乎山谷之间，或浮游乎江湖之上，任情自适，无所系留。当道者虽欲牵挽，而不能羁絷，因自号为不系舟渔。初非敢为高也，揣己之无能，处俗之不偶，故以是而托其名焉耳（《与张仲举祭酒书》）。

二十三年冬，嗣德败，州附于明。高自郡城回至州南，闻已失守，仓卒与同里浙江行省都事王铨间寻山径逃遁（集中自识）。吴行省照磨孙安总戎于州，求高急（《子上存稿》序）。高遂自乐清之玉环，浮海奔闽，以妻子、坟墓托友谢泰来（参《子上自识》及《乙巳元旦客中》诗）。二十七年北走山东，谒中书左丞相、河南王库库特穆尔于怀庆，陈江南虚实及天下安危大计。库库闻高至，大喜，欲授以官，知非其志，不敢强。居数月，疾作。八月壬戌卒，年五十三。库库遣官致祭，平章政事锁铸经纪其丧。葬之城南，秘书少监揭汯为志(墓志)。

高诗长于五言，近体渊源杜甫，古诗神似陶潜(《四库书目》)，文兼涉众家，以夷畅雅洁为主(吴纂)。金华胡翰邃于古文，评当时诸作，独推高云(《陈子上存稿序》)。遗稿旧不分子目，子诚初属金华苏伯衡定为十二卷。八世孙一元重辑为十五卷，校刻行世(吴据《平仲集》及钞存本纂)。诚初明儒士，永乐中授本县训导(旧志《荐举》及《职官》)。一元，字四游，徙籍侯官，万历二十九年进士，官历应天府丞、御史，见明史刘策传(旧志《孝友・陈志传》、《福建通志》、《明史列传》)。

高在乡井，所与友者，有林齐、何岳、章庆、郑弼、陈允心(俱见《不系舟渔集》)，而于泰来尤有身后之托，特附著于篇。

四库全书总目不系舟渔集提要

《四库全书总目》一百六十八:《不系舟渔集》十五卷，附录一卷(两淮马裕家藏本)，元陈高撰。高字子上，温州平阳人。至正十四年进士，授庆元路录事，未三年辄自免去。平阳陷，弃妻子往来闽浙间，自号不系舟渔者。至正十六年，浮海过山东，谒河南王库库特穆尔(原作扩廓铁木儿，今改正)于怀庆，密论江南虚实。库库特穆尔欲官之，会疾作，卒。盖当国祚阽危，犹力谋匡复，明太祖称王保保真男子(即库库特穆尔)。如高者，事虽不就，其志亦不愧王保保矣.不但诗之足传也。明洪武初，苏伯衡访其遗集，厘定成编，题曰《子上存稿》。此本题《不系舟渔集》，不知何人所改。文格颇雅洁，诗惟七言古体不擅场，绝句亦不甚经意。五言古体，源出陶潜近体律诗，格从杜甫，面目稍别，而神思不远，亦元季之铮铮者矣。元又有嘉定僧祖伯，其诗亦名《不系舟集》，见顾嗣立《元诗选》，集中有《题倪瓒芝秀图》诗。盖与高同时，然其诗不及高远甚，今未见其本，以集名相乱，附著其异于此，庶来者无疑焉。

温州经籍志论不系舟渔集

孙诒让《温州经籍志》二十四:案，陈县尹高，力历《温州府志・隐逸传》，雍正《浙江通志》，乾隆《平阳县志・文苑传》并有传。《不系舟渔集》十五《与张仲举祭酒书》云:"遭时多故，众醉独醒，弃官归田，今五年矣。或徜徉乎山谷之间，或浮游乎江湖之上。任情自适，无所系留，当道者虽牵挽而不能羁縶，因自号为不系舟渔。初非敢为高也，揣己之无能，处俗之不偶，故以是而托其名焉耳。"考子上自跋，其避方明善之乱在至正二十三年十二月。而揭汯志墓记子上之卒，在至正二十七年，年五十三。则其以不系舟渔自号，在避地入闽之后矣。集本金华苏伯衡编定，成化乙酉平阳吕洪始为刊行。今所见本卷亦有吕叙，而每卷首叶并题八世孙侯官一元校。检乾隆《平阳县志·选举门》，明万历辛丑进士有陈一元，应天府丞；又《人物传》载陈志，其先戍籍福州，子一元，辛丑进士，为大京兆。(《千顷堂书目》亦称一元为顺天府尹，此是也。《选举门》云应天府丞，盖误。)其人在吕后百馀年，盖一元又以吕本复校也。集凡诗九卷、文五卷、附录一卷，则墓志祭文之属。《千顷堂书目》称诗集十二卷，又谓一元梓其诗行世，殊为失考。今本十五卷，首叶并有一元校一行，则一元所梓不徒诗集矣。子上之举进士，出张翥之门，又与揭汯、苏伯衡、胡翰诸人为友。今核其全集，虽文采不及五峰诸老，而耳濡目染，终有典型，不仅亮节清风，足厉百世也。

敬乡楼丛书本校记

缮校《不系舟渔集》附记：钞本《不系舟渔集》，吾邑杨氏家藏本，卷首题有明八世孙侯官一元校。案，一元事见《明史·刘策附传》。福鼎林滋秀《双桂堂文集》有《怡亭赋》，注详侯官陈司训之家世云：陈氏始祖高，元至正甲午进士，任庆元路录事。元末，弃官图匡复，流寓福州。明求之不得，戍其二子于侯官，第四子遂家焉。三世祖荣，成化岁贡，任博罗县丞。七世梦麟，嘉靖岁贡，任湖广沅陵丞，以平播功升县令。梦龙，嘉靖甲子举人，官合浦知县。八世一栋，邑庠生。一元，天启间官御史，巡按江西，忤阉罢职，有六君子之称。九世兆盛，邑廪生。十世徽绩，邑廪监生，及司训公，俱入省志孝义。据此，则先生之后昌于闽者多矣。(《平阳县志)误据《东昆仰止录)载陈志弟梦龙，子一元，入《孝友传)。又云居灵波桥，其先世戍闽归平阳，尤误之误矣。)杨氏此本，据卷首会稽陈司训葵序，系钞从歙西鲍氏。诗经邑人华蓂园先生手校，文则司训自校，而叶先生湘民亦附有校语。所谓顾本者，系《元诗选》本云。原本者，盖即所钞之本，移录时有所改正，仍注原文于上方，并非别有原本也。钱塘吴司训祁甫师，重以文澜阁本校定，然后前校所疑者，乃悉得是正可读。今缮写一依阁本，而原钞本及顾选本与阁本互异，而文可通者，仍注上方，以著异同。是集早有邑人吕侍御刊本，今已不传。瑞安孙仲容比部《温州经籍志》载有吕序，兹据补入。又据《东瓯金石志》，补入《陈君惠泽记》及比部按语，复据钞本补入胡仲申诗一首。据《逢源斋集》，补入华跋一首。拉杂钞附，编次尚须审正。助校者，鲍君拙中也。邑后学刘绍宽校毕记。

敬乡楼丛书本后记

玉海楼藏写本《不系舟渔集》，十五卷，附录一卷。曩因杨君志林借钞得之，元有孙琴西、蕖田、仲容三先生校注，并有据杭州丁氏钞本校正之处。志林用朱笔备为校录，而平阳杨氏亦藏有本集，写本经陈氏葵、华氏蓂园、吴氏祈甫校定，刘厚庄先生绍宽为之重校，锓木而未竣也。其缮校附记，已见《厚庄诗文钞》刻本中。志林因以钞校玉海楼本，托其覆校异同之处，皆用墨笔注出。余既藏之有年，刘氏刻本迄未成书，而志林逝矣。其曩时勘录之勤不可湮没，因更取《永嘉集》内编、《慎江文征》、《东瓯诗集》详为校理，复得异同数十处，付之排印。向之朱墨校注者，分别著明杨校、刘校，而云某书作某者，今次校理之所得也。钞本每卷首叶题元庆元路录事平阳陈高著。其次行题明八世孙侯官一元校，与杨本同。刘氏缮校附记考订已详，今删去此行，录缮校附记于卷末，而卷首本传及苏伯衡序，钞本无之，据新修《平阳县志》及《永嘉集》外编（《温州经籍志》亦载苏序，而文字稍有异同）增入云。民国十七年六月，黄群记。）

陈高年谱简编

元代

元延祐二年乙卯(1315)

十一月某日陈高诞生于浙江省平阳州金舟乡咸通里(今属浙江省温州市苍南县)。

按:元贞元年(1295)平阳县以户逾五万,县升为州,隶温州路。至正二十三年(1363)十二月,明军至,平阳州遂入明版图。明洪武二年(1369)平阳州仍改为县。

陈高先世从福建搬来。高在所撰《族谱序》中云:"陈氏自虞帝以来,不知其几百世矣。而吾族则在五季时(指后梁、后唐、后皆、后汉、后周五代,系动荡不安之岁月),自闽之长溪赤岸,避乱迁居平阳……入宋为乡之望族。"

高少年时,聪颖好学,日诵千言。既冠,即以诗文名州郡,所请问,则出人意表。

元统二年甲戌(1334)

陈高刚满二十岁,即结识同里林齐、何岳等友人。经常相互酬唱,游山玩水。林齐,字希颜,金舟乡夏泽人。何岳,字汝憔,金舟乡将军里人。三人皆工诗文,时人称为"瀛洲三杰。"

至正三年癸未(1343)

阴均埭被暴风骤雨大潮所毁,次年又逢海溢地震,屡修治弗克完,数乡之人,岁以荐饥。至正八年州人陈君国英素有好义名,闻之奋然以为己任,终于复旧规。于是文士遂相率为诗以称道之。陈高为撰《美陈国英修堰诗序》。

至正五年乙酉(1345)

高彦平以无锡知州,转知高邮府。高邮界长淮以东,比年以来。蝗旱相仍,民困于饥，俗浸以偷，奸盗滋炽，其为理殆难。陈高以歌诗以饯其行，并作《送高彦平知高邮府序》激励其勇往直前，以惠黎民。

至正六年丙戌(1346)

陈高为乡贤史文玑著述《四书管窥》作序。史氏苦求于学，笃信坚守朱子之说，反复研究殆三十年方成。

同年十二月，陈高客寓吴中舍馆，林希颜到来，握手道故，感慨畴昔，随撰《送林希颜归永嘉序》。

至正中

陈高应行省试，病时文体卑下，上书秘书卿台哈布哈，请变更积弊，使所试之文，必欲其理明辞确，议论有余，格律高古，典雅精深，一切屏去浮华偶丽之习，振起文风。虽未被采纳，但对科举制度的改革与文风的振兴，起了极其积极的作用。

按：台哈布哈即泰不华(1304—1352)，蒙古族人，字兼善。父官台州，遂为台州人。至正三至五年，参与修辽、宋、金史，五年成书，授秘书卿，后升礼部尚书。至正十一年，任浙东道宣慰使都元帅，次年征讨方国珍时战死。据此，陈高上书时间，当在泰不华任秘书卿时。

至正七年丁亥(1347)

与陈高同邑孔克表赴戊子举人试，陈高为其作《送孔子充赴戊子会试》，有“先师之后悉贤良，今子秋闱复擅场”之句。次年，陈高又作《送孔正夫赴会试》诗，期望“把文南省已惊俗，对策明堂定绝伦。桐树朝阳鸣彩风，桃花春浪化金鳞。”孔君果中进士。

按：孔克表，字正夫，历任建道路，镇江路录事，瑞安州判官，迁永嘉县尹，后弃官归里。孔克表学问渊博，尤精十史，曾著《通鉴纲目附释》，宋濂为作序。其所作《选真寺记》与陈高《竹西楼记》一样，成为研究明教传播之珍贵史料。

至正八年戊子(1348)

陈高客旅异乡，在《戊子元日客中有感二首》中有“慈乌绕树声哑哑，新年见汝更思家。”“馆阁只今招隐逸，吾曹何日见飞腾”之感。

是年正月初七日，与黄岩裔尚敬、施谦到临海风屿访朱伯贤。次日，伯贤与其季伯良，持酒邀高登丰山，上绝顶，望巨海，在浮图寺欢饮，席既撤，复举杯松树间。酒酣，赋《同诸友游宴丰山》二十八韵，此诗选入《元诗选》。《泊馆头步》、《夜泊临平山下有怀衍道原上人》等诗篇皆作于此时。

《感兴二十五首》是"客居元事，读书余暇"所写，最后有"胡不崇明德，早使勋业昭"之叹。前又有"君子力为善，空达宁复论"之观点，看来是未中进士前，游程在外时的心情。

至正九年己丑(1349)

高于正月初一坐船从广陵出发，向淮楚方向飘游，在途中作《岁首自广陵入高邮舟中作》。初二日又发自高邮往他处飘游。诗句有"悠悠思故乡，邈在天南隅""羁旅岂足恤，但念骨肉疏""自笑道路中，奔走何时休""乾坤无终级，江海成淹留。从心底发出长哀短叹！

至正十年庚寅(1350)

此时高正在吴中漫游，有《登苍岘岭》长诗。"须臾至绝顶，太湖在我目"。站得高，看得远，此刻更是感慨万千："白波何茫茫，势与沧海属。此望平野阔，原田布棋局。澄江杯杓小，句容蚁封伏。天地信宽广，吾身渺如粟。因思去年秋，出游壮舆辐。志将渡江河，历览遍神轴。逶迤陟阳华(刘校：另有版本作"华阳")，迤逦登涿鹿。蹑云上泰岱，寻仙入王屋。遥观峨嵋雪，遂采昆仑玉。属慈时险艰，风尘满平陆。群偷起淮颍，官军问曹濮。"于是高"回首望南越，华盖倚天绿。草堂俱在下，石田犹可菽。悠然动归兴，何当跨黄鹄"。

至正十一年辛卯(1351)

七月。在外漫游一年多，陈高回到故里，附近有渔村盐亭(就是当今的苍南县炎亭镇)，元代时建有潜光院，明教浮图之宇也。明教就是摩尼教，公元三世纪时，波斯萨珊王朝摩尼所创。公元七世纪传入中国。这里的明教从福建传入。潜光院东边，有楼曰"竹西楼"，石心上人之所居地。能文之士如章庆、何岳、林齐、郑弼等常来此赋诗歌咏。是年十一月望陈高撰《竹西楼记》。

至正十二年壬辰(1352)

四月八日，高与刚从吴回乡的孔正夫，以及曾伯大、陈德华、徐德显、金士名、吕敬中、卢文威、郑子敬诸友，会于张思诚之近山轩，相与饮酒吟诗为乐。这时正是海内用武之日，诸友居左邑下州，得以恬然安处，高认为此亦大幸也，因赋《近山轩》诗。文中提到的吕敬中，就是吕洪曾伯祖州判府君，在元任行中书省照磨也。后来与陈高一起逃回的王铨，就是吕洪曾祖母王安人之父。都为世交。吕洪历尽艰辛在明成化元年(1445)刊行陈高《不系舟渔集》，也是缘由于此。

《无弦琴与郑伯玉、孔正夫、刘景玉、周元浩分题席上赋》亦作此时，“呜呼！我琴无弦，我琴有声。不调自和，不鼓自鸣。大声塞天地，小声殷雷霆，百怪辟易魑魅惊。西方之人渺何许，安得奏之天帝廷。”此古诗富有哲理，读来意味无穷。

至正十三年癸巳(1353)

陈高赴京参加进士考试。冬，闽梧抗队伍入分水岭(今闽浙交界分水关)直抵平阳州治。万户晁恭廉负伤而逃，官吏皆降。时镇本路的东平翼千户所达鲁花赤帖木和都事许必达带兵与抗元队伍战，俱被杀死。高在《渡沂》一诗中描写了旅途战乱的情景与自己矛盾不安之心情：“旷野人烟稀，朔风尘沙起。萧条岁华暮，惨淡日色死。悠悠望京国，悒悒念乡里。功名亦何为，行役信劳止。”

至正十四年甲午(1354)

这一年，陈高刚好是四十岁，在《甲午岁滨州道中》七言律诗中写：“驱事北行值新岁，滨州城西官道长。远山残雪映日白，旷野飞沙如雾黄。身世百年徒汗漫，头颅四十愈疏狂。已判今夕到无棣，烂把酒杯浇客肠”。

四十年的风风雨雨，坎坷道路，终于得中进士，出晋陵张翥之门。翥时官太常礼仪院判与翰林学士承旨欧阳玄、吏部侍郎贡师泰、礼部中吴当、国子监助教程文交章荐高宜留置国史馆。

按：张翥(1287 — 1368)累官河南行省平章政事，以翰林学士承旨致仕。工诗，著有《蜕庵集》。欧阳玄，进士，诏修辽、金、宋三史，为总裁官，为元代散文大家，著有《圭斋集》。贡师泰，历任翰林应奉、监察御史、户部尚书等职，著有《玩斋集》。

上述三位皆元代有学问有著作的名臣，发现陈高是个很有气质才华的人，所以推荐高留在京城，留史馆，将来必可重用。但高以母老，坚辞不受，乞外授，就近照顾老母。

张翥等诸名臣，深深体谅陈高殷切之孝心，随外授庆元路录事。高谒谢张翥等诸名臣后即南还。在故里拜见了老母、父老乡亲以后，匆匆又上征程。此时局势混乱，张士诚寇陷扬州，方国珍复梗海道，经过崎岖曲折的历程，方抵庆元路任所。在庆元路录事任内，明敏刚决，吏不取易，民不敢欺，声名赫赫。

七月，高作《陈君惠泽记》，记述陈国英修阴均堰外还记述他当寇盗扰乱，侵及故乡时为之处平，多得其当，士民咸服去不怨。此记原未收入《不系舟渔集》，是刘绍宽据《东瓯金石志》补入。

八月，撰《栖云巢记》。命名为“栖云巢”之屋，极其精巧壮丽，主人系华亭杨君伯成也。记中作了玄妙之譬喻，又能富有人生哲理。是高的散文中很具特色的作品。1991年上海三联书店将此记收入《历代小品文大观》。七百多年后的今天，尚能与全国广大读者见面，实在难能可贵也。

华亭还有位彭伯玉者，扁其家居之室曰“如愚”。友人邵文伯代其向高求记。高亦认为此乃世之真愚者，故为其撰《如愚斋记》。

十月，高过王伯尹家，为其作《三友轩记》：“孔子称益者三友，而孟子之论友曰：一乡之善士，斯友一乡之善士。盖以善人为能取直谅多闻之友，而直谅多闻之友庸非善士乎？”据此，高作了充分的发挥，让交友之道长久延续。

至正十五年乙未(1355)

大年初一天气很佳。高体味到战乱百姓的痛苦，在《乙未岁元旦日三首》(丁本无“旦”字)中有“元日晴堪喜，今年贼定平。天心占节候，人事厌戈兵”“处世为儒拙，还家胜客贫”“平生爱书册，多病亦须拈”暮诗行。

另在《病中遣怀五首》中也表达了厌烽火，思归里的情怀，“卧病玄冬半，羁栖碧海边。风尘方满野，戎马已经年。……薄才元寸补，自合赋归田”“愁至思清酒，无钱何处沽”“病身惭食禄，长羡五湖游”“宠锡来天上，宁孤报国心。”在贫病交加中，高还时刻恩念故里，思念祖国。

浙之西土腴而民佚，俗尚侈靡。惟顾宗元独能不移于俗，构一室，不陋不华。室前有池，丛植修竹，清修之士适意乎松竹，遂名曰“苍翠轩”。陈高于是年五月五日端午节为其撰《苍翠轩记》。

至正十六年丙申(1356)

是年二月，张士诚攻下苏州。高在《送朱惟敬奉使还京十首》中有“盗贼起襄颍，延蔓梗江淮”“仓粟数百万，惜哉饱群凶”“君去当努力，吾将逐樵采”“执手溯青天，英雄岂终滞”等诗行。鼓励他莫滞留，直向前，显示英雄本色。在《留别诸友分韵得日字》一诗中有“佳会不可常，岁晏政寥栗，居者成淹留，行者念家室……人生如浮萍，乾坤渺萧瑟。”透露了高挂冠离任的心绪。

至正十七年丁酉(1357)

陈高在这一年作《丁酉岁述怀一百韵》，系五言排律。此乃高对元末战乱状况的高度概括，也是他自传式之述怀吟咏。诗长二百行，百读不厌。“厄运丁阳九，何时见一匡”“归于理蓑笠，从此钓沧浪”。高为避艰危，思遁世，度时不可为，于年冬辞去。

至正十八年戊戌(1358)

大年初一，作《戊戌岁旦日方谢事闲居》，按著作《戊戌新岁感怀二首》“新岁忆慈母，独主意踌躇”“新年忆亲友，极目望天涯”，皆高之心声。

二月，作《郑处抑先生行状》。处抑即郑昂，是位识时务，知进退，敬敏详密，清慎狷介之贤士。行状，也称行述，专指记述死者世系、籍贯、生卒年月和生平概略的文章。文章最后说：“高辱与先生游且久，而知先生深，用述其行之梗概，以求铭于当世立言之君子，而传之不朽焉。”看来，高极谦逊，说此文是草草之行述，还希望仁人君子为之撰墓志铭。同时也看出高为文严审，一丝不苟之精神。

此时高全家逗留庆元路慈溪。三月二十三日，妻生下次子，故名慈童。《得子》诗云：“得子虽云晚，开怀始自今。敢夸万事足，聊慰一生心，襁褓看渠长，箕裘属望深。贫家汤饼具，独有典瑶琴。”

客居慈溪，没有其他杂宾，惟有自家人过端阳，“酒杯泛菖蒲，于以寿尊亲。”面对红榴正开红花，台阶草铺绿茵。高心中感到欢欣，然而再一想到“原野半荆棘，江淮尚风尘，”顿时又万分酸辛。《戊戌岁端午寓居慈溪有感》五言古诗就是在此背景下写成。

五月，方国珍为浙行省左丞，招陈高，无从得；再授慈溪尹，亦不赴。

于是高上黄山游历，作《客黄山三首》。“天寒鸿雁满南国，岁晚梅花开故园。客里漫将诗慰借，遣怀不用酒盈樽。”“他乡作客经时久，沧江买船何日归。堂上慈亲鬓发白，天末故人音信稀”。虽在黄山漫游，一颗殷红的心还悬在故乡。

随后又作《同蒋伯威朱德常游育王山》《寄张筹》《观湖》等诗篇，其间《家书不至》诗：“久望家书至，不闻南雁声。几回愁烂漫，直欲泪纵横。骨肉三年别，乡关万里情。且元拘束苦，即拟问归程。”至此，陈高归家之决心已定。

入冬，陈高携妻儿回故里，经过迂迴行程，到温州时却受阻，因吟《自明回温留寓郡城不得遂归田之愿述怀有作》一诗。《思亲词》：“泪滴东瓯水，思亲欲见难。水流终有尽，儿泪几时干！”字字血泪，令人悲伤。《寓鹿城东山下》亦作于此时。

时，方明善据温州与州守周嗣德迭构兵，高尝一出而解其难。于是州郡争欲得之，而高终不应。

至正十九年己亥(1359)

六月五日赵彦名、郑玄成路过陈高寓所，此寓所虽不是豪华的，但“城居倚丘壑，幽径类神仙”。佳朋来此憩林泉，饮美酒，“高谈杂谐谑，清吟代管弦。且尽今日醉，聊以乐吾天”。毕竟回到郡城温州，陈高表露了较为欢快的心情。

平阳旧为县，赡学之田素来寡少，后升州，更设教授员，经费更加欠缺，因此训导之师恒虚其席而弦诵之声未之尝闻。是年，天台陈鉴翁来为教授，慨然以兴起学校为己任。高认为这很重要，与之共同探讨兴学大事。

冬，高与友人何君岳过处士彭公所，知其先自闽迁温之平阳金舟乡。彭公聪敏通豁，遇事勇，重然诺，负干济才，不出求用于世，而能以善治其家，尝遇岁饥，设粥食饿者。或解衣以济贫人，瓮路以便行旅，蓄药以惠病者。高颇受感佩。足以见公平日为人之可敬。《送曾子白员外序》《送周尚文归吴序》等散文亦作于这一年。

至正二十年庚子(1360)

赵公仁翁，字如山，三月以疾卒，高闻之大戚曰：“乡之老成人不复可见矣！”

此时，高过着归隐的生活“朝看白日出，夜睹明星流，西风木叶下，四壁蛩声愁。”他思考为了禄仕混饭吃，反增加长辈的担忧，还是“复然空屋中，经月成淹留。潜栖绝内外，孤坐自吟讴。”毅然作深刻的反省：“独醒众所忌，谗构生戈矛……知几昧(“昧”疑作“味”)前训，省躬思远猷，安得委天运，吾道方悠悠。”对人生的荣辱观他也作了反省：“贵贱意何为，愚哲各有终。或云树名誉，可以垂无穷。讵知犹飘风……谁能契兹理，吾与访崆峒。”“归来问衡宇，幽情托妍辞。”这在《惩忿》《达观》《题陶渊明归来图》等诗作中都有独醒之见解与体味！

陈高在故里，并非专事饮酒赋诗，而是亲自耕耘栽种，极其关怀农夫疾苦。其西园闲地，高用来引种橦花。一行行橦花经精心培育，高三尺，“鲜鲜绿叶茂，灿灿金英黄，结实吐秋茧，皎洁如雪霜。及时以收敛，采采动盈筐。缉治入机杼，裁剪为衣裳。御寒类挟纩，老稚免凄凉。”其实这种橦花就是棉花，据说宋末从印度引种到中原(此据《苍南县陈姓通览》杭州出版社 2006 年版)在《种橦花》一诗中，他还针对富贵人家种花卉发出感叹：“豪家植花卉，纷纷被垣墙。于世竟何补，争先玩芬芳。弃取何相异，感物憎惋伤。”昔日机杼声声，如今机声隆隆，苍南纺织业历来相当发达，看来渊源出此。

高“近舍数亩田，深耕艺黍稷”“晨兴微雨霁，课仆往西园”，“锄耘去稂莠，经营待秋穑”“荷锄开荒径，种菊叶已繁。”“农事果艰辛，劳(《东瓯诗集作谋》生念衣食”,“晚来濯足间清湍,远客无朋总不欢”,“淮西盗贼成群起,攻夺城地杀害多”,“父老相逢情更恶,为言租税未输官”。在归隐躬耕的生活中,见到的是父老们缴不起田赋悲愁的苦脸,听到的仍是元末盗贼四起的杀声。在高之心中,经世济民之念未减,仍发出“怀居岂余心,时乎复何言”“世间谁是知音者,青眼相看只故人”之叹。就是在暇日整理书册之时,他还是说“山妻向我语,丧乱日侵迫。一身尚为累,挟此竞何益”。高又是处于进退两难之心境。以上所述,在《闲昼四首》《出门》《元日》《即事漫题十首》《秋成大水伤稼悯农有作》《择谷种》等许许多多的诗篇中皆留下印识。

是年,南台监察御史易普剌金、孔汭行部闽广,取道温州。三月来平阳州,考察学宫,陈高陪同。上年来的教授陈鉴翁具以膳禀空匮奉告,二公征周嗣德同意,爰拨官田若干亩,归学宫,用以充实学宫。陈高于是年秋七月望撰《平阳州儒学增田记》。八月,陈高游荪湖登东阜观新龙湫,同游子白修撰、一初上人,次日同诸公游西濑、旧龙湫。还去“薄游荪草湖,载观葡萄泉”,看到泉喷的水,“仿佛秋架上,累累佳惠悬”,因而为之起了“葡萄泉”之美名。陈高说:“我欲酝为酒,饮之应得仙,勿令濯尘足,污此清且涟。”以上数处,陈高皆有诗。《葡萄泉》诗中提到的荪草湖,就是荪湖,就在苍南县燕窝洞一带,新旧龙湫就在苍南县望洲山东麓,本书点校者曾先后三次踏勘景区,葡萄泉还在。如今这里修了道观,建了寺院,还拟在葡萄泉旁建亭,本书点校者还偷了陈高《葡萄泉》诗意化出,撰联曰:“小隐荪湖,泉涌葡萄酲美酒;欣逢盛治,壑观亭阁灵源。”

是年,高撰《故宋学士徐公墓志铭》。公讳铣,自幼天资聪敏,度量弘远(丁本作“达”),儒言经旨,夙有闻知。既而以明经擢受正字,寻命集贤学士。

该年,朱元璋征召刘基、宋濂到建康,朱元璋部将胡大海攻克处州。陈高在《贞妇词五首》的小序中云:“处之丽水氏女嫁为潘家妇。处陷,女归家从父母居白岩砦中,与弟妇王氏以死自誓。贼至,汪先自经死,叶与其妾新葵棺随投大酒瓮中。瓮破,因投崖下死。乡人为立祠焉。”高愤慨地疾呼:“何似妇人能守节,千年英气死如生”、“凭谁收拾春秋笔,节义堪为后世帅?”

时有江浙行枢密院判官周诚德,以省台之命,分镇平阳,绥降讨逆,境邑以宁。急需运米若干石往京师。这巨量粮食将载之巨舰,浮海以漕,固爰命顾君仲华:“吾以职守所縻,不可以亲往,子其为我行哉。”仲华不顾个人安危,毅然受命。乡之文士,咸壮其行,相率歌诗以饯行。陈高为作《送顾仲华督漕入京序》。

至正二十一年辛丑(1361)

永嘉郡城之南三里(今温州市大南门外)是进士林伯恭(名温)所居之园,园中种植果蔬。是年，所种石榴生五实并蒂，其四在下，四向相对，大小如一。林伯恭时为江浙行枢密院都事。其弟常，为乐清主簿。于是，在园内邀宾友饮酒赋诗，对华萼相辉，乔梓并秀的五实石榴，众皆称赞。特请陈高撰此《瑞榴记》，此乃战乱中出于无奈之闲情也。

至正二十二年壬寅(1362)

作《元日醉歌》，“自从折桂蟾宫还，愁闻戎马弥中原。解脱簪缨委泥土，五年食痼《东瓯诗集》作“归来养疴”)向丘园。”陈高弃官归田已经五年，但济世之念未绝，还在脑海涌起波澜。“我思古来豪杰士，卓卓荦荦不与时俗浑，或攀龙鳞附凤翼，致君尧舜上，手擎日月扶乾坤。或怀瑾瑜潜栖傍岩穴，声名辉赫照曜人目如朝暾。古人已矣不复见，世上余子纷纷奚足论”。看当时，“东西南北满地长荆棘，远游何处推吾辕?”该何去何从? 陈高豪迈地说:“愿遣蜚廉与丰隆，扫荡八极烟尘昏，尽殛豺狼驱虎诛鹰鹤，要使驺虞鸾凤生育蕃。湛露降厌浥，万国沾天恩，四海苍生既跻乎寿域，我乃归卧青山根。一年酿酒一千瓮，日日醉饮烹羔豚。”到那时，才是“人间此乐不可言”!

二月壬辰，彭如山葬于金舟乡梅奥之原。三年前，高曾与好友何岳到彭宅，了解彭公之为人与行述，因为撰《处士彭公墓志铭》。作《周元帅序》，赠周诚德

四月二十一日，陈高作《与张仲举祭酒书》。张仲举就是上文所提到的张翥，此时为祭酒。张翥长于诗，尤工近体，多忧时伤事之作，有些诗则多讽谕，有元白遗风。亦善音律，其词婉丽，有南宋风味。陈高书中表述:遭时多故，众醉独醒，弃官归田，今五年矣。或徜徉于山谷之间，或浮游乎江湖之上，任情自适，无所系留。当道者虽欲牵挽而不能羁絷，因自号为不系舟渔……。张翥接到此书后，即赋诗《不系舟渔者陈子上自号》以赠。

书中提到“参政危公不敢以书请，愿假阁下之重，并求一文”。危公:即危素(1303—1372)，抚州金溪人，字太朴，至正元年，以大臣荐授经筵检讨，历官大司农丞、礼部尚书、参知政事、翰林学士承旨等职，著有《危太朴集》，危素曾为陈高撰写《不系舟渔者序》。按:《与张仲举祭酒书》说“弃官归田，今五年矣”，而据《民国平阳县志》本传“十七年冬，忽移去”(本传据《戊戌岁旦日方谢闲居》“感兹岁时返，念我筋力衰”而来)，则辞官当是至正十七年(1357 四十三岁)。“忽五年”，当是至正二十二年(1362)，此书系作于四十五岁时，再，书中称张翥为祭酒也在1361 至 1363 年间，故应系在二十二年为妥。书中提参政危公，危于二十年任参知政事，也是一个证明。“十七年冬，忽移去”是指高辞官时间，并非回故里。名为慈童之陈高次子于至正十八年三月二十三日在慈溪出生，还有《戊戌岁端午寓

居慈溪有感》一诗，看来高弃官后还客寓慈溪二年左右时间。

自号梅隐处士的章成，字叔实，祖居白沙，卒于至正十五年三月，未葬，其子德来当陈高归里时请其撰其父之墓志铭。高随应允。铭为三言，计五十六行，于至正二十二年九月镌刻铭文，安葬父亲。

是年，陈高母夫人去世。每朝夕馈奠，慈童必随拜于后，高夜寝孝堂，慈童亦来同寝不肯去。此时慈童才五岁，头角岐然，聪明而厚重，宾客到来，倒茶请坐，彬彬有礼。见者皆云陈氏有后，陈高亦冀其成立后能光耀门庭。

八月十六日，陈高深夜追思往事，突然就想到少时挚友何汝樵、林希颜，怅然伤怀："月满空阶独自行，思君偏动旧时情。少年相见今头白，几度中秋看月明。""昔年曾忆夜相过，共赏清光对酒歌。天上明月还似旧，故人分散奈愁何。"

九月十六日，日出时，慈童因感染寒热疾（或许是恶性虐疾）不幸夭折。陈氏一家人非常悲伤，乡里不少人为其痛惜，"死之日敛以小棺，瘗屋东竹坞上，实平阳之金舟乡咸通里。"高撰《瘗殇子慈童铭》并作《悼慈童》五言古诗，诗计二十四行，行行血泪，最后四行是"汝魂尚有知，念我当来还。再生为父母，慰兹衰暮年！"本书点校者读其诗与铭，并在慈童埋葬地停留良久，亦为之戚然泪下。埋葬地遗址就在陈高故居东边隔河陈氏宗祠前面，在小河环绕中有一方丈略大的野草丛生的稍高于河的旱地上，边彻矮墙，面对故里有一底座颇高的小庙，里头有石灰制的小香炉，似有香灰痕迹。乡里父老叹曰："不知多少年前，陈公的第二个儿子就葬在这里。"

净居寺僧文昙持逆川顺公之状来请高为圆鉴智觉禅师作塔铭。圆鉴智觉禅师示寂于至正二十年庚戌，荼毗于至正二十一年正月壬午，世寿八十三，僧腊七十三，是位德高功深之法师，高于至正二十二年为其撰《净居寺圆鉴智觉禅师塔铭》。

至正二十三年癸卯(1363)

新春，高想起曾子白，咏诗："经月愁闻雨，新年苦忆君。青年为客久，白发著书勤。酒共邻僧饮，蔬从野老分。何时共登眺，整履待晴云。"

年华易逝，陈高不觉已经四十九岁了，他说："浮生近五十，多病老相将。诸事今年懒，闲居白日长。春阴连旧腊，杀气遍遐荒。何日干戈静，乘槎意不忘。"此诗题为《浮生》。

二十三年冬，周嗣德败，平阳州归附朱元璋，即归附明。高自郡城回到州南（即现在平阳南），闻已失守，来不及与家人话别，仓卒同浙江行省都事王铨，连夜寻山径泥涂，崎岖行六十余里至麦城（即今鳌江口北之墨城镇），雇了一叶渔舟，浮海达安固(今瑞安)。见《子上自识》一文。

至正二十四年甲辰正月十五日(1364)

正月,避难到南塘。

在此作《客南塘作四首》,从下列诗句中可看出飘泊之艰辛和忧心:“咫尺家乡成异域,朝昏烽火映前山”“花落名园荒草满,燕归华屋故巢空”“雨霁南塘春水多,目光浮动绿生波”“眼看景物浑依旧,飘泊风尘奈老何。”

此次仓卒逃遁,眼看烽火连天,何日归来,能否归来,也很难说。拟浮海入闽。为了保全妻子与坟墓。高只得委托同乡好友代为照料。好友有谢泰来、林齐、何岳、章庆、郑弼、陈允心诸人,尤以谢泰来可作身后之托。因而高便遗书给谢泰来,拜托他委曲调护。

二月。高奔波至乐清之玉环(当时玉环由乐清管辖),迤逦道途,随处留寓。《桥上》诗云:“落日清溪上,凉风梓树秋。北来船竞泊,南去水空流。宇宙终无极,干戈未肯休,野人无意绪,独立数归鸥。”

陈高“以乡邑沦陷,义不受污,弃家遁逃”,来到梅湾,寓居在挚友赵新字彦名处。昔有居是者,植梅,故以梅湾称。梅湾之上,凡山水可游览者,曰镇屿,曰明山,曰龙门山。山脊有龙井,井畔小穴,视不见底。投之石,良久乃有声铿然。明山上有萧相国祠。有松濑泉,泉甘冽。彦名隐处其中,尚志节,学问才器出于人远甚。高居数日,尽得梅湾小隐之趣,因为撰《梅湾小隐记》。赵彦名办的私熟很有成效,乡人皆称赞,高又为作《赵氏书塾记》。

玉环岛屿萦纡,当时有佛寺宫八所,建于唐咸通间之灵山寿圣寺为之冠。后毁于灾,乡人献资重建观音大士殿、藏经楼,高认为在此战乱频繁之秋能重修寺宇,实属难得,因此为其撰《重建灵山寿圣寺记》。

七月八日,高为同知元帅府事天台贾嵩作《忠敬堂记》,又为温城娄镐及其子娄观作《清芬阁记》。

是年,高回顾辞禄归隐八年来,守拙耕田,将以终老,但又遭战乱与母逝子殁之不幸。在困厄颠沛之余,触物兴感,率尔成诗文。为使不忘,高将这些诗文笔诸简册,并作《子上自识》权当这个诗文集的《跋》。

冬,高浮海到福建。

至正二十五年乙巳(1365)

元日,陈高在福建避难中咏道:“去年新岁在东瓯,今岁新年闽海头。北望家山三百里,南风何日送归舟?”

在闽期间，陈高为福州城东之东禅报恩光孝寺重建作记。寺之西南隅隙地，寺僧营室三楹，旁辟两阁。前有池方可三十余步。高曾偕友人游之。俯池而玩，则莹洁可鉴；倚槛而咏，则清标可挹。高因作《水竹幽居记》，遂书于壁。

时，高还作七言律诗《寄顾仲明教授》，其中曰："来往正期娱晚景，乱离俄叹失清欢。故乡回首江山异，落日闽南独倚阑。"

至正二十六年丙午(1366)

元日，陈高作《丙午元目》五言律诗，诗曰："元旦居山寺，梅花照诗樽。病余玄发少，醉后壮心存。天地腥膻隔，江淮蜂蚁屯。谁施洗兵雨，吾欲扣天阍。"

二月(《慎江文征》作"正月")十八日陈高苦中作乐，去福州临近之罗源县游览。同行者有：彰城葛良仲温，灵武王翰用文，沛郡米希文仲絅，东莱太史玄子玄、安钟元子初。罗源县治左有莲花山，多清泉怪石。上山百步，至圣水寺。佛殿旁夹室有白玉蟾题诗壁上。山上还有许多风景名胜。高因撰《游罗源县莲花山记略》。

在闽，陈高作《长歌轩》(原作《长行歌》，依孙仲容先生校正。)此亦是他在流离颠沛途中之力作。从心中发出"我生垂白发，于戈遘邅迍。衡门久栖迟，故土俄湮沦。""南征一何缓，忠愤奚由信。仰看双飞翼，涕泗沾衣巾"之感叹。

是年，陈高已五十二岁，客居异乡，有《岁暮客中二首》。诗句中有"今年五十二，客鬓已萧萧""望乡愁白日，怀友梦清宵""人烟兵后少，风雪夜深寒""止酒愁囊竭，思家得信宽。"

至正二十七年丁未(1367)

陈高乘海船，经历浪涛惊险，一路艰难跋涉，到达山东，在《行路叹》一诗中可以略知一二。诗中说："禽鸟各有巢，我行独无家。蔓草野多露，渺渺天之涯""岂无故乡念，兵革政交加。岂无骨肉情，节义乃所嘉。""伫立愈伤感，忧心复如麻。凄凄日将夕，迢迢路方赊。悲风飒然至，满目惊尘沙。"

在怀庆，陈高谒中书左丞相，河南王库库特穆尔，与其论江南之虚实，陈天下之安危，当何以弭已至之祸，何以消未来之忧。这时，适逢关隘多故，高所陈天下安危之计，未被采用。

按：库库特穆尔即扩廓贴术儿(？—1375)，沈丘人。本名王保保，察罕贴木儿(王保保养父)被刺后，代领其军，破益都城。累与索罗贴木儿争夺晋、冀。至正二十五年拥皇太子入京，为左丞相，河南王。至正二十七年，扩廓渡黄河，北屯怀庆(今河南沁阳)。明军北攻，自平阳(临汾)退守太原。至正二十八年元都沦落，由太原败走甘肃，这时明朝已经建立了，是为明太祖洪武元年。

库库知高品德才华，大喜，欲授以官，加以重用，知非其志，不敢强。怀庆各地士大夫闻高其志，皆愿与友，前来拜望。居数月，高得疾，库库留高在河南，遣名医诊治。高对元朝残局没有寄予幻想，对明军有些将领也看不上眼。既得重病，欲走不能，只得无可奈何地等待，等待……

八月十八日高卒于邸，享年五十有三。丞相遣官致祭，赠赙甚厚，高之同年锁铸经纪其丧。四方之士，咸来参加葬礼，凡自南方来者皆会哭，刚正坚毅、爱国爱民、才华出众之陈高走完了极其坎坷惊险的道路。

是月二十日，高葬于怀庆城南，葬礼十分哀荣。时有《祭陈子上先生文》(作者待考)。秘书少监揭汯为撰《陈子上先生墓志铭》，铭曰："志非不在于用世，才非不足以匡时，是何节之苦而遁之肥。果人之为耶？抑天之为耶？"

按：揭汯(1304 — 1373)江西丰城人，字伯防，少从父至京师，补太学生，历任秘书郎、翰林国史院编修，礼部员外郎等职。至正二十年后任工部郎中，擢秘书少监。二十八年明军攻破大都。徙仕元官吏至南京，他称疾不往，卒于家，《新元史》有传。

抚州人危素，历官礼部尚书，参知政事，翰林学士承旨等职，著有《危太朴第》，为其撰《不系舟渔集序》。元至正进士，官至枢密副吏，翰林学士承旨，著有《经济文集》的李士瞻曾"题不系舟渔者卷・有序"，序中云"舟惟不自系，然后得往来江湖间以自适。人惟不自系，则彼之所谓富贵者，又乌得而诱我浼我，系而缚之，若犬羊然哉？"

明代

洪武十八年(1385)

陈高逝世后十八年左右，前翰林院编修苏伯衡来到陈高故里，从其子访其遗稿，得诗文总若干首。诗，各种形式皆有。文，有记、叙、赞、铭、箴、跋等。于是加以编次整理，题曰《陈子上存稿》，俾藏于家。后苏伯衡为《陈子上存稿》撰序并跋陈子上书。按：苏伯衡，祖籍四川眉山，金华人，系苏辙的后裔，字平仲，号空洞子，元末贡生。为人机敏，博览群书，尤以长于古文见称于世。与陈高同荐于乡，同试于礼部，后一再见于四明，亲密相契。到明初，朱元璋因为国子学录，旋为国子学正。洪武三年(1370)擢翰林院编修，寻以省亲辞归。洪武十五年冬寓平，寓平阳岭门之清泉庵，此年春回金华。二十一年(1388)受聘主持会试，事毕仍辞归。不久，被任命为处州儒学教授，又来寓平，故与平阳陈高、林与直、谢泰来等时有往来，结下友谊，为平邑写下许多文章。著有《平仲集》。苏伯衡任处州儒学教授时，以表笺有误，被处死。两个儿子也一同被杀。其生平事迹见《明史》卷二百八十五。

苏伯衡整理《陈子上存稿》后，陈高挚友谢复元欲率诸友将高之存稿镂板，以永其传，因力不逮，未果。

成化元年乙酉(1465)冬十月，赐进士中宪大夫，云南按察司副使吕洪为陈高之诗文稿作序。但吕洪逝忘不了此书稿之若干往事。吕洪系陈高同邑后学。当其任监察御史时，因嗣居霁山林景熙，藏修之地，乃为林景熙收集诗文，编为《白石樵唱》《白石稿》镂板，以广其传。吕洪认为"吾邑之继林者，又有陈先生子上其忠贞狷介，亦非寻常可及"既而随将嘱谢复元辈锓梓未就，反而佚失之稿寻找汇集，命学童一一录出，属眷兄徐君以敬，会友人陈君存谦、张君思广，重加订正，次为卷帙，并捐俸命工镂板印行，庶俾先生之文不泯于殁世。

明代金华学者胡翰有《寄陈子上录事诗》。

陈彦文即为其撰《次陈子尚感怀韵》。

清代

清嘉庆五年拔贡，蒲门人华文漪在所著《逢原斋诗文钞》中有《不系舟渔者诗集跋》，评道："求其不为风气所转移，而并可以转风气者，代不过数人。若先生者，非即其人乎？"

后复取其文读之，见其"议论通达，义蕴深厚，有眉山之肆而不失之剽，得南丰之醇而不失之闷，直可于同时虞、揭、黄、柳诸家中高置一席"。故有《摘钞陈子上文书后》之作。

曾受聘民国《平阳县志》总纂，著有《蜕盦胜稿》《蜕盦续稿》之符璋(1853—1929)有诗《书不系舟渔集》。

《四库全书总目》一百六十八：《不系舟渔集》十五卷，附录一卷，元陈高撰。其提要对陈高的道德文章作了很高的评价，"文格颇雅洁"，"五言古体，源出陶潜，近体律诗，格从杜甫，面目稍别，而神思不远，亦元季之铮铮者矣。"

清康熙进士顾秀野(1665—1722)苏州人，著有《秀野堂诗集》《温飞卿集笺注》，还辑有《元诗选》三集，其中有陈高诗多首。《四库全书总目》认为："元季诗家，一代精华，略备于是。"孙诒让《温州经籍志》二十四：案，陈县尹高，万历《温州府志、隐逸传》、雍正《浙江通志》、乾隆《平阳县志·文苑传》并有传，还对《不系舟渔集》历代所刊校正之版本作了叙述。

民国

刘绍宽在缮校《不系舟渔集》附记提到：钞本《不系舟渔集》，吾邑杨氏家藏本，卷首题有明八世孙侯官一元校。并对从陈高到一元在闽之家世作了考订。

民国十七年(1928)六月，黄群在《敬乡楼丛书本后记》中较为详尽地记述《不系舟渔集》之版本及历次刊出前之校正情况作了记叙，标出异同之处，可谓精细周到。

民国《平阳县志》刊出陈高本传。主持县志总纂刘绍宽(符璋受聘为总纂，一年后离去)就本传一言一行皆找到文献根据，力求准确无误。

民国十五年，《不系舟渔集》刊出丙寅孟春重刊本。

中华人民共和国成立后

1985年郑立于撰写的《爱国心与正义感铸造的诗人——陈高》刊于《历代人物与温州》一书，随后此文作为陈高传记收入《瓯越文物丛书》(作家出版社1998年版)

1991年，陈高《不系舟渔集》中《栖云集记》由上海三联书店选入《历代小品大观》一书。书中刊有刘明浩赏析《栖云巢记》一文。(题为校者所加)

1993年汉语大词典出版社版《平阳县志》(郑立于主编，陈镇波为常务副主编)、1997年浙江人民出版社版《苍南县志》(萧耘春主编)、1998年中华书局版《温州市志》(章志诚主编)皆有陈高传。

2005年8月，世纪出版集团、上海古籍出版社出版《苍南文献丛书》(全八册，陈庆念主编)。第一册萧耘春选辑之《苍南诗征》，收陈高诗二十八题计三十五首。

《苍南文献丛书》第二册，陈镇波编注之《苍南文征》收陈高所撰《顾主簿上萧侍郎书跋》《竹西楼记》《美陈国英修堰诗序》等共九篇。

《苍南文献丛书》第三册，郑立于点校之《不系舟渔集》元陈高撰。此书以黄群刊印《影乡楼丛书》之七的《不系舟渔集》为底本，参校其余诸版本，除点校外，还予分卷分诗文形式逐一列出篇名，便于查阅。

《陈高故里考》由中国作家协会会员郑立于撰。

《陈高年谱简编》由郑立于走访各方并查有关文献，断断续续，历经三年终于完成。

2010年陈高《不系舟渔集》十五卷钞本，上有孙衣言、孙锵鸣、孙诒让三人的批校。经国家古籍保护中心评审，入选第三批《国家珍贵古籍名录》。

陈高《散木轩铭》

陈肖粟

《富春山居图》为黄公望为无用师所绘，被称为“中国十大传世名画”之一。明朝末年传到收藏家吴洪裕手中，吴洪裕极为喜爱此画，临死前将此画焚烧殉葬，幸被其侄从火中抢出，但已被烧成一大一小两段。前段称《剩山图》，藏浙江省博物馆；后段称《无用师卷》，藏台北故宫博物院。经温家宝总理2010年春在“两会”新闻发布会上呼吁，2011年6月1日。《剩山图》与《无用师卷》在台北故宫博物馆成功合展。

无用师与黄公望及《富春山居图》有着密切的联系。黄公望《富春山居图》题跋云：“至正七年，仆归富春山居，无用师偕往。暇日于南楼，援笔写成此卷。兴之所至，不觉亹亹。布置如许，遂旋填札，阅三四载未得完备，盖因留在山中而云游在外故尔。今特取回行李中，早晚得暇，当为着笔。无用过虑有巧取豪夺者，俾先设卷末，庶使知其成就之难也。十年(1350)青龙在庚寅歇节前一日，大痴学人书于云间夏氏知止堂。”至正七年即年，黄公望79岁，归富春山居，着手画《富春山居图》时“无偕往”。至正十年即1350年端午节前一日，画未成。此时黄公望82岁。“无用过虑有巧取豪夺者”，黄公望遂“俾先设卷末，知其成就之难也。”促成此段题跋。

“无用师”为黄公望的道教同门师友郑樗，字无用，号黄是全真道士金志扬的弟子。其名樗，《辞海》上解释：“植物即臭椿”，“樗材，犹育无用之材”。《庄子·逍遥游》：“大树，人谓之樗，其大本拥肿而不中绳墨，其小枝卷曲而不矩。立之涂，匠不顾。”种在路边的樗树，木匠看都不看，可见确实是无用之材。樗木为散材，比喻于世无用。古时如自不材即是自谦之词。由此可知，郑樗取字无用，又自号散木。字、号所表达意义是统一的，其出典均来自道家庄子。但史籍于“无用师”的记述，少之又少。平阳元代诗人陈高《散木轩铭》中则留下有关“无用师”的一段珍贵记录。

《散木轩铭》全文为：“上清道士郑无用，名其室曰‘散木轩’。为之铭曰：良木之产，梗梓松柏。为屋为器，中于绳墨拥肿拳曲，伊栎与樗，百不胜任，茂阴道隅。彼材所堪，斧斤爰伐，用资于人，而已则折。维兹不材，故以散名，匠石弗顾，乃全其生。不适于用，不婴于害，无用之用，其用为大。吾观于物，道其在兹，人不用我，我且奚亏。智巧辨慧，刚勇利捷，其资其能，鲜不踬跲。支离偃蹇，疏愚颛蒙，为世所弃，悔吝奚从？牺牛文采，不能泥滓，龟灵钻灼，曷吾曳尾。有郑樗氏，老子之徒，自处以拙，退然若愚。筑兹一室，诡名散木，蒙庄是师，谁其桎梏？以散见废，庶于天年，与造物游，无为自然。"①

陈高（1315—1367），字子上，自号不系舟渔者，平阳州金舟乡咸通里（今苍南县项桥乡）人。民国《平阳县志·卷三十六志五》载：陈高"幼聪颖，日诵千言。既冠即以文名州郡。至正中应省试，病时文体卑下，上书秘书卿台哈布哈，请变更积弊。"至正八年（戊子，1348），陈高送同邑的孔克表（字正夫）赴京会试，作《送孔正夫赴会试》诗，孔克表是年中进士。此期陈高旅居吴中，作有《客吴中咏怀三首》《戊子元日客中有感二首》。已丑（1349）《岁首自广陵入高邮舟中作》："北风吹湖水，远行当岁阻。孤舟无同人，相依唯仆夫。"次日作《已丑岁元正二日发高邮》："自笑道路中，奔走何时休"。"客居无事，读书余暇，操觚染翰，适意于诗"，作《感兴二十五首》："策马吴城西，揽辔姑苏台"，多感慨吴中景物。在时间上，恰与黄公望为无用师作《富春山居图》同，大致于至正八年至十一年（1348—1351）。陈高作《散木轩铭》，应于此期。至正十一年七月，陈高已经回到平阳故里，作《竹西楼记》，为记载明教即摩尼教的重要文献。但平阳人士与吴中仍有联系。至正十二年（1852）夏四月，孔克表（孔君正夫）"自吴回"，陈高与众文友"会于张思诚之近山轩"，饮酒赋诗，得《近山轩燕集》，陈高赋诗"故人吴中归，举酒喜相属"。至正十四年（1354），陈高进士及第，时年 40 岁。

民国《平阳县志·卷四十一·人物志十》载元时平阳外徙士人有黄公望、郑东、郑采、张著，都与吴中有关。黄公望条载："黄公望字子久，相传莆田臣族，一云常熟陆神童之弟。出继永嘉黄氏时，父年已九十，始得之，日黄公望子久矣，因而名字焉。……钱塘姚际恒藏有观瀑图，上书平阳黄公望。又题梅花道人墨菜诗卷，亦云大痴学人平阳黄公望书于云间客舍，时年八秩有一。是则公望出继永嘉，实为平阳黄氏其云。永嘉举古郡名也。"

载郑东、郑采条云："郑东字季明，号果斋。采字季亮号曲全。招顺乡湖井（今苍南县赤溪）人。"兄弟二人以文辞见重予时。号称双壁。郑东"少嗜学，天资绝人"。因两次省试落榜，遂不再应举，讲授于昆山，专研古文辞，文思泉涌，下笔

① 陈高：《散木轩铭》，见上海古籍出版社苍南文献丛书《不系舟渔集》，郑立于点校。

千言。年长陈高 6 岁。24 岁访兄郑东于昆山。“东勉学，于是致力于六经群史”。“闻常熟多佳山水，将卜居以卒常熟顾翁有贤女，久择婿无当者。一见，翁欢曰：‘才俊如此，如此，尚有敌之者乎？’竟归之。采遂与东俱寄籍焉。”郑采常熟顾氏后，与兄郑东定居常熟。

载张著条云：“张著字则明，招顺乡蒲门（今苍南县蒲人。元末游学至吴中。以兵乱道梗，遂家常熟。常熟学者争师举为州学训导。未几转淮安路教授。”民国《平阳县志・卷四文征内编二、三》分别载有张著文《灵宝经堂记》和《虞山图序》，皆记述在常熟与士人交往情况。考郑东、郑采、张著常熟时间，正是黄公望晚年，大体上接近创作《富春山居图》间。结合此期陈高、孔克表旅居吴中，陈高结识无用师作《散木轩铭》，黄公望年逾八十，频频自称“平阳黄公望”，是有直接原因的。

陈高故里考

陈高于元延祐二年(1315)十一月诞生在平阳州金舟乡咸通里。元贞元年(1295)平阳县以户逾五万,县升为州,隶温州路,明代洪武初仍改为县。1981年,平阳析出一个苍南县,金舟乡隶属苍南县。那陈高的籍贯已经清楚了,况且有了乡里名称。

由于历代区域的变动频繁,地名的更改不断,如果问金舟乡、咸通里到底在哪里,范围有多大,找到确切的答案就有一定的难度。陈高是继林景熙之后又一突出的爱国诗人,世人对他的故里十分关切,所以有必要作一番考察。明弘治《温州府志》载,平阳县有十乡,五十一都。金舟乡辖二十一都,二十二都,二十三都。在二十二都中有夏口、项家桥、三秀桥、钱库、马鞍桥等十七个村庄的名称(这还是民国初年的资料)到底咸通里在哪里,文献里查不到,知典故的老人也说不清楚。询问曾参与《苍南县陈姓通览》编纂的陈绍雄君,当时只说是在项桥、钱库一带。后来听说陈高的故里在钱库河川底。这使笔者颇兴奋。三十多年前,友人为了做匾额楹联邀我到了那里。在重重环绕的河道中,有清代格局的民居若干座,不是当地人划船很难进得去。这个陈氏的聚居地,村民除了务农捕鱼虾外,最出色的还是精制匾联。匾联上漆后经过数十次甚至上百次的"推光"手艺,再贴上真金的箔片,可保存上百年不变色。深厚的文化底蕴可能源出于陈高这位名人。但考虑到现代某些人喜欢把名人的桂冠戴到自己的头上,还得了解一下。于是去电问当地人陈定掌君。他说河川底有大小之分。他住的是大河川底,陈高故里乃小河川底。于是急忙驱车偕林勇、林英才、林子周诸君到小河川底。

从钱库街,经三秀桥(昔日曾称陈库桥)到达小河川底。这里西南几叠青山环抱,东望碧海潮汐涨落,在纵横如网的小河道中间有一大地块。走过平川桥,父老们说这就是陈高的故里。如今盖了二十多幢三楹两层的别墅,别墅群的西边还留着空地。据说拟建陈高公园,由于当今住在别墅里的人们,并非都是陈姓,还定不下来。其实,陈高自号不系舟渔者,就以"不系舟"为公园命名也可以商讨。据说在这块所谓陈高故里地段里,从不积雪,时有鸥鸟飞来栖息。老人说就在东边前面那一两幢别墅那里，就是陈高的家，数楹木构平屋，柱子都是圆形的，这恐怕也是清代的民居，如今就连一方磉盘也找不到了。不系舟渔者在天有灵，见此情景，是喜，是愁，抑或悲喜交加，当有一番感慨！

别墅群东，隔河是陈氏宗祠，五间平屋，中堂较宽敞，悬联："雕梁画栋，绣绘颍川祠；璃瓦丹檐，妙造聚星堂。"大门两旁的联"世代源流天地远；宗文沛泽日月长"。此两联皆无款识，看来，似是沿袭来的。宗祠东边是三间五显殿，是近代建的。

在中厅方桌上，笔者一行翻阅了陈氏宗谱。有两种，一种是近年修的，另一种是清代的，开本颇大，纸张较好，已经没有封面了。谱中有"子上公像"赞曰："弃职归隐，啸咏林泉，崇祠乡贤，理学名臣"，谱首未见陈高亲撰的《族谱序》。查到世系，陈高为第八世，生卒年月与文献所载皆对不上号。直系第九世，是陈高的儿子朝圻、朝迎，还注明早殇的朝圻可能就是陈高在慈溪时出生的慈童，乳名与谱名不同是正常的，但慈童原是次子，却排到朝迎前面。由此推断，当时的修谱者并无查阅《不系舟渔集》与地方志所致。谱中还述：家童之坟在陈库桥之北原。笔者一行只是频频对族中长辈老人为保存旧谱付出辛劳表示敬意。

随后，陈礼治诸君又带笔者一行去看陈高次子慈童的埋葬地。小坟看不出形象。陈高在《瘗殇子慈童铭》中云："死之日，敛以小棺瘗屋东竹坞上。"实平阳之金舟乡咸通里。站在圈着矮墙的埋葬地上，后面是祠堂，西面是陈高故居，方位与《铭》中说的无异，只是竹坞已变成稻田。

临别，倚在平川桥畔，众人议论。咸通里元代出了这么一位文化名人，不仅陈姓感到自豪，百姓都感到自豪；不仅平阳、苍南百姓感到自豪，温州市、浙江省百姓亦感到自豪！假如，期待的"不系舟"公园能列入规划，逐步实施，成为现实；在众人认定的陈高故居处立一纪念碑，在慈童埋葬地上将陈高《瘗殇子慈童铭》镌之于石，在马路口竖立"陈高故里"的大牌坊，让更多的敬仰、爱慕陈高的人前来瞻仰他的故里，此乃百姓之大幸也。

一行人又驱车去体味陈高《庚子八月游荃湖登东皋观新龙湫时同游子白修撰一初上人》、《次日同诸公游西濑旧龙湫》以及燕窝洞《葡萄泉》等诗作所呈现之风景名胜。

此行考察，收获良多。然而还有一些有关陈高故里的遗迹尚待进一步去"考"，还要求教于当地父老乡亲以及历史地理学家和考古学家。

郑立于2007年清明节前于温州市苍南县城言志楼

后　记

二〇一〇年，陈高《不系舟渔集》十五卷钞本，上有孙衣言、孙锵鸣、孙诒让三人的批校，经国家古籍保护中心评审，入选第三批《国家珍贵古籍名录》。中共苍南县委、县人民政府十分重视，戴家宝、林森森、李晖华、洪振宁等同志即着手相关工作。于是，在陈高的故里，陈高的著作和昔日踪迹引发了人们的关注：东阜新龙湫，西濑旧龙湫，莽湖葡萄泉，潜光院与竹西楼遗迹。人们寻访这些在陈高诗文中描述过的地方。对陈高的研究也开展起来，如陈高后裔陈肖粟对陈高的生平与著作的研究已经有了一些成果。

我从事陈高研究已历多年。回顾从一九八五年撰写陈高评传刊于《历代人物与温州》一书（后收入《瓯越文化丛书》），至这次点校整理的《陈高集》正式出版，有不少往事令人难以忘怀。点校稿曾在陈镇波、萧耘春雨学兄校阅，有所指正。后又经陈肖粟、陈盛奖两君订正。在文稿整理过程中，更得到林勇、陈后强、陈少琴、钱晶诸君的大力支持。在此深表谢忱。

幻邨郑立于　二〇一三年春节于杭州东河锦园言志楼

第二部分

序跋碑铭

中兴山水圣宫碑记

日丽风清，竹翠鸟鸣。漫步于山水圣宫文化广场，顿觉心旷神怡。眼下急速飞驰之高铁动车贯通浙闽县城欢腾之三江汇入东海。中兴之山水圣宫就在玉苍山支脉浦尾册末端的岳岗上，此处堪称梦幻中之仙境也。

数百年前山水圣宫始建于浦尾山顶，四楹三间。因飓风排户破牖，夷为平地，即往山腰移建。后又因香火鼎盛，难以容纳朝拜信众，神明便先后托梦曾金莲、严加猛两信士，举三指为标志，启示圣宫再往下移必能喜获风水宝地。工程后期，果然在宫前出现三处奇石，分高下平三层呈露。正如汉张衡在古藉灵宪中所云天有三辰，地有三形。三辰乃指天宇之日月星，三形指地上之高下平，后者正符宫前。三处石景之隐现亦是神明举。三指之应诺耳石景最巨大者真是神工天巧，有洞壑屏障石梁幽泉曲径，更有苍松翠竹青苔绿草，真系大自然赐予之大盘景也。大盤景右侧小神殿隐藏之石景与香炉亦有神奇之传闻。

山水圣宫主祀陈林李三位皇君，陈即陈靖姑，林即林默妈祖，李即李三靖，皆是习法行道为民除害救世济人护国佑民成为护航救难天下妇女儿童的保护神。陈靖姑信俗已被列入国家非物质文化遗产保护名录，是海峡两岸共同的文化现象，弘扬这种文化将促进祖国和平统一。

在各级领导各界人士各地信众的大力支持与努力下，历经八载山水圣宫前后两殿其他用房及周边环境整治已基本完成。此善举真是功德无量，必将惠泽子孙百世因碑文镌石以传久远耶！

郑立于撰文　林森森篆额　李祥书册

浙江省苍南县浦尾山山水圣宫　敬　立

公历二〇一三年岁次癸巳秋月　穀　旦

《谢云赠送苍南县博物馆书法作品集》序二

郑立于

谢云学兄1929年10月诞生于浙江省平阳县江山乡三大庙村(现属苍南县龙港镇)。从浙南到北京,从北京到广西,经过漫长艰难历程的磨炼,他在任广西出版总社社长、广西新闻出版局局长、中共广西壮族自治区党委宣传部副部长、广西书画院院长,为广西的新闻出版事业做出重大贡献。更可喜的是,他自已从小就酷爱的书法艺术亦达到很高的水平。

在日丽风清的日子里,谢云学兄从广西南宁回到阔别二十多年的故乡。我陪他在龙港探亲访友。他妹妹淑娚让我们吃了丰盛的晚宴,然后以农用小船把我俩沿弯曲的河道,送达三大庙老屋。尘封的老屋已经打扫洗刷过了,还准备了被褥和日常用品。他兴奋地告诉我这里是吃饭的地方,窗外四季种着瓜菜。那里是养蚕的场所。到了朝南的那间房里,他深情地告诉我,这是他少年时读书写字的所在。父亲教我读书写字十分严格。这时他还记得父亲当年课读之警戒的古文:"所谓画虎不成反类犬者也……"他能整段背出,而我却懒于查阅古籍词典,只能以省略号代替,由此,足见他对父亲的教导一直牢记在心。

攀小梯上楼,房虽不高,还放得下一张大木床,一张小长桌,两张靠背椅,两人并排卧床上闲聊,天南海北,已经是凌晨两点钟了,还没有一点睡意。我问:"你家过去还有什么文物古董?"谢云学兄似有感触,立马起来,两人搬了床下的木板杂物,发现有一方巨大匾额,细心地擦净灰尘,原来是姜蒋佐先生(就是姜立夫先生的学名,附近麟头村人,在哈佛大学研究院获数学博士学位,回国后任中国数学学会理事长。国立中央研究院数学研究所筹备处主任,研究员,数学著作极丰)题赠给谢云祖母六十寿庆时的匾额,又曰"春晖长在",字迹秀丽,令人欣喜不已也。于是两人决定明天一早就去拜谒姜立夫先生故居。

睡前,闲读得知谢云兄的父亲谢承权,毕业于浙江省立校州甲种蚕桑学校,半辈子过耕读生活,曾一度在县农会任职,著有《育春蚕日记》,他还撰有一联,至今仍在传诵。联曰:

种田十亩,饲蚕卄筐,仰是事,俯足畜,士能若是;
豪富多忧,清贫自在,无恒产,有恒心,我乐何如?

此联蕴含哲理，构思巧妙，语言朴素，完全符合楹联规律，是对可以传世之佳联。此联内容联系故居种种迹象表明，此联就是谢承权先生生前为人处世的座右铭，也是谢家的家训家规家戒，教养子孙的宗旨，这时我才大觉大悟，谢云能成为著名的书法家，是父亲严格的教导使然，也是他自己的天赋和勤奋使然。

次晨，谢云一行十多人来到姜立夫先生故居，当时中堂与东西房虽破败，但还保持原貌。在姜立夫先生故居里还有着一个大书橱和一个用木头做的可坐在里面沐浴的大浴桶，是姜立夫先生生前用过的。姜立夫有个儿子叫伯驹，1980年当选为中国科学院（数学物理）学科委员（1994 年改称院士），1985 年被评为我国首批有突出贡献的中青年专家，1984 年当选为第三世界科学院院士。姜老先生的侄女姜淑雁，是数学硕士，1983 年从美国回来探亲过。另一侄儿姜士骥，是学士，是笔者初中时的数学教师。

基于上述情况，近年谢云学兄授意我撰由他写的题姜立夫先生故居楹联是：

一门乔梓双院士；

三代数人百世师。

此联名家用红木镌刻，供苍南县博物馆收藏。

谢氏宗祠里有谢云撰写的一联："门紧笔山 ，堂传宝树世泽长。"笔架形的山峦在三大庙的辽阔水网地面上崛起，祠堂的大门就面对这座山。有不少人说，三大庙村能成长谢云这样有名气的书法家，还能画能文，与祠堂面对笔架形的山峦的风水感应有关。离三大庙不远处有鲸 殿，风景独特。有幽深的洞 ，急激的溪流，奇崛的山岩，香火很盛。启功有题巨匾，谢云题的是" 古洞"四个大字。我敢武断地说，这是谢云数十年来的题匾额最古朴奇拙，有灵气的一方。笔者不谙易经，不懂五行八卦，不敢说谢云所以能成为著名书法家与风水有关。但独特的风景与他心灵的感受是密不可分的。这个景区，是他少时常去的地方，每次从远方回家，像探亲访友一样，总要去探望这个古老的洞府。

行文至此，我突然想起另一件事。三十多年前，宋神宗于宁元年钦赐匾额"圣寿"的一处道观，大罗宝殿重修，要我撰一长联请谢云书写，镌刻在十多米高的石柱上。在安排前后次序上，道长们颇费一番斟酌。主持道观的道长和许多信士一定要让谢云书写的这副联安置在正殿前部柱上，我征得谢云同意，坚决要放在后部柱，让年事较高的长者的放前方，较为显目。经过几番商议，终于同意谢云与我的意见，置于后方。等到全部石柱镌好联准备立柱的前三天夜里，道教内会长与道观主持道长赶到我的住处寄志楼，说："真不凑巧，前部柱那根石柱，不知怎么断了。这是不吉利的事，我们几个人都要保住这个秘密。还好，是断在石柱架梁的卯眼的就是我们土话讲的卯榫或榫头上。石柱很粗，我俩已经与打石师傅商量，用小石柱穿过断桓的两端，再用万能胶与石柱拌各填实。从外表看不出破绽来。"

大罗宝殿修缮完毕，谢云学兄从南宁回到老家，在我家言志楼过了一夜。次日清晨，我陪他到这个道观看这副对联。一过门，道观主持道长与道教协会会长就紧紧地握他的手，笑着说："谢云先生，你二人真有福分，这副楹联上石柱以后，我观里也事事如意，听说你也快调到北京去了，真是功德无量，前途无量也。"谢回答："还是大罗宝殿上元始天尊、灵宝天尊、太上老君神通广大，只一年时间就建起这么巍峨庄严的大殿，你们都很辛苦。"道长们诚恳地要我俩吃素餐。因龙港那边亲戚朋友在等着我俩去吃午餐，因而婉言谢绝告辞了。

1991年，中国书法家协会第三届换届，谢云当选为秘书长，并任中国书法家协会分党组副书记，讯息传来，道长们更是把道观里的神灵传得神乎其神，神化无穷也！道观中有一巨石，是继任主持吴崇传由神灵托梦从远方找来，置于殿前大樟树旁，笔者题为"梦幻石"。

风水也好，气也罢，都是梦幻中说不清楚的是是非非。所谓灵感即心灵的感受却是真真实实的。谢云另一副自撰自书的楹联："万里虹霓桥上画，一河翡翠陌向诗"是他精选出来用红木镌刻赠送给苍南县博物馆的。此联题于三大庙崇德桥。那"桥上画"与"陌向诗"，更有那"一河翡翠"，只有谢云少时天天在桥上经过才写得出来，成为名句。

世事沉沦旧梦寻，临池不息返童心。
鸟全抒写漓江众，枯笔追思过雁情。
纸上轻舟藏意象，崖向瘦竹显精神。
刘公指嫡进幽境，独秀峰巅再攀登。

1989年1月谢云在中国美术馆举办"谢云书法展"，寄来请柬，附言"写几句"。为了衷心表达对老学兄的情愫，我拟了一首七言律诗，用他赠送我的虎尾笔写在白纸上寄出。

我不善于撰写理编，对谢云的书法不敢评论。刘海粟大师评谢云的书法"奇而不奇，不奇而奇，放逸可观"。这是最崇高而中肯的评论。

近年，国家博物馆收藏谢云书法作品六十八幅。平阳中学收藏一百零八幅，还寄去奖励书法作品基金十万元，为端安中学题许多匾额，还给了一些书法作品。凡是他学习或工作过的单位要收藏他的书法作品，他大都无偿给予。对故乡苍南他更是情有独钟。上述提到的姜立夫先生题匾，题姜立夫先生故居将三大庙崇德桥联以及沉香塔联、矾都首届明矾节七律诗等都是托人购置最佳的红木，请名师镌刻，连同他许多书法作品，无偿赠送给苍南博物馆的。这种精神应予发扬，这种作法值得提倡。苍南博物馆建立伊始，就着手向海内外苍南籍人士征集书画作品，并刊出《谢云书画作品集》，俾便于苍南籍书画家的艺术交流与研究，这是一件很有意义的好事，爱乐而为之序。

兴建南雁荡九曲岭石级碑记

南雁荡山景域广阔，雄奇幽秀，而东西两洞尤为荟萃。历代儒道释三家咸栖息于兹，名人骚客俯仰徘徊，无不赋诗志胜。然西洞至东洞虽一溪之隔，而山险岭峻，逼仄磳硊，游人每苦之。仙姑洞住持吕利民道长有鉴于此，经陈元昌先生等鼓呼，各界人士集资二万一千余元，兴建九曲岭石级。一年而竣。予观夫九曲岭迂迴于茂林修竹之中，每逢秋际，丹枫翠涤，赏心悦目。是岭曲中有奇，雨旸晨昏，情趣迥异。游客漫步石级之间，可仰观天宇之空灵，俯瞰幽壑之奥秘，环窥云峦之秀蔚，油然而兴人生哲理之思。斯时也，或赋诗啸歌，或品茗饮酒，或弈棋谈心，劳动之倦，思虑之烦，皆荡涤殆尽矣！则石级之建岂非南雁荡山又添一景乎。

邑人郑立于撰　游寿澄书

公元一九八九年岁次己巳春月仙姑洞住持吕利民敬立

（此碑立于南雁荡山仙姑洞前方九曲岭头）

复兴千年古刹广慧禅寺碑记

吾邑九凰半山南坡，重峦叠嶂，茂林修竹，清流激湍，风景幽雅，云烟缥缈处，有气势雄伟之殿宇焉。此乃修建后之广慧禅寺也。旧志载，邑中寺宇始自隋唐间。此寺俗名半山庵，始建于唐懿宗咸通年间（公元八六〇至八七三年），系吾邑最古老寺宇之一。盛时禅房多达一百余间，僧人多达八十余人。昔日尚有下院九凰庵，宋咸淳间建，后改名为灵云寺。广慧禅寺千余年来历经沧桑。清康熙年间，僧颖庵发起重建。咸丰年间，僧守教重兴。光绪年间，僧锦通中兴。嗣后僧忠良继续修缮。抗日战争时期，此寺部分房舍，先后借用于平阳中学、浙南中学。直至此次修建前，除藏经楼外，其余尽是断垣残壁，荡然无存矣！修复千年古刹，弘扬佛法，开辟游览避暑处所，为各界人士之宏愿。出家于广慧禅寺后又云游各地之僧振空鉴于此，毅然重回旧地，发愿复兴此寺。由于振贤、起净、起胜等僧众与昆阳陈功勋、阮经僧、陈千生、余隆生、葉仁桐，鳌江各亮、阿秋、陈修强，金乡莲智、汇来，温州素兰、增会、智慧、文华等等居士之协助，修建工程进展神速，重檐斗拱歇山式大雄宝殿于甲申年填基，壬戌年冬落成。左右廊庑分别于癸亥年、甲子年建成。圣门建于癸亥年。石柱木构之天王殿于甲子年春动工，乙丑年夏完成。祖师堂、斋堂于乙丑年建成。放生池修建于丙寅年，仿清代建筑风格。新营之方丈楼于丁卯年夏竣工，显得古朴端重。如今高悬圣门之“广慧禅寺”匾额系中国佛教协会会长赵朴初所题，圣门石柱楹联系王建之所撰，天王殿前“皆大欢喜”匾额系张鹏翼所题。天王殿后“慧日中天”匾额系苏渊雷所题。“大雄宝殿”系沙孟海手迹，皆著名书法家之墨宝也。寺前之七如来塔，系民国初年僧钦汉发起构筑。此次亦经精工修整，恢复旧观，其塔型、文字、佛像以及动物浮雕具有相当艺术水平，已列为县重点文物保护单位。国运隆昌，佛日增辉，广慧禅寺得以复兴，皆中国共产党、人民政府以及海内外法门善眷之功德也。因镌碑以记之。

郑立于谨撰并书

公元一九八七年岁次丁卯孟秋

（此碑立于广慧禅寺天王殿一侧石墙壁上）

龙安道观碑记

龙安道观地处苍南县铁龙乡。观后有赭黑山梁，突兀于旷野，筋骨铮铮，如铁龙横卧。鳞爪直指仪山，仪山似珠如球，构就真龙戏珠之趣。龙目盯衡虎山，虎山似踞如踊，形成龙骧虎步之势。背靠蜿蜒曲折奔腾入海之鳌江，面对秀媚环合高耸人云之望州山，此地堪称游览胜地。相传山麓古有寺观，久废。公元一九七九年，由于中国共产党和人民政府之重视，道长王理湘发起，黄诚意协助，会同邑人何盛量等开始筹建。道观清基时，发现昔日殿基墙脚和淤塞丹井，如今观旁"瑞井"水清源远，足可见证。从一九八〇年始，在群策群力下，先后建成大罗宝殿、后殿、钟楼、鼓楼及左右廊庑等，约化资人民币二十余万元。至今道观已初具规模，此乃太平盛世人民之壮举也。道长王理湘，原籍乐清，十四岁出家，拜荪湖溪头龙隐道观薛明德为师，师徒两人就积极追随拥护刘英、粟裕、王国祯、张培农、葉廷鹏、林辉山、陈阜、陈铁军、陈卓如等同志进行革命活动，为党做过不少工作。曾用巧妙办法，掩护林辉山同志避开敌人之搜捕，自己返遭敌人严重摧残，道观也被烧毁。王理湘道长如今身上仍伤痕斑斑，今年高龄已达八十有五，主持龙安道观，已购国库券五百三十元，乐助修建公路一千二百元，可谓是爱国爱教之楷模耳。因作记刻碑，以传久远耶。

丙寅年春郑立于敬撰并书

（此碑嵌在大罗宝殿右侧墙壁）

祥云禅寺碑志

据民国《平阳县志》载："祥云寺在灵溪陡门桥，清同治六年重建"，同治六年即公元一八六七年，重建至今已一百三十余年矣。但始创何时尚未查勘。百年来历经沧桑。一九四七年因区署扩建迁往灵溪通往大观之岭侧重建。一九七八年因卫生所扩建移至灵山东南麓再建。一九八六年因县邮电大楼建设需要，又按县城建设规划，方在今址兴建。住持各醒等募建大雄宝殿，斋房及围墙，住持各专等募建天王殿、地藏王殿。住持昌法等募建乐师楼。主要殿堂皆系重檐歇山式，上盖琉璃瓦或灰筒瓦，栋梁门窗，雕刻精美，金碧辉煌，十分壮观。至今寺宇已颇具规模，此皆各级领导、各界人士、历届住持以及许启苏等众首事以及十方善男信女之功德也。苍南建县后，在县治中兴祥云寺，设县佛教协会于此，以弘扬佛法，开展正常之宗教活动，实为盛世善举。此寺山门距繁华街市不过百米，整个建筑群依托浮图高耸、树木葱茏之灵山，日移月转，寺中可映塔影；云起风过，犹闻塔檐铃声；塔影叠竹影，可养佛性；钟声伴铃声，得悟禅机。此处堪称尘寰中之一方净土也。故为记之，俾吾邑人士有考焉。

郑立于撰文　萧耘春题额　温从杰谨书

公元二〇〇〇年岁次庚辰春月苍南县祥云禅寺敬立

（此碑竖立在大雄宝殿右前方）

灵山道观碑记

道教系植根于中华大地之传统宗教。此道崇尚无为，清虚寡欲，勤善止恶，净化人心，济世救人，利国福民，具有深厚之爱国主义精神。苍南县境之有道教活动宫观建立始于宋初，莒湖一带素有道乡之称。苍南建县后县治尚无道观，难于开展科仪活动。鉴于此，有上人刘宗和者，立下宏愿创建灵山道观。宗和乃全真龙门派传人王理湘道长之弟子也。曾先后在龙隐、龙安、东狱、金龙诸道观柄身修炼，并在北京白云观研读道教经典、道教音乐等达五年之久。其间受初真、中极、天仙三坛大戒，大律师赐其道号曰：世平子。世平子返里后在十方善男信女支持下备文呈报，终获人民政府批准，于甲戌年（一九九九）秋在县治之南，鸿雁栖息之雁头山上创建灵山道观。此处仰望中天，群鹤舞祥云；俯视旷野，三江会龙门；西望太姥，恍闻夹谷回声；东邻大海，幻见海市蜃楼。此乃神仙所居之胜境，游人涉足之福地也。基建伊始，搭棚住宿，明月为灯，艰难施工。先建修真楼、斋堂，再建玉皇殿。此殿精工雕刻，可谓雄伟庄严。此观为苍南县中心道观，县道教协会所在地。日后拟按宏大之观宫规划，付之实施，前程无量也。昔日王理湘道长创建龙安道观时属余撰写碑记。徒承师志，创建灵山道观，世平子亦请余撰记，盛情难却，况县治新建道观亦一大胜事，因以为记。

邑人郑立于撰文叶宗武篆额游寿澄书丹
公元一九九九年岁次已卯冬月苍南灵山道观敬立
（此碑竖立在灵山道观大殿前惟篆额未镌）

安福寺记

这座富有传奇色彩的寺院，地处浙江省温州市苍南县舥艚镇中段村。据传，这里建造阴均斗门后，就有了这寺院。阴均斗门是关系到“三十六源得蓄泄之宜，四十万亩免于溢之患有年”。这是南宋杰出爱国诗人林景熙在《重修阴均斗门记》的碑文中提到的，可见这个濒临东海渔港的重要性，也看出从事渔农业的民众对安福寺的崇敬。还有人传得更神奇，某年三月的一天，有位老太婆在屋前纺纱，突然跑来一只白鹿，衔走熟睡在她脚边的孙子，她一边喊一边追，人们闻声也尾随追赶，到了斗门边的土岗上，白鹿把孩子放在堤塘高处，白鹿却不见了，而老太婆所居的村庄房屋却已被汹涌的海浪淹没。由此，他们才感悟到神鹿的搭救，便在称为“鹿塘”的旁边盖了庙，每年这一日就来到这庙里焚香祈祷，保佑五谷丰登，出海平安。这就是安福寺的由来。清同治元年(1862)最后一次修建后，近两百年来一直没有修缮，大殿即将倒毁，僧房占为他用，直到1993年释西空发愿前来重修中兴。西空法师俗姓周，乐清市黄华镇人，十四岁出家，先后从昌年、能明、茗山法师受具足戒。在十方信众的支持下，已建成大雄宝殿、地藏殿、观音阁、天王殿及左右厢房，同时种植许多奇花异木，一片翠绿，十分幽静，已成为喧闹渔区中的一片净土。1995年赵朴初为新建的雄伟的观音阁亲笔题匾，为该寺增添了光辉。邑人郑幻邮撰的楹联“水绕伽蓝烟绕树，静观皆般若；昼听经偈夜听潮，澈悟尽真如。”可以说这就是这座海滨寺院的真实写照。

是为记

郑立于撰记

福勝寺碑记

福勝寺在苍南县湖前镇后洋郑，今称下洋郑。该村系郑氏聚居地。郑氏先祖由河南荥阳移居福建赤岸长溪，唐同光年间迁浙江横阳，明初始迁至该村。村民大多崇尚佛教，随于清嘉庆年间（公元一七九六至一八二〇年）建福勝堂，距今已两百余年矣。近二十年来，经济发展，社会安定，人民欢欣，据全镇发展规划，为建设需要，将福勝堂移至三面环河之今址，并改名为福勝寺。在十方善男信女及各界人士之乐助下，已建成金碧辉煌之大雄宝殿及观音阁、藏经楼等，建筑面积达数千平方米，大殿佛祖背后供奉之观世音菩萨具有七面一百二十只手，诚属罕见。福勝堂住持尼西鹤百龄示寂。如今住持尼各深及其徒信道颇能遵守戒律，继承宗风。登藏经楼，更令人视野开阔：北枕潮汐汹涌之鳌江，两岸大厦林立；南观郁郁葱葱之望州山，亦称子午山，日行山顶即午时正也。西望白云缭绕之玉苍山，周边车水马龙，拥向县治；东边，河道弯曲交错，俗称九龙湾，再远眺乃是渔帆点点之东海，直通五大洋。故国前程无量，下洋郑前程无量，感于斯，因以为记。

邑人郑立于谨撰

公元一九九九年冬月福勝寺　敬立

（此碑竖立在福勝寺大殿前）

浙江通志馆记

浙江乃文化之邦，早在抗日战争时期，省府内迁，浙江通志馆在艰难岁月中成立于云和。抗战胜利后，迁回杭州西湖葛岭山麓濒湖处的一个庄园办公。(江南研究会 1949 年 3 月编印《杭州概况调查》云：浙江省通志馆在静江路 108 号。)

这个庄同初为杨庄。胡祥翰所辑《西湖新志》卷八记叙："为清杨味春观察宦杭时所筑，与西泠西衙接，极背山面湖之胜。"后归严姓所有，改称"严庄"。民国初期，庄园租给杭州海关监督署办公。陷敌时期，严庄与湖上其他庄屋一样，陷入敌手，遭受严重破坏。抗战胜利后，浙江通志馆亟待有一适宜馆址，将收集起来的文献资料，置于宽敞而安静之场所，以便众多的文人学者整理成文，编纂通志，并将文献资料庋藏入库，以传久远。于是由时任省民政厅长阮毅成出面，征得严庄主人同意，由省府拨款修理，作为浙江通志馆办公地址。浙江通志馆就这样在这里完成了《浙江通志稿》巨大系统工程。省地方志办公室成立后，已将此一手书志稿誊印发行。

据阮毅成回忆，严庄与葛荫山庄均为中国式庭园建筑，回廊曲院，布局不凡。浙江通志馆迁回杭州西湖严庄第二年，阮毅成又接周惺甫(钟岳)先生信，谓吾浙大儒马一浮先生创办之复性书院，拟由四川迁杭，诸洽借院址，乃与葛荫山庄主人商洽，即获其同意，自是馆院相邻，图史互校。余马二老，亦相得极欢，成为浙江学派复兴之地。

浙江通志馆馆长系余绍宋(樾园)先生。余老不仅精于文史，亦善于书画。基督教青年会原有王单丈撰书之楹联"此杭州最新建设；是青年第二家庭"悬于楼下大厅，抗日胜利后对联已失，乃请余老照原句重写一副，加上跋语，用木板刻成，悬于原来位置，人们都说青出于蓝，比原来好多了。

半个世纪前的浙江通志馆接纳了方方面面之优秀人才，为编修浙江通志作出努力。有位顾家相者，曾在江苏、江西、河南等地做过地方官，当时在修志局分担《厘税志》、《金石志》的收集编纂工作。《厘税志》只完成三篇草稿，而《金石志》尚未脱稿就去世了。当时有许多人悼念他。刘大白受绍兴县志采访处和友人的委托，撰了两副悼念顾家相之挽联。联云：

读哀思一曲，似开府端忧，是书生结习未除，托之麦秀黍离，聊自安排作遗老

志厘税三篇，仿兰台食货，惜古刻蒐奇犹缺，从此吉金乐石，更谁磨洗认前朝

其经术，是儒林；其词章，是文苑；其考厘税，搜金石，又是史官。事事可师，草志尤资吾辈法

于浙东，为耆旧；于秦中，为寓公；于江左右，河南北，并为循吏。洋洋盈耳，知名不独故乡多

在浙江省委、省府，杭州市委、市府的领导下，杭州新貌在迅速扩展，西湖旧观在逐步恢复，建议在葛岭山麓濒湖处浙江通志馆原址恢复浙江通志馆（或改称浙江方志馆）。原浙江通志馆全部馆舍，1949 年 10 月后移作他用，1984 年扩大环湖绿地时，残存馆舍与基地并入镜湖厅景区。如今如能在原址腾出一些庄屋或另建中国式庭园建筑之馆舍，供浙江方志馆使用，集全国、全省新旧方志以及全省地方文献于一馆，供各界人士查阅，供编纂修志之人员使用，并展示浙江方志界前辈章学诚、余绍宋以及曾修过志书的名人赵之谦、沙孟海、刘绍宽等等的成就与墨迹，这也是继承中国传统文化一个重要方面，也为西湖增添一处人文景观。

郑立于撰

西震法师塔铭

青山寺西震法师，俗姓方，白沙乡方良村人(现属苍南县)。年幼家境贫寒，仅上私塾一载。年二十八，在温州护国寺受五戒，越两年，依香林寺昌定法师披剃，受具足戒。年三十九，主持香林寺，重建殿宇。随后，修建仙坛寺，创建新安寺，重建祖庭碧泉寺，中兴鳌江玉佛寺皆不遗余力。更难能可贵者于古稀之年毅然到荆溪山搭棚静修，光大佛门，经十七春秋，依靠十方善男信女，终于建成规模宏大之青山寺。上人生于清光绪三十年(一九〇四)一月十六日，寂于一九九一年古历三月二十七日酉时，世寿八十有七，在五十七载僧腊中，共建寺宇一百十间，塑造佛像四百多尊，可谓功德圆满。嗣法门人各脱、各净、各华、各银等建塔安其灵骨，以志永怀。铭曰：

脱俗苦修，六十春秋，菜根粗饭，绳床悠悠。
芒履破钵，十方奔走，觉世觉人，经不辍口，
弘扬佛法，光耀宇宙，舍幻归真，宗风永留。

邑人郑立于撰　游寿澄书

公元一九九三年岁次癸酉秋月

《厚庄日记选编》跋

吾邑先贤刘公绍宽，字次饶，晚号厚庄，清同治六年丁卯十月十三日出生于白沙刘店里第，少年住张家堡，后移居平阳县城西门。七十六岁谢世，归葬于城南龙山之暘奥山麓。刘公系一代著名之经学家、理学家、考据学家；又是卓有贡献之教育家、方志学家。其编纂之民国平阳县志至今仍公认为吾省地方志之佳作。并著有厚庄诗文钞，厚庄诗文续集，东瀛观学记等，蒐集校印巨量前辈遗著，校编敬乡楼丛书，为褒集地方文献不遗余力。其厚庄日记更为梓里留下珍贵精神财富。厚庄日记记叙。始于清光绪十四年正月初一日，即一八八八年二月十二日，止于一九四二年三月二十三日，跨度长达半个多世纪。公交游多清末维新志士，并曾远渡日本考察。晚年虽视力不支，仍锲而不舍，日记从未间断。后由于儿子亡故，身心交瘁，方搁笔。距公逝世仅一月零三日耳，公治学之精神，令人钦佩。日记内涵极其丰富，涉及国家之政治军事经济文化教育，自身之学术思想，道德修养，治学经验，友朋之著述评论，书翰往来，闻人行谊，以及风土习俗，提携后辈等，至详备悉，其翔实之史料，爱国之思想、严谨之学风，足供后人矜式。日记略者仅寥寥数语，详者则长篇巨制。闽浙军阀战争，红十三军攻打县城，宋平子议论学术，均详尽记叙。综观全部日记堪与李慈铭之越缦堂日记相匹敌，更独具风格与特色，此乃刘公之心血毅力结晶之巨著。日记用十行笺缮写，计四千零八十六页，装订为四十册，由温州市图书馆古籍部珍藏。平阳县志编纂委员会办公室予以复印。为各界查阅方便，由平阳县志常务副主编陈镇波点校选编，并组织多人整理订正。刘公手稿卷帙浩繁，晚年手迹潦草，或由人代笔，部分字迹几难辨认，虽越半年始竣，但颇多鲁鱼亥豕之处，尚望阅者指出，选编本封面由刘公门生张鹏翼先生题签，张老亦已九十有三，此举承蒙苍南县和平阳县各界人士支持指教，在此深表谢忱。年岁次庚午初春。

后学郑立于谨识

游寿澄敬书

重修千年古刹驷马禅寺碑记

据《民国·平阳县志》载：驷马院，在驷马，后唐清泰间建。驷马院即驷马禅寺；清泰间系公元九三四至九三六年。距今凡一千零三十多年，乃千年古刹也。寺坐东北，朝西南，背依伏狮抢球峰，左有骏马山，右有金鸡山，峰峦环抱，双涧回澜，溪流湍急，景色秀丽。每逢早课，晨钟与金鸡齐鸣，此处殆非人间之境。或遇傍晚，寺炊与溪烟竞冒，涧隙疑藏温泉之穴。昔日寺宇宏大，僧众百名，寺规森严，曾出圣僧，香火鼎盛。寺左球山上尚存舍利塔刹，石雕精美。塔底尚存六角形石井，结构严密。塔后有口精致护墙。清理寺基时，曾发现一米见方石磉底盘四块，况且还有许多神奇传说和歌谣，足见当年盛况。明清以降，逐渐衰落。“文化大革命”期间，更遭浩劫。至重修时，只剩前殿五间，大殿已圮，两厢僧房破烂不堪。此寺曾在宋代由河尾郑氏、北山陈氏、御洋焦氏三姓献良田四十二亩并筹资中兴。为了保护古寺文物，弘扬佛法，优化环境，净化人心，此寺重修仍由原施主后裔发起，在县宗教局、腾蛟镇委镇政府及各界人士之重视下，十方善男信女涌跃乐助，筹集人力、物力与财力。重修古刹工程于一九九二年动工，经数载努力，已重修大雄宝殿、斋房、僧房等。今后将按规划兴建其余殿宇与园林。古寺周围颇多自然景观，风雨晦明，变幻无穷。此不仅是繁荣市井之一方净土，亦极其难得之旅游胜地也。感于此寺住持及当地父老殷切之请，故为之记。

郑立于谨撰

公元一九九九年岁次已卯夏月平阳县腾蛟镇驷马禅寺敬立

（此碑竖立在大殿前）

重建东岳道观大罗宝殿启词

东岳道观在平阳县城坡南，背靠仙坛山、九凰山，面对龙山卉塔，观内古樟参天，丹井清冽，观后茂林修竹，高崖峻壁，风景壮丽。

据《平阳县志》记载，东岳道观建于宋治平丙午年(即 1066 年)，旧称广福宫，历经浩劫。新中国成立后特别是十一届三中全会以来，在党和人民政府的正确领导下，才恢复正常的道教活动，平阳道教协会就设在这里。我县文物馆已申报东岳观为我县重点文物保护单位。东岳观坐北朝南，规模相当宏大，从山门至斗姥阁全长 160 公尺，东西宽 78 公尺，原有建筑群基本存在，斗姥阁已于前年作过整修，大罗宝殿因年久失修，恐有倒塌危险。在政府宗教部门和各方人士的关怀下，经过一番筹备，即将动工重建。该殿为了恢复旧观，拟用斗拱飞檐，花岗石柱。因工程浩大，敬希各界人士给予大力支持，集体或个人乐助均受欢迎。凡集体乐助 300 元以上。个人乐助 100 元以上者皆镌刻石碑作为永恒之纪念。该工程完成后，使千年道观得以存续，又可作为广大游客览胜休憩之所，实功德无量矣！

平阳县道教协会会长林诚镜东岳道观主持陈信修谨启

郑立于撰文于一九八六年

振空法师追悼会悼辞

各位高僧大德、僧尼信众、居士、来宾们：

今天，我们怀着平静而痛惜的心情，悼念平阳县佛教协会副会长、温州市佛教协会代表、半山庵广慧寺住持振空法师。

振空法师出生于苍南县白沙乡刘店村，三十岁出家。先后在宁波、温州、江苏镇江、平阳等地寺院诵经礼佛、学法修持。1980 年春，重归旧地半山庵任住持。因年迈、体弱，且操劳过度，积劳成疾，经医治无效，不幸于 1991 年 2 月 15 日 16 时圆寂。终年 90 岁。

振空法师生前在礼佛讲经、持戒坐禅、筹建寺庙等方面，均能持之以恒，几十年如一日，并有丰富的经验、卓著的成绩。振空法师的示寂，是广慧禅寺和平阳县佛教界的一大损失。令人久远难忘。

振空法师平生艰苦朴素、勤俭修持、节衣缩食，坚持佛门清规戒律；以寺为家、爱教爱寺，很值得我们广大僧尼信众学习、怀念。尤其是一心弘扬佛门、为修复古刹半山庵广慧禅寺可谓呕心沥血，忘我献身、不辞劳倦、不遗余力。在他的带领、影响和主持下，十余年来，重建了大雄宝殿、天王殿、西方殿、地藏殿、藏经楼、僧舍、斋堂、库房等近五十来间。使广慧禅寺恢复雄伟庄严之旧貌。深受广大群众的好评。

振空法师一生以寺为家，以教为本，坚持劳动，坚持自力更生，组成本寺僧众开荒种地，植树造林，支持社会公益事业，提倡和发扬人间佛教思想，为四化建设服务，有着卓越的成绩和贡献。

今天，我们广大僧尼信众，在这里悼念振空法师园寂之际，应学习振空法师的禅风大德，进一步发扬佛教的优良传统，爱国爱教，管好寺庙，办好教务，经弘法利生，为壮严国土，利于有情，为振兴中华贡献自己的一份力量！

振空法师千古！

郑立于撰文

一九九一年二月二十二日

温州先贤刘公(祠)堂记

抗日战争胜利后，万众欢腾，平中师生做了一头狮子参加庆祝大游行，意味着睡狮醒了。泮池里放着一只从日军手中夺来的小汽艇，任同学们泼水嬉戏。在经济极其困难的状况下，修理了被日军洗劫过的校舍，重整了操场、校门，还盖了一座横直颇长“7”字形平屋作教室与老师宿舍。教师宿舍的方格窗糊着白纸档风。这些都是在校长沈乃昌与姜存松交替前后进行的，乡贤们酝酿已久拟建刘公祠也同时提上议事日程。

刘公绍宽(1867—1942)字次绕，晚号厚庄，出生于白沙刘店里第，少年住张家堡(今属苍南县)后移居平阳县城西门。刘公系一代著名的经学家、理学家、考据学家，又是卓有贡献的教育家、方志学家，著有《厚庄诗文钞》《厚庄诗文续集》《东瀛观学记》，编纂《民国·平阳县志》等，更可贵的是刘公的日记跨度长达半个多世纪，搁笔距公逝世仅一月零三日耳，此珍贵的文史资料与精神财富，用十行笺缮写，计4086页，装订为40册。一直致力研究刘公之平阳县志常务副主编，学者陈镇波等选编了《厚庄日记选编》计十册刊行。选编其重要日记、诗文并撰了刘公年谱，由苍南县政协文史委以《刘绍宽》为名，作为专辑付梓，还写了一些论文在海内外报刊发表。省、市不少专家与学者以及民众盼望刘公日记能全部校注出版，这是后话。

1946年开春，王理孚、杨悌、陈国聪、朱君爽等人发起筹建刘公祠，选址就在平中(原孔庙)中轴线最后面的圜丘上。此祠背依凤山，面对龙山，有龙飞凤舞之势，凤山上有许多古老松树，有的达千年以上，松鼠经常在树间跳跃飞窜，碧空不时可见鹭序雁行，有时成群的鹭、苍鹭或灰鹭在高高的松树上栖息，树林间还有苍鹰、鹞鹰、山雀等许多鸟类。一到深夜，可闻夜鹰、蛙鼓、淙淙流泉伴奏的乐曲。凤山之麓有七弦溪，昔日皆有石碑标明，就在刘公祠址正后方墙外有一泓清冽的泉水，徐用镌石为“圣泉”。

登上凤山，左望东海，右接南雁，气象万千。正前方“文笔题诗天作纸”的文明塔就在眼下，超越一线之隔的鳌江，可望刘公的故里、故居，那是刘公之诞生地。龙山之东，旸奥山麓是刘公的陵墓，刘公之归葬地。建祠前四年，刘公的葬礼颇为隆重哀荣。直到二十多年前，刘公之后人修缮了墓地，还举行祭奠仪式，张鹏翼、王建之、张和光诸长辈皆去瞻拜并摄影留念。

在这么一个优美环境中建造刘公祠是十分恰当的。为了建祠，不少人慷慨解囊。王理孚资助七百多万国币，还由其子王小同帮助施工。整个建祠工程由时任平中校长的姜存松负责。

姜存松毕业于上海大厦大学，曾在《东南日报》当过编辑，省教育厅任过职。为人忠厚，有点口吃，不善于演讲。但在他挽黄群联："亲言论风采，转瞬十年，追思黄浦从游，犹记春风频沐我；有经济文章，自足千古，报道西川迎榇，好分明月送归魂"中，可看他交游较广，有一定才气。姜存松系刘公女婿（原配夫人刘蕙，有《刘蕙遗墨・晚情集》行世），因而格外尽心尽力。常见他从朱熹题匾之明伦堂边西侧室即当时的校长室走出来到刘公祠工地，跟施工的工人谈些什么。有时也跟三五课余的老师在议论什么。有一个星期日，笔者坐在刘公祠前面的原学宫祭坛用磉盘迭为底座上架一方大石碑上看课外书，看见他悄悄地将零散在地的青砖一块块拾起来，拿到刘公祠工地脚手架下的砖堆里。他穿着灰白色笔挺的西装，随即到明伦堂西边墙外的厨房洗了手，乃回校长室。当时平中师生对建设刘公祠都十分高兴。刘公的门生时任教师的张鹏翼更是呵呵大笑，还与同学们讲刘公的生平事迹和著述情况。他说，刘公修县志时，我只二十几岁，我站在桌旁看。道德文章做到刘先生那样，确实不容易！

初建成的刘公祠，三楹，中堂较宽，很高敞深邃，两边是二层，有小梯从后方通上去，皆木构。祠顶盖灰瓦，四角稍翘，四围砌青砖，前面四根圆柱显得很雄伟，中堂上面有两个长方形的窗棂。其余都放单窗。此祠形制正合刘公高尚风骨、爱国忧民、勤奋治学、敬业乐教之矜式。

1947 年，青砖白缝的刘公祠粉刷一新，筹建过程一直称"刘公祠"此时改称"刘公堂"。据余益龙、方作民、吴家枫等同学的共同回忆，当时中堂悬挂刘公遗像，前有供祭祀的长桌，桌上有牌位、烛台、香炉，侧室还藏有刘公的著作及其他地方文献及福鼎人士许可赠送的《万有文库》等图书。落成典礼那天，仪式颇庄严肃穆，到会数百人，人群一直排列祭坛那两株开淡黄色花、结夹果的皂夹树。刘公门生马星野、金嵘轩等人也来了。会后留影纪念。随后每逢清明，都有不少人前来瞻仰祭祀，有的在像前行三鞠躬礼，有的在神位前三拜九叩，有的长辈或学子还撰写追思刘公的诗文联语。梅冷生追思悼念的对联，较具代表性，录如下：

蕺山讲学，原父传经，记从慎社抠衣，茅塞独渐津逮者

七略区书，三长综擅，私幸籀园掌录，芸编犹见典型存

刘公堂建成后,西边二楼作为平中校长室。1947年。全国掀起反内战、反饥饿、反压迫的爱国学潮,浙江大学发生"于子三事件",北京大学发生"沈崇事件",温中、瑞中、温师相继响应,平中也奋起直追,闹了波澜壮阔的学潮。校当局要开除两个带头传播学运信息的学生,更使学潮推向高峰。开头,校当局与学运带头代表在刘公堂二楼谈判,未成。后经县当局出面商谈表示不许以任何借口开除学生,同意清理有关账目,改善学生膳食。这时姜存松感到左右为难.自感无力支撑校务。县当局拟免去他的职务,以平息学潮;而省教育厅却让他到瑞安教育科去了。

1949年以后,刘公堂二楼仍为校长室,时任校长的黄叔民出入于此,刘公的遗像不见了,有些教师也搬进去住了。刘公堂改为实践楼。

重建后的刘公堂于1998年呈现在人们面前。那大约是原"圣泉"那个位置,七楹,四周环以廓道。当中凹进三楹,前有两根圆柱,仿佛还留着昔日一点影子。中间大门上"刘公堂"三字由原平中学子,当代著名的书法家谢云题写。堂内有著名数学家、全国政协副主席苏步青的题字:"尊师重道,敬业乐群。"堂内还陈列了一些刘公遗著,地方文献以及校友著作。

如今刘公堂右侧岩台上,安奠着著名教育家、英国语言文学大家吴景荣教授的半身塑像,塑像乃汉白玉由当代名家雕刻而成,掩映着苍松翠竹。吴公清华大学外国语言文学系毕业后,又考入清华研究院,后赴英国利物浦大学留学,获文学硕士学位。主编了建国后第一部《汉英词典》《当代英文散文选读》,泽著《英诗金库》,编著《英国文学发展史》,主编《新时代汉英大词典》等等。其英名与业绩列入《世界名人录》(1979年剑桥版)。

一边是文贯古今的国学大师刘公,另一边是语通中外的英语大家吴公,两位公公之道行与遗著将对后人产生深远的影响,永垂千秋!

郑立于2007年夏月于苍南县城言志楼

矾山郑氏宗祠碑记

郑氏系中华民族古老而享有盛誉大姓之一，源远流长。矾山郑氏祖籍荥阳郡，后南迁至福建长乐，复辗转至乐清，旋移居永嘉白水（现属温州市龙湾区）最后徙居矾山，历两千八百余年。据《重修浙江通志稿》载："平阳矾矿传肇于明代。有永嘉人郑朱二姓避难于此，叠石为灶，石受烧烙，偶因泼水其上，见结晶体出露。疑之，纵复烙他石试是皆然。出语诸人，知为明矾。乃从事制炼，销售遐迩，因以获利。其后业此者日众，明矾遂销售于各地……"因此，矾山郑氏先辈无疑是矾矿开采、制炼、创业最早者之一。六百多年来，矾山郑氏子孙繁荣滋长，从采矿、炼矾、销售、理财及其他各个领域，人才辈出，卓有成就。整部矾矿开发建设史，凝结郑氏先辈及后裔之血汗，竟有许多为矾矿这一世界瞩目的实业付出宝贵之生命。近年鉴于采矿之需，郑氏后裔已从原聚居地鸡笼山半腰矿区西坑村，迁移至矾山镇西街。为缅怀先辈并继承先辈艰难创业之精神，发奋图强，再展宏图，由后裔郑立尊、立滋、立淞、立先、益梅等发起与矾山郑氏各支派共同在原聚居地西坑村筹建矾山郑氏宗祠。现大功告成，特镌此碑记，以传万代。

矾山郑氏宗亲会敬立后裔郑立于谨撰并书

（此碑嵌在温州矾矿矿区原郑氏聚居地西坑村郑氏宗祠门台内壁）

点校《不系舟渔集》后记

元代陈高是继宋代林景熙(霁山)以后,又一位卓有成就、具有深远影响力的诗人,其所撰著《不系舟渔集》,《四库全书总目》评“其诗古体,源出陶潜;近体格从杜甫,面目稍别,意境不殊,在元季时铮铮者矣!”陈高之文有序、记、传、铭、赞、箴、跋、说等等,兼涉众家,极为雅洁精深。直至 1991 年,陈高的《栖云巢记》还被上海三联书店选入《历代小品大观》,足见其作品之价值与生命力。

陈高,字子上,浙江平阳金舟乡咸通里(今温州市苍南县)人,著述与事迹,见之于万历《温州府志·隐逸传》、雍正《浙江通志》、乾隆《平阳县志》,1993 年版《温州市志》,民国《平阳县志》,1993 年版《平阳县志》,1997 年版《苍南县志》皆有详传。1985 年,笔者撰写的《陈高传》刊于《历代人物与温州》一书,随后此传记又收入《瓯越文化丛书》(1998 年作家出版社出版)。

《不系舟渔集》,初题为《陈子上存稿》,因其自号为不系舟渔,后人遂将其诗文集名曰《不系舟渔集》。这部诗文集有不少钞本、版本,阅过本书序一、序二以及同邑先贤刘绍宽、黄群的后记,就清楚了。

此次编入《苍南文献丛书》,是以黄群刊印《敬乡楼丛书》之七的《不系舟渔集》为底本。因为这个底本经许多先贤凭多种版本校注,清代杨志林借钞了玉海楼藏写本,原有孙琴西、蕖田、仲容三位校注,并有据杭州丁氏钞本校正之处,杨志林用朱笔备为校注,而平阳杨氏亦藏有本集写本,经陈葵、华景园、吴祁甫校定,刘绍宽为之重校,后更取《永嘉集》内编、《慎江文征》、《东瓯诗集》等详为校理,分别署名杨校、刘校,凡是底本夹注的全部保留。此次点校还参校了《不系舟渔集》丙寅孟春重刊本,有关史书、地方志、《苍南碑志》等典籍,不改动原文,以存旧貌。

至于编排与文字略有变更,特作如下扼要说明:

《敬乡楼丛书》校印之《不系舟渔集》只分卷,不列篇名。丙寅孟春重刊本在目录中只列卷数、作品形式,亦未列诗文篇名。此次点校重印时分卷、分诗文形式,逐一列出篇名,便于查阅。此其一。

置于底本序前之《平阳县志》本传,即《陈高传》是后人加上去的,现移至附录。附录中刘绍宽、黄群二先贤之后记原无标题，现标题为本书编者所拟加。此其二。

底本全文加以标点，除有的古人名、古地名仍用繁体字外，一般皆用简化字。凡底本原来的脱字或明显错字，都作了校改。参校其他版本有所改动或存疑，在正文夹注中予以说明。此其三。

本书点校稿全文，曾由陈镇波、萧耘春两学长校阅一过，多所指正。

限于点校者的水平，无论是在校勘还是标点规范方面定有错误或欠妥处，尚祈方家与读者批评指教。

郑立于

2004 年 6 月于西子湖畔

言志楼记

祖国之矾都乃余之故乡，先辈从河南荥阳迁至福建长乐，复辗转至浙江乐清、永嘉瓯海白水，再徙居矾山。余寓居平阳数十年，一九八〇年在平阳县城南门铁岭村购地四百多平方米，建两层楼房三间，左边房与房外小舍系女儿郑冰天与女婿钱昭鉴所有。后有井，右有池，环境幽雅，匾额系苏步青先生所题，文曰："言志楼"，诗言志出于《尧典》等古籍，诗以言志，志以定言，为人亦应有宽大怀抱，对人宽，对己严，言行一致。如今言志楼藏书已逾万册，子孙分居杭州、厦门、北京、平阳、苍南等地，亦各有藏书楼阁合计约有三万册，后辈亦有不少著述、译文出版，将拟收入言志楼丛书。金婚之际，余与内人黄丽容商议，为发扬言志楼求知、治学、创业之精神，将"言志楼"匾额复制数方，将此记题于匾后，分赠两女郑冰天、郑霜枝，两男郑萍野、郑水园。望汝辈及其子女读万卷书，行万里路，结万人缘，尽力成为有高尚道德之人，有文化素养之人，有专业技术之人。是为记。

言志楼主人郑立于

公元二〇〇〇年秋月吉日

《西湖楹联大观》跋

平素喜爱游山玩水，看到天地间的绿色、蓝色、碧色，听到大自然的水声、风声、鸟声，顿感心旷神怡。旅游时，我们也常常抄录一些佳联妙对。这对旅行者来说，是最方便的事情，不必查阅资料，也不必找人采访，就能从对联中了解景观的历史背景与景色特点。有时，我们也凭读到的楹联去找已经湮没的景点，发思古之幽情，获意外之启示。祖国的山山水水、名胜古迹连同它的楹联都走到笔记本中来了。

近年寓居西子湖畔，与杭州西湖结下了不解之缘，对西湖楹联状况有了更深的理解。西湖楹联与西湖景点一样，是极其丰富多彩的。就全国来说，西湖是楹联蕴藏量最多最好的景区之一。全国历来刊行的楹联集都少不了西湖楹联，而且篇幅都是最大或较大的。根据现有资料，就西湖本身来说，最早汇编的《西湖楹联》刊于1889年（清光绪十五年），以后也陆续刊出一些楹联或联话等集子。历经盛衰兴废，"一朝天子一朝臣"，有些楹联也随之而更替，尤其是十年"文化大革命"，楹联更遭严重摧残。直至1985年才有陆鉴三氏校补的《西湖楹联选》，由浙江人民出版社出版；1986年王荣初氏编著的《西湖楹联》由浙江文艺出版社出版。后者只有141则，是以分析欣赏西湖楹联为主。前者是以1928年杭州六艺书局出版的《西湖古今楹帖新集》为底本加以校订增删而成，共有897副，下限为20世纪初。对照1919年二酉山房印行的《正续西湖楹联》等版本，发现有许多楹联没有收入，如左宗棠祠、阮文达祠等楹联，甚至连俞樾的长联也遗漏了。这可能是基于某种原因。但陆氏与王氏的版本，对西湖楹联的传承与欣赏起了一定作用，如今只能在图书馆找到，书坊中已绝迹了。时代要求杭州西湖有一本较为广泛收集的楹联书籍刊行。

为了深入调查西湖楹联的现状，笔者曾步行（除了长距离乘车船外）到现有杭州市范围内各个景点，包括星布各处的亭台楼阁、桥梁、纪念地，逐副笔录了所有看得到的楹联，遇到河道宽阔的桥梁柱联、前面盖了高大建筑物的洞府门联（如香山洞）、快要漫漶淹没的摩崖石刻联句，都是经过一而再、再而三地探索，甚至用望远镜或手电筒探个究竟。另一方面，从杭州西湖文献中查出的楹联，属于风景名胜一类的，也逐副找到它的所在地或遗址，将周围的景观记录下来，让楹联与景点对上号，供园林学家恢复景点时参考。

经过三年来的查阅文献、调查研究，发现了历代楹联大家与书法家梁同书、郑板桥、林则徐、左宗棠、俞曲园、康有为、赵之谦、于右任、阮文达等一些新的作品，也发现了不少不知名人士的好联（如修建保俶塔时发现之楹联、镌刻于绉云峰阴之对联、几座桥梁之柱联以及各景区新征来的楹联等），都一并编入此书。本着“古今兼收，雅俗共赏”原则，对现有新旧各景区的楹联，大体上皆以收录。新撰的楹联，有出类拔萃之佳作，有新意，有时代精神，但也有在艺术上不很圆满的作品。然这些楹联既已经分别刻在竹木上，铸在金属上，煅在砖板上，镌在石柱上，也就一并收录下来，让大家共同欣赏、评论。

以往的楹联集大多以名胜古迹、寺庙道观、书院庄园、宗祠墓地、亭台楼阁等诸部类编排的。为了便于以楹联作旅游向导，使读者理解楹联背景与自然环境，激发旅游兴趣，我们打破旧的框框，大体上以景区景点编排，必要时将横额收录，并在联前或附注中对景点与楹联略作简介，以便欣赏。书写楹联，一般不用标点符号。鉴于书中有一定数量的长联，所以加以断句，便于阅读。楹联艺术与书法艺术可谓珠联璧合，题写西湖楹联者有许许多多乃书法大家，因而尽可能将楹联的撰者与书者分别标明。一时探索不出的，只好阙如，请联界前辈补正。凡“新瓶装老酒”者，一般皆注明谁撰谁书谁补书。

原先这本联稿分上下两大编，上编为名胜名联，下编为名人名联。名胜名联固然是名人撰书的，但还有不少名人未为名胜题联，却在政治、军事、经济、思想文化诸方面题写格言、赠言、勉劝、寿诞、悼挽、婚嫁、讽喻等楹联。从古至今，杭州人或寄寓杭州的外地人有许多是楹联名家，而且还有很多楹联集行世。像梁同书《梁山舟楹帖》、俞曲园《西湖楹联录》、赵祖望《宋词集联》、邵锐《衲词楹帖》、罗振玉《集殷虚文字楹帖》、徐珂《易林分类集联》、徐鋆《澹庐楹语》、马慧裕《集禊帖》《文章游戏·杭州俗语对·杂类集对》、李叔同《华严集联三百》以及今人王翼奇《集句对联字帖》等，在杭州历代名人诗文集、年谱、日记以及地方史志中都有不少楹联。鉴于篇幅过大，便先将“名胜名联”单独成册付梓，待以后有机会时再将“名人名联”增补校订，争取出版。

这册楹联集还不完善，名为《西湖楹联大观》，离“大观”还远得很。还有许多庄园别墅名胜古迹的楹联，还须进一步地发掘、抢救。在宗教文化方面，虽也收录了不少楹联，但与西湖昔日的楹联数量来说，恐还有很多遗漏，随着一些名人纪念地与宗教活动地的恢复，有必要做“拾遗补缺”工作。以“大观”的要求，去年秋季这册联集初稿送出版社后，还增补了三次，因为杭州恢复旧景观与建设新景点在不断进行，一直赶不上形势。

请名家写序言对一本书的出版来说，好似昔日造塔在塔刹上安置“定风珠”一样，可以压压惊。回头一想，反正要请教于楹联家、书法家、园林学家、考古学家和广大读者，让各界人士充分提出批评意见，所以只将编纂经过，写了这个文字过长的跋。

郑立于　郑霜枝

2000 年春初稿于东瓯横阳言志楼

2002 年夏定稿于西

子湖畔言志楼三舍

《西湖楹联大观》增订再版本跋

杭州出版社于2003年出版了笔者与次女郑霜枝共同编著的《西湖楹联大观》。在短短几个月内第一版刊出的书全部由新华书店发行完毕，连出版社库存少数此书也销售一空。“爱屋及乌”，世人爱杭州西湖，因而也爱及与之有关的西湖楹联了。

近年，不断有读者来信来电向书店、出版社求购此书，也有一些港、澳、台友人向笔者索取此书。究其缘由，还是说明世人对西湖的酷爱，对楹联这一民族传统文化的酷爱，也与媒体之评价有关。《楹联文化》转载了《〈西湖楹联大观〉跋》和评论文章，萧耘春兄撰了《闲话西湖楹联》的评论文章，于是海内外一些报刊或分别选载了上述二文，或发了书评，因而连较少接触这类书的朋友也想看看这本书。

杭州在创新、前进，西湖在怀旧、修复。近几年，西湖修复了许许多多自然景观和人文景观，重现了许许多多历代名人名联，也涌现许许多多当代楹联家、书法家、金石家共同制作的楹联。以石牌坊为例，修复、重建、新建之石牌坊，约有数十处。凡有新景点、新楹联出现，笔者皆亲到现场予以记录，并采集了与景点与楹联有关的历史资料和如今状况，为增订出版《西湖楹联大观》作准备。杭州出版社于2004年早就有增订再版此书的打算，由于忙于出版《西湖全书》，直到今日才与读者见面。收录在此书中约有楹联三千多副，其中有七百多副是新增的。

晚年与老伴及子孙们定居西子湖畔，感到无限幸福；能为杭州西湖做一点事，感到万分欣慰。现就增订再版的《西湖楹联大观》有关事宜再说一说，以求教于方家与读者。

历经沧桑，有些西湖景观略有变动，不少楹联的位置也有所更动。凡是在西湖或杭州境内变动的，注明出处或入处，选其有关的楹联编入。凡是从外地移来的与西湖无因缘关系的景观与楹联一概不收。编入此书的联语，尽可能找到它原来的处所或联集出处，让楹联供人欣赏时更切地切人切时切事。

近年，西湖修复了许多名人故居，编入此书的主要是故居主人的联句，也适当编入一些有代表性的后人题写故居的联句。限于篇幅，对联句一般不加注释与述评。

在昔日的西湖楹联集中，收录过许多匾额题识，尤其是御制的匾额。如今收进此书的只是少数与楹联密切相关的匾额，其余只好割爱。

凡是重复的楹联，如徐渭撰“八百里湖山，知是何年图画；十万家烟火，尽归此处楼台”一联，当今西湖有三处用它，那只能收录一处，另注明它的最早悬挂处。

如今在西湖各景区看到的楹联，落款颇值得斟酌。有的只署自己的姓名，说明此联是你书写的，但是不是你撰的或抄录别人的联句就不清楚了。有人书写旧联，未署原撰者与书者的姓名。当然，古人不会向今人争知识产权。但写明了可以还其历史旧貌，也是对古人的尊重。有的新制的旧联，未署“补书”或“重书”，这就有可能让读者误认为古人为今人，或是今人为古人了。西湖有不少新修复的牌坊楹联，写明原撰者为谁，书者为谁，如今是谁重写或补写的，这就较完备了。因此，此书凡是有类似情况者，尽可能找到有文献根据的原撰书者的姓名，然后再写明是谁重书或补书者。至于撰写者的别号、年龄、何时题于何处，没有特殊情况，就一概省略了。有的撰书者在佛寺的楹联中署什么“八十八叟”“九十老人”或“时年九十有几”等，这在亭台楼阁楹联或赠送他人联句还可以，但在佛寺中就大可不必了。省文史馆员活到一百岁的运用鸡毫书法家张鹏翼与苏渊雷教授都认为，佛是无量寿，在佛殿里署自己有多大岁数，会遭人耻笑的。

西湖有几处旧联改动了。田汉题盖叫天墓联“英名盖世三岔口；杰作惊人十字坡”，钱君匋将联句中的“盖世”改为“盖代”题于盖叫天的故居“剑南寄庐”。苏小小墓、亭有皮琳集句的“湖山此地曾埋玉；花月其人可铸金”，矛盾曾有易“花”为“风”之说，成为“风月其人可铸金”。此次重建墓亭，还其旧貌，仍用“花月其人可铸金”。但已出的联集和报刊引用过改动了的联句，为了不让后人花工夫去考订，也在联后注明。韬光庵旧有吴忠礼撰的一联“松声竹声钟磬声，声声自在；山色水色烔霞色，色色皆空”，启功改为“松声竹声钟磬声，有声俱妙；山色水色烟雾处，是色非空”。两者皆予记录，让读者予以评论。

改联古有先例，不是新的创举。据有关文献记述，清乾隆中期孙髯翁所撰陆树堂草书的昆明大观楼长联，阮芸台（即阮元）总制滇黔时，把此联修改了多处，并另制联板悬于大观楼，滇人啧有烦言。阮元离任后大观楼重建，马如龙即将原陆树堂草书的孙髯翁长联以拓片重刻挂上去，并把阮之那副改动的楹联放下来。阮元是一代文坛宗师，曾先后任浙江学政、巡抚，所以顺便提一下古人改联之缘由，以便共同探讨改联之正误与得失。

在增订再版此书过程中，得到魏桥、徐吉军等先生的指导，也得到刘良文、叶小龙诸君的协助，在此深表谢意！

郑立于

2006年岁次丙戌夏月于西子湖畔言志楼三舍

撰写“西湖丛书”中《西湖楹联》一书笔记

不久前，魏桥同志告诉我，在杭州市委、市府的重视下，杭州出版社将出版“西湖丛书”，还让我看了有关会议资料，这是杭州市文化建设的一项伟大工程，具有重大的历史意义，将在全国产生广泛、深远的影响。为了保证质量，能出精品，现就《西湖楹联》一书作初步构想，以求教于领导与方家。

杭州西湖，早在北宋就有楹联出现。北宋苏轼、南宋杨万里等名家至今还留有作品。元、明、清各朝还有一定数量的楹联被保存下来。汇编成集的有光绪十五年(1889)刊出的《西湖楹联》，知心轩藏板，光绪二十二年镌刻的《西湖楹联》，《西湖古今楹联新集》等，还有不少名家的联话。据光绪年间知心轩藏板的《西湖楹联》统计，该书分四册共收录楹联 687 副(其中还包括少量名家诗联)，而且镂板较为粗糙，有不少脱字、衍字。直至 1985 年，才有陆鉴三校补的《西湖楹联选》刊出，共收录楹联 897 副，王荣初编著的《西湖楹联》，收录 141 副。新编《西湖志》收录楹联 455 副，新编《杭州市志・楹联选》收录 632 副。郑立于、郑霜枝编著的《西湖楹联大观》，收录楹联 2286 副，还有一本《杭州名人名联》或《西湖楹联大观续集・名人名联编》(暂名)初稿，入编近千人，收录三千多副楹联，正在修改增补中。西湖西进后，有新楹联 800 多副，将补入《西湖楹联大观》增订本。尽管如此，还有不少楹联、联话散见于杭州地方史志文献及全国历代名人文集中，尤其是历代史料笔记中，等待后人收集、甄别、遴选。为此，对收入“西湖丛书”的中《西湖楹联》将从下列几方面探索、研究，使其臻于完善。

一、从已有的西湖楹联集，全国各地刊出的有关西湖楹联以及其他书籍中选择西湖楹联，要求不同时期不同人物不同景观有价值的楹联，力争做到基本不漏，不符合质量要求的楹联一副不录。凡是永久性的建筑物如石牌坊或石柱上的楹联，尽可能予以收录，对于不符合楹联格律的对子将予舍弃。

二、收录范围，还是以杭州西湖山水为主体，参照历代收录诗词、游记的既成惯例，如超山、径山、钱塘江、运河，即与西湖有关的余杭、萧山等区的楹联，皆予收录，以体现当今杭州西湖之特色。

三、鉴于以往楹联集大多以庙宇、胜地、墓地归类，读来颇感枯燥。该书将依景区位置收录，便于行旅者浏览。限于篇幅，楹联所处的自然环境与历史背景，力求简明，尽量省略，因为在全书其他部分已作详细表述。

四、由于历经沧桑，有些楹联的镌刻与悬挂变换了位置，为该联仍切地切时切人，只在注中说明一下。如果不是这样，会引起人们争议，新增的西湖楹联也有类似情况，将提出与责任编辑商议。

五、凡是重复之楹联，如徐渭撰“八百里湖山，知是何年图画；十万家烟火，尽归此处楼台”一联，题于多处，那只能收录一处，另在注中说明。

六、改联早有先例，孙髯所撰昆明大观楼长联，阮芸台总制滇黔时，把此联改动了，另制联板悬之。滇人啧有烦言。后人也认为改得不好，有徒劳无益之嫌。西湖也有改联之情况。如吴湖帆题盖叫天墓联“英名盖世三岔口，杰作惊天十字坡”。钱君匋题盖叫天故居堂联，将“盖世”改为“盖代”。本书收录时将予注明，不予评论。

七、昔日在西湖楹联集中将匾额也收录了，尤其是御题匾额，非录不可。考虑到篇幅，收进此书的只是主要的与楹联有关的匾额，其余只好割爱。如果珍惜匾额之书法艺术。可另出专集或像山西太原晋祠那样另出一册《西湖匾额》。

八、如今西湖各景区看到的楹联，落款很值得斟酌一番。有的只写自己一个姓名，有的只写一个名字，这只说明此联是你写的，但是不是你自己撰的，或抄录他人的就不清楚了。有人书写古人的联语，根本不写原撰者与书者的姓名，这就很不好了。不把古人撰书者的姓名写上，古人并不会向今人争知识产权，写明了可以还其历史旧貌，也是对古人的尊重。有重建的牌坊上的旧联，写明谁撰的，谁书的，如今是谁重书或补书的，这就完备了。因此，在此书中凡是有类似情况者，尽可能找到有文献根据的原撰者、书者姓名，然后再写明谁是重写或补写者。至于撰书者的别号、年龄、写于何处、何时题写，没有特殊情况，就一概省略了。

郑立于　郑霜枝
2004 年 6 月 3 日于杭州
（上文曾呈西湖丛书编纂指导委员会、《西湖全书》
编辑委员会、魏桥、徐吉军等同志。）

瞻仰陈百弓谢婉烈士纪念亭记

郑立于

从苍南县城驱车到矾山镇，经鹤顶山一侧的坎门岭，奔驰几道弯，就到了目的地四岱王村。纪念亭就建在四垣可见苍松翠柏、绿竹碧草的盆地中央高坡上。亭三层，四角飞檐高翘，直矗云霄。浙闽边界远远可以望见。据陈计划君介绍：这是按黄鹤楼的格局缩小到五分之一，凭黄鹤楼的几张照片和目测记忆设计出来的。

跨过正门，“浩气长存”四个大案在青石板上熠熠发光。这是省部级干部陈法文题的。真巧，1950年，几经艰难曲折，才找到中共鼎平县委陈百弓书记的遗骨，并在矾山工会所广场召开隆重的追悼大会。大会收到来自浙闽二省各地许多花圈、吊唁电，浙南地委送来了巨幅輓辞，文曰“浩气长存”。笔者当时任矾山区任文教辅导员兼区中心小学校长，有幸担当大会司仪，因此记忆特别深刻。1959年革命现代戏盛行时，组织上叫笔者将陈百弓、谢婉的事迹编成端午风波、星夜劫狱、失足负伤、探病密议、突变定策、机智脱险、霞关起义、相逢别母、暴露突围、不幸被捕、英勇就义等十一场现代革命京剧，由周方明导演、鲍超设计京剧唱腔。此京剧剧目就称“浩气长存”。随后，著名版画家赵延年、陆放等人到来，县委领导陪同看了现代京剧《浩气长存》，他们很激动，作了许多速写。赵先生还叫我写了一个版画脚本，让他们创作这组版画。这组版画完成后，刊于《跃进》画报上。同时还为《祖国的矾都》(增订再版本)作了版画封面，还作了几幅炼矾的版画。在《跃进》画报上刊出的版画，同样是用了醒目的标题“浩气长存”。

纪念亭从底层到三层悬挂许多楹联，其中有的是高手名人的大手笔。李晖华君与人合撰的一副：“前岐救爱凤，中岙疗重伤，大地伸张正气；霞关导起义，钱库遭极刑，祖乡归宿忠魂”。语句通俗朴实，却对陈百弓烈士的一生作了高度概括。至于谢婉烈士的事迹，《平阳县志》《福鼎县志》《苍南历史人物》都有传记。为了便于瞻仰者、旅游者咨询，这里略述几句：谢婉1905年出生于矾山石门头村，由蔡爱凤介绍入党，将年幼的女儿陈木格非、陈蜜君，男儿陈计堂交给大哥陈百舟夫妇及其他亲友抚养，自己投奔革命。真是一位贤惠的妻子，慈爱的母亲，坚强的革命者。1941 年调到特委机关工作，驻在平阳吴小垟西的大坑半岭。由于叛徒告密，7 月 13 日，陷入国民党浙保三团某营的包围，被捕。在水头区署受尽刑罚，坚贞不屈，最后被杀害于五龙岱。遗骨被抛入“万人坑”中，无法辨认。最后女儿陈格非只得含泪捧起五龙岱的一抔土、一块石头、一株小松树作为母亲灵骨，归葬于平阳坡南的平阳烈士公墓。

二层四面走廊，当中还有宽敞的方室，准备用来展览烈士有关照片和文物。据说有关单位正在谋划。

登上三层，四门洞开，蓝天一片，白云朵朵，真有凭虚凌空的感觉，仿佛来到神话传说中天君玉皇大帝的凌霄殿。凭栏眺瞻，不远处的山坡间有处陵墓，陈百弓烈士的忠魂永远守卫在浙闽边界漫长的红色土地上。矾山风吹隔矾窑的旁边内山，就是朱程的故里。坎门岭往鸡笼山那边走，半途经大山，那是朱善醉烈士的故居。再下坡就是石宫，即辒山小学旧址，那是抗日战争时期，鼎平县委活动最频繁的地方。狮头山门头村是谢婉烈士的故居，那里山峰峻拔陡峭，百态丛生，景色十分秀丽。再下岭经过企岭溪，可到达福鼎县前岐镇，那里是陈百弓烈士的故居。以上谈到的这些地方顺序走过去，就是一条很有特色的红色旅游线，如果再扩大一点党的“七大”代表林辉山、刘先二位的故居包括进去，林的故里还有个红军洞，那红色旅游的内涵就更加丰富了。

霞关武装起义纪念碑记

1940年入夏后，霞关、南坪等地不断遭到日机轰炸和昌舰炮击，房屋被毁，人员伤亡。中共蒲门区委发动群众，积极开展抗日救亡斗争。“皖南事变”后，在国民党顽固派制造的第二次反共高潮中，平阳、福鼎的武装军警，反复对党的基本地区进行军事“清剿”，捕杀共产党员和抗日积极分子。中共鼎平县委运用党的斗争策略，展开艰苦复杂的反顽斗争。1941年4月5日，前岐长、共产党员章志中，被叛徒出卖，在马站库下岭被捕。经多方营救，暂保回霞关镇移交事务，三天期限，刻不容缓。党组织被迫采取应急措施。4月11日晚，在南坪党支部的协助下，章志中率领霞关警备队毅然举行武装起义，随带起义队伍和武器装备进入浙南特委根据地。留在矾山作人质的霞关镇长张传卓（共产党员）和庄琴、黄涛3人被捕，张传卓惨遭杀害。在抗日救国的艰难岁月中，霞关起义的爱国志士章志中和苏廷课、黄连财先后牺牲，其余同志坚持斗争，为解放浙南而奋勇战斗。新中国成立后，他们为社会主义革命和建设事业，付出了毕生精力。

霞关镇人民政府立

一九九九年八月十五日

（此碑立于霞关武装起义处和南坪革命纪念馆）

《平阳县志》编纂始末

平阳素有修志的传统和风气，从元大德十一年(1307)编纂《平阳州志》始，到明、清以至民国先后出过十三部县志或志稿，最后刊出的一部县志是在民国14年(1925)，到现在将近七十年了。

盛世修志。“文化大革命”后，社会各界人士与历届政协委员建议编修《平阳县志》。平阳县志编纂委员会机构建立于1986年1月，而编纂工作全面开展则在1988年7月全县第一次修志工作会议以后。全县七十多个部门单位根据县志编纂工作规划均先后组建了撰写班子，部门领导，单位业务骨干，离退休老同志积极参加修志工作，全县直接参与修志的多达三百余人。县委、县府重视修志工作，在人力、财力上大力支持，并把修志任务列为在各部门责任目标中考核内容。县人大、县政协还对各部门修志进行视察，推进了修志进度。从筹备到出版，在节约开支的原则下，县财政部门一直保证了经费需要。

修志是一项资料性很强的工作，要认真做到广征博采。修志伊始，县人民政府就发出《关于征集平阳县志资料的公告》，县志办公室又向国内海外寄发征集资料信件。同时，组织人员先后两次赴杭州查阅省档案馆、省图书馆的档案与文献；遍阅了县图书馆古籍部的全部珍藏。此外，通过各种形式，向全县各地收集了地方文献、姓氏牒谱和民俗口碑，采访了知情者、当事人。经过函征手摘、调查访问、座谈采录，共制录了卡片5万余张，抄录搜集资料数千万字。为编写县志提供参考资料，县志办公室征集、影印、誊印了《民国・平阳县志》《乾隆・平阳县志》《隆庆・平阳县志》《康熙・平阳县志》。并将民国时期平阳学者刘绍宽的日记，40册，计4086页予以复印，并点校、订正，刊印了《厚庄日记选编》。修志期间，还复印、整理、挖掘出一批珍贵史料，为编修县志提供了较充分的资料，也为征集地方文献做出了贡献。与此同时，县志办公室对县志分纂单位的执笔人员，召开大小座谈会，举办培训班，以提高修志人员的业务水平。县志副主编分线与分纂单位撰稿人频频接触，共同研究，认真编纂。鉴于编纂县志是项系统工程，编修工作全面开展之际，我们印发了《平阳县志书写规则》和《平阳县志稿件审评程序》，对部门上送的分志稿和自撰、特约撰写稿件的评审都作了明确的规定，为分口总纂和全面总纂准备条件。

《平阳县志》记述全县自然和社会的历史和现状，纵观古今，横及百科，突出经济，侧重人文，内容力求详备。其成稿至定稿始终注意科学与严谨。各提供初稿材料的单位认其负责，反复推敲，并经部门审稿会后上交县志办公室由分管的责任编辑或副主编处理。县志办各线责任编辑或副主编，根据总体要求与主编意图与部门撰写人员，反复推敲，成稿时都经过主编与常务副主编审阅，写出审稿意见，多则数千言，少则数百言，然后再由副主编修改，或请部门撰写人员再补充、订正。有的分志稿，上上下下，反复多次力求其观点正确，数据翔实，体例完备，文字规范，不致失于苟简。有的分志反复锤炼，如《大事记》等卷修改达十多次。篇目亦是六易其稿，我们在实践中深深体会到修志之艰难。

1991年6月18日，经县府批准召开了有省地方志编纂室领导、市县领导、市地方志办公室领导、兄弟县志主编或办公室主任、学者专家、县志编纂委员会全体成员以及有关部门修志人员参加的新编《平阳县志》审稿会。送审稿凡42卷，计150万字，会上共收到书面意见40多份，发言30多人，省、市志办领导俞佐萍、章志诚对评稿会作了中肯的评估，认为评稿会开得成功，并为县志深度加工提了意见。志稿评审会后，县志办全体修志人员立即转入了紧张的补充材料、梳理意见工作，在送审稿基础上又作了几次较大修改。将编目归并为38卷，对数据重新予以核校，对一些专业性、科学性较强的志稿，分别请专家学者与多年从事此项工作的行家与领导审阅。1991年底，请示省市志办同意，由王吼狮县长与上海汉语大词典出版社签署了出版合同。

新编《平阳县志》力求突出平阳地域特色与人文优势，在总纂定稿时，将国家级风景名胜区南雁荡山和国家级海洋自然保护区南麂列岛加重笔墨，单独立为一卷，对历史文献记述，也给予相当篇幅；一些健在的专家学者，经努力收集，用以文系人方式入志。为了顾全平阳的历史整体性，又考虑到析出苍南县后时间不久的特殊情况，县委县府领导曾两次前往苍南县，与苍南县领导商讨修志重大事宜。两县办公室多次就有关问题进行切磋，对《人物》《建置》《大事记》及其他分志等等都进行过专题研究，力求不漏不疏，不过多重复，记叙得当。

本志付梓前，将撤区扩镇并乡有关情况补进建置志，并赶制新的平阳县行政区域图置于卷首，以便发挥资政作用。

在修志过程中，得到了许多专家学者、前辈和有关领导的关怀与支持。早在1989年除夕夜，全国政协副主席、著名数学家苏步青就为《平阳县志》题签，随后又寄来了有关资料、方志专家魏桥编审审阅了本志重要篇章，并提了修改意见。1991年元旦前夕，当时的市委书记刘锡荣看了平阳修志情况简报时，给本志主编郑立于来函问候，深表关怀，这给我们全体修志人员很大的鼓舞与鞭策。平阳籍在台人士萧志杰复印了《隆庆·平阳县志》赠送给县志办，华东师大颜逸明教授经过实地调查，为本志撰写了《方言》，浙江人民出版社钟友山副编审审阅了《自然环境》志稿，市志主编章志诚专门审阅了《华侨》卷。本省不少兄弟县以及福建省一些兄弟县也为我们提供资料，订正数据。

新编《平阳县志》凝聚着修志人员的心血。参加编纂者有三位高级职称，一位中级职称，两位县级干部，年事都较高，大家不计名利，不畏严寒酷暑，夜以继日，勤奋工作。县志顾问池欣昌协助审阅了部分志稿，参与了县志总纂工作。县志编委会委员黄庆生在县志初纂时协助审阅了政治部类几卷分志。县志常务副主编陈镇波，家住上海，连续五年在曾工作过的平阳修志，以及其他许多同志，都为修志出了大力。陈世兴曾一度担任县志办公室主任。

值此新编《平阳县志》即将出版之际，我们谨向一切关心支持过本志和为本志编纂、出版付出劳动的专家、学者长辈，领导和全体修志及其他工作人员，表示崇高的敬意和由衷的感谢！

本志虽将出版发行，但编纂社会主义新方志是一项崭新的工作，我们经验和学识都很欠缺，肯定有许多不足，谬误之处，敬请各界人士批评指教。

平阳县志编纂委员会办公室

一九九三年四月三十日

（此文刊于《平阳县志》。《平阳县志》于 1993 年 12 月由汉语大词典出版社出版，被评为浙江省地方志优秀成果二等奖。撰写此文，由主编执笔，经编纂委员会办公室多次研究过，副主编李成廉、郑志兴、陈世兴、黄瑞淦和办公室主任林存根以及余益龙、陈元昌、陈盛奖、翁微微等分别看过。出版社拿出清样，即将上机付印时，县志顾问、原平阳县长池欣昌，编委会副主任林声足，常务副主编陈镇波，办公室副主任张声和主编先后两次赶到上海，看了县志清样和插图，同时对《编纂始末》再次作了讨论推敲，予以订正定稿。152 万字的《平阳县志》，是全县人民劳动与智慧的成果，其编纂艰苦历程，在编纂始末中可以略知一二。）

为革命牺牲之金淳先生墓碑

先父金淳先生之墓

生于1914年12月，系中国共产党员，新四军干部。1940年为革命牺牲。

公元1986年11月11日

男金德宣
媳刘月清 率女 金晓莲
刘冬频 同敬立

附金淳先生哲嗣金德宣来信：

立于兄：

24年前家仁兄相助，手书碑文并刻字，旋偕县民政局干部同送墓碑上山立碑墓前，了却我的心愿，在此再次鸣谢！

碑文照片奉上，并抄录文字(与堂兄金孟昭，堂弟金成嘉核对过，他们每年清明节上坟，记得清楚)，供参阅。但伍兆澄处亦有些照片，《红色平阳》画册征稿时寄去的。

父亲生于1914年6月28日，据堂兄寄来族谱记载，为农历甲寅牛闰五月初六丑时，卒于1940年10月7日，农历庚辰年九月初七戌时。

墓碑上生于1914年12月，系我错记。

《金淳和挚友》一书，已寄伍兆澄处，他会转送给您。

金德宣2010年1月28日于桂林

《平阳县志通讯》创刊辞

盛世修志，志载盛世。

平阳是一个历史悠久的县份。自西晋太康四年（283 年）单独置县至今，已有 1700 多年。

平阳历来有修志的优良传统。元代以来，我县曾修志十多次，最迟的一次完成于民国 14 年（1925 年），至今已中断了 60 多年。修好新的《平阳县志》，是团结全县人民，建设社会主义物质文明和精神文明，为社会主义现代化服务的一项巨大的系统工程。也是承前启后，继往开来，上对祖先负责，下为子孙造福的千秋大业。为了促进完成这一项艰难而光荣的任务，经有关领导机关批准，平阳县志编纂委员会决定创办《平阳县志通讯》，由平阳县志编纂委员会办公室主编，是内部发行的不定期刊物。

《平阳县志通讯》将刊登上级有关指示，各地修志经验，我县修志动态、意见、方志理论以及史志资料等等。她是全国修志工作者和热心史志工作的各界人士相互学习、探讨问题、交流经验、沟通信息、发表论述的园地。

编纂新的《平阳县志》，要在平阳县委、县府领导下，依靠全县人民、各民主党派、各部门、各单位以及社会各界人士的力量才能完成。毫无疑问，办好《平阳县志通讯》，同样有赖于各级领导、专家学者、史志工作者和广大群众的关怀和支持。

《平阳县志通讯》创刊号和大家见面了。由于我们水平所限，经验不足，错误之处，在所难免。殷切祈请大家的批评指正；并且希望大家积极撰稿、赐稿，共同办好这个刊物。

湖前下垟郑村兴学碑记

鳌江南岸湖前下垟郑村，系荥阳郡郑姓聚居之地。清光绪元年地建有郑氏宗祠，颇具规模。虽历沧桑巨变，而祠宇不废，垣墙依旧。近年经济繁荣，人民富足，郑氏后裔遵先祖之遗训，于1989年重建祠宇，时得林中各界人士资助。此祠原设小学，重建祠宇后，为振兴教育，扩建教室，为子孙后代造福。此乃社会主义之新风，两个文前并兴之伟举地。故镌碑记之，次传久远。

邑人郑立于谨撰并书

公元一九八九岁次已巳春月湖前镇下垟村村民委员会立

（此碑嵌在下垟郑村学墙壁内）

兴建公路碑记

人迹所及，久而为路，山区小径，蔚为康庄大道，皆人之所为，人之力伟矣哉。

苍南县龙港下垟郑至李家垟约两华里，昔日通路沿河迂迴修筑，高低不平。数百年来未曾更改。风雨晨昏，行人趦趄，商贾车辆，无法出入，有碍经济发展甚巨。鉴此，村民委员会倡议，镇人民政府支持，群策群力，先后集资捌万元，兴建公路，跨河架桥，两旁护以栏杆。此路连接浙闽干线。如今车水马龙，一片欢腾景象。是举，发起人郑克足尊嘱余为记。余深感修路造桥乃我国传统之美德，遂记之碑，并列集资者芳名于碑阴。

撰文郑立于

公元一九八九年春月龙港下垟郑村民委员会立

（此碑立于苍南县龙港镇公路旁）

玉腾庄园记

玉苍山西南有乡曰腾垟，庄园以此山此蝉之首字玉腾为名，亦是庄园主人黄祥源君之笔名也。

庄园依山构建，此山如只彩凤正栖息于山峦间，庄园就在彩凤胸前怀中。不时有鸾鸟在门前相聚飞翔。凤山背景，乃高耸云霄之九峰山，屏障罗列，古木森森，昔日月夜常有老虎在跳跃显威。园前九曲溪畔，人造湖下，有互通双井，深不可测。传有蛟龙潜伏，倏忽腾飞。此乃所谓龙腾虎跃鸾翔凤集之风水宝地也。黄君世业腾垟，刚二十岁，即离乡背井，奔波各省。其子女黄娟、允勤、允俭、和凤、允猛共度艰难岁月，终于长大成人，事业发达，皆属富足殷实之户。但这位远走高飞之黄君，当六十甲子将届时，抚今追昔，深思熟虑，却果断地选择晚年回腾垟定居，让飞凤重归旧地。

庄园于二〇〇九年动工，历两年基本建成。主楼面对玉苍山主峰，八面支脉环抱庄园。外表系欧式建筑风格，室内沿用中国传统矜式。堪称中西合璧，古今融合。上二楼是高敞宽阔会客厅，旁有藏书、弹琴、弈棋、写字、绘画、品茗等专室，文人雅士清高生涯常伴之物："琴棋书画"一应俱全，真是抱琴画以归来兮，愿将老而欣然。出侧门，尽是长廊曲槛，轩亭花石，从兴祥亭沿花圃盘旋上坡，又有祥和亭，皆系中国古典园林结构。坐亭中可浏览壁上石雕书画，四周变幻风云。园中所有匾额字画皆当今中国知名书画家之优秀作品。上三楼，是主客卧室，其墙外有长方形平台，以有机玻璃为障屏，俗称玻璃屋，任凭狂风暴雨、飞雪下雹，可与亲戚朋友在室内观看四季风物：花卉春荣，竹苞夏翠，红枫秋艳，松柏冬秀，不待登高涉险而四面峰峦溪涧，奇态殊状，尽人眼中矣。此时也。或泡一杯龙井茶，或抽一根雪茄烟，或饮一盅陈老酒，谈天说皇帝，忆旧话今朝，如嚼橄榄，苦极甜来，人生滋味无穷也。

站立园前，仰观二楼连山坡通道，原是一座石桥，极其庄重坚实。桥下清泉涌出，宛如小瀑布，直奔九曲溪，汇进东海。此意味黄君已逐步进休闲安逸之境，但殷期儿孙辈，如这股清流，奔腾向前，走向全国，走向全球，永远热爱故土。黄君十分关心梓里慈善公益事业，曾乐助修桥铺路，独资建设和谐亭与"玉腾毓秀"

石牌坊，从而引导到来贵宾欣赏千丈三折瀑，漫长九曲溪，蛟龙潜双井，一轮新眉月，清代木构，黄君对梓里之爱心和所作之努力，乃中毕民族传统美德。鉴于斯，因乐于为记。

辛卯年春月郑立于撰文

殷昭龙篆额幻邨书丹时年八十有二

（《玉腾庄园记》镌于苍南县腾垟乡玉腾庄园大门右侧巨崖上楷书贴真金，极其精致。）

腾垟后车村黄氏祖宅记

苍南县城驱车抵达后车村，最令人念念不忘者乃一座两层三楹之黄氏祖宅。祖宅系清代格局，精雕细刻，堪称杰作。此宅于清康熙年间由黄荣杰公始建，黄正阳公于一九七三年重建。三十年来，子孙兴旺，事业有成。在后裔黄允备率领下群策群力，选用精良材料，敦请建筑梓人，终于建成。宅后圜丘分层次种植榕、桂、橙、柑等，外有围墙。庭院约数亩地。林荫幽径嵌雨花石，更显莹润宁静，厅堂悬名家书画，后辈刺绣工艺。登斯楼也，风和日丽，视野无垠，背依高耸入云之九峰，而对蜿蜒八面之玉苍，山峦环抱，清溪流淌，今昔对比，感慨万千，是为记并颂以辞曰：先祖德风，激扬后人，勤学敬业，致富脱贫，传统文化，世代奉遵。

砚都　郑立于撰文並书

公元二〇一〇年岁次庚寅春月吉日

（此记镌在南非进口的优质木板上，悬于苍南县玉苍山麓黄氏祖宅大门一侧）

重建苍南东括郑氏宗祠碑记

东括村地处浙江省苍南县东南隅，望州山支脉环抱西南。燕窠洞景区位于村北。巨岩似将军，威武屹立，捍卫东海。攀越将军岭，可低赤溪、矾山，直达福建。一弯清澈溪流自东向西，沿祠前，跨江南平原，汇入鳌江港。此处自然环境极其幽深秀丽，堪称桃花源中一村庄也。郑氏宗祠始建于中华民国十八年（一九二九），为五楹，占地二百平方米。四周山峙渊渟，茂林修竹，鸟鸣声声，鱼游阵阵，一方人间福地，遐迩皆闻其名。后裔遍布括山、泗安、顶堡、矾山、白岩、北垟头、赤溪、中墩、马站、霞关、大渔、玉环、温州、杭州、安徽、宁德、江苏、宜兴以及福建福鼎、泉州等地，合族和谐，丁财两旺，后彦辈出，龙虎风云，此乃先祖德行之所荫使然也。

始建宗祠时，率先献计捐资者系族贤郑汝障也。汝璋字孟物，留学日本，回国后在审判厅法院为官数十载，为立法院候补委员，素以清廉公正称著，曾多次挽救抗日义士出冤狱。后为上海文史馆员，著有《抱一庐诗存》《吹剑集》等行世。此公之行迹止诣足以荣宗耀祖，教诲后人也。二〇〇六年台风遇境，祠宇被毁大半，后裔目睹此状，深感愧疚，于是纷纷倡议重建此祠，以延宗风。是年十月经民主协商成立修建宗祠理事会，随后略有增补（名单另刻名公布）。众议仍在原址扩建为七楹，占地面积约四千平方米，近旁尚留绿化地带。越二年，大功造成。现为前后双殿，左右两厢之双层仿古建筑，前后殿后有回廊连接，前殿宽三十五米，高十六米，后殿宽三十一米，高十七米。建筑面积共二万平方米，工程造价叁百万元。此祠气势宏伟，环境优雅，文韵丰厚，金碧辉煌，可谓美轮美奂之建筑矣！

郑继德、郑宗钏等首事颇为尽心尽力。工程前期，各地筹资一百四十八万元，确保主体建筑顺利结顶，后期资金缺乏，郑宗奋、郑宗健等族彦倡议楹联壁画浮雕等冠名筹资，二〇〇九年正月初二，各地八百宗亲前来聚会探祖，现场乐助八十余万元，其中郑宗斌捐门楼楹联一副壹拾万元，郑继用认捐门前石狮一对，后各地仍继续献资，其精诚可嘉。值此郑氏宗祠文化工程竣工之际，余感其先贤开创之业绩，后昆超越之精神，实可载入志乘史册也。因以为记，以传久远。

郑立于谨撰并书

东括郑氏宗祠筹建理事会敬立

公历二〇一〇年岁次庚寅春月吉日

（此碑嵌在苍南县东括郑氏宗祠大殿壁上）

《郑立于短诗选》(中英文对照)出版前言

中国是有五千年灿烂历史的文明古国,也是诗的泱泱大国,诗的艺术源远流长,在世界诗的艺术殿堂里有非凡的成果和宏伟业绩。共六届国际诗人笔会在中国召开,同时世界诗人大会一直准备在中国举办,无疑将中国诗坛和世界诗坛更加紧密地联系在一起,从而促进中国现代诗艺术的发展和提高,同时,也让中国现代诗艺术在世界诗坛产生更为深远的影响。

为让世界诗坛与中国诗坛相互加深了解,香港银河出版社现推出《中外现代诗名家集萃》中英对照系列丛书,陆续推出中外诗人的短诗选集,并将推出大型精美的综合选本,作为献给国际诗人笔会和世界诗人大会以及中外诗人们的厚礼。

本书力求充分展示中外现代诗艺术体裁和表现手法的多样化,盼能对中外诗的交流产生积极的影响。诗业的编者和作者们都积极热情,以对诗坛负责任的态度进行这项工作,这都必将获得诗史应有的评价。

(英语前言略)

2010 年 8 月 18 日

2002 年 9 月 6 日修改

(《郑立于短诗选》中英文对照,于 2002 年香港银河出版社出版)

《祖国的矾都》修订本后记

矾都是我国明矾的著名产地，矾都的明矾世界闻名。明矾在国防上、工业上、农业上和日常生活上都有极其重大的用处，是祖国丰富的资源之一。它吸引着国内外人们的普遍注意。

矾都是我的家乡。在新中国成立前我亲眼看到它满身血泪，历尽无数苦难；新中国成立后我亲眼看到它在共产党的领导下奔腾前进，欣欣向荣。每当我看看眼前，想想过去，就有一股热泉在周身奔流，就有一种力量在鞭策着我：拿起笔，把家乡的新面貌描绘出来吧！几年来，我就是凭着这一股热情，多方搜寻有关矾都过去和现在的资料，编写了这本书。其实在这本书里，并没有把矾都面貌描绘出其万一。

这本书从1957年秋天开始编写以来，曾先后修改了四次，每次写好时，都感到不满意。特别是"矾都在跃进"这一章，因为刚刚把它写好，矾都又跃进了一大步，写出来的东西又好像有些背时了。这里编写的材料一般是到1959年"五一"节为止，"五一"节以后的巨大变化，只好留待下次再版时再补充了。

关于矾山开发和工人斗争这方面的历史，因为过去遗留下来的书面资料不多，所以，大都是靠调查、访问，根据老工人的回忆整理的。这方面的史料还很不完整，今后还准备进一步加以收集补充。

这本书是在党委的支持下写的。在收集资料和图片的过程中，得到平阳明矾厂联合公司党群部门陈传成、卢立辉、黄中盘、陈慕雄、林文浩等同志的帮助；书中并有九幅图片是平阳明矾厂联合公司工会供给的。特别是中共上海市新成区委会林辉山同志和中共上海有线电厂委员会郑衍宗同志，在百忙中挤出时间写来了当时党在矾山领导工作斗争的有关重要史料。编写过程中得到卢声亮、徐新对等同志不少的帮助。写好后，又由朱为松同志对全文作了校正，在此一并致谢。

恳请地希望读者指正。

郑立于

1959年5月21日

（《祖国的矾都》（修订再版本）于1959年由浙江人民出版社出版，封面版画系著名版画家赵延年镌刻，被评为浙江建设新面貌丛书的标兵书）

《青春的火花》后记

修改完这本小集子，即将付印的时候，我不禁热泪盈眶，凝神遥望着北方晴朗蔚蓝的天穹。

这本小集子大部分篇章是四五年前陆续写出初稿的。集子虽小，遇到的困难和挫折却很大。林彪和“四人帮”在浙江的代理人，为了篡党夺权，把浙南地下党打成“叛徒网”，说浙南的叛徒比当时地下党员的数字还多，甚至连对我省第一次党代会也不予承认。他们对宣传伟大领袖和导师毛主席亲自培育的我党我军的优良传统，对宣传革命前辈前仆后继、艰苦奋斗的崇高精神以及他们的光辉业绩，是恨之入骨的。瞻仰革命先烈遗迹遗物，说是“怀古”；走访革命老一辈，说是“跟着民主派、走资派搞阴谋诡计”，设置种种障碍，给予刁难，甚至对撰写人进行批斗，我差一点还要经受铁窗之苦。当时我知道他们是不会让这本书稿出版的，曾一度搁笔。但出版社有关同志看了我写的初稿，却热情地鼓励我写下去。于是，我在身受“四人帮”及其资产阶级帮派体系迫害的困境中，鼓起勇气，默默无声地继续着这一工作。

革命老前辈林辉山等同志对这本集子是极其重视并倾注了心血的。林辉山同志在受林彪和“四人帮”严重迫害的日子里，毫无畏惧，极力鼓励我进行这一工作，邀我一起多次访问了闽浙边界革命老根据地，提供大量珍贵的资料和情况，亲手修改了有关篇章，并写补充材料。有的篇章实际上就是他本人的革命回忆录。

在修改过程中，得到中共温州地委宣传部、中共平阳县委宣传部的关怀与指导，得到许多同志的支持与帮助。在此，对曾经热情支持、指导和帮助我的同志表示衷心的感谢！

由于浙南地区过去受反动派摧残极其严重，资料不足，书中的缺点和错误一定不少，殷切地希望读者特别是曾经在浙南游击区战斗过的老同志批评、指正。

作者

一九七八年六月于杭州

（《青春的火花》1979 年 1 月由浙江人民出版社出版，初版印行二万六千册。）

《南雁荡南麂岛揽胜》后记

为了让海内外人士较系统、全面地了解南雁荡山、南麂列岛从历史到现实的状况，特编撰了这本书。

本书游记与诗词由陈镇波从大量志书文献中选摘，加标点并校正一些误植之处。张声和经几次实地考察，撰写了西湾景区已发现各主要景点。其它篇章，均为郑立于编撰，并对全文统稿。县志顾问池欣昌反复审阅了书稿，作了若干补充、订正。

南雁荡山风景名胜区按旧志包括盖竹、钱仓等景区，现在补充了新发现的西湾景区。

书中所选的游记和诗词，其中唐代河南节度判官吴畦的游记，据考证，其人其文皆有疑点，但在明代中叶已见陈毗《南雁山记》；李皋、路应等诸家诗作同样有不同看法，但旧志予以收录。为了反映景观旧貌并为进一步考证提供方便，所以选上了。诗词分景区选录，为减少篇幅未加注释。

本书编辑过程中，参阅了历代多种《平阳县志》、地方文献、《重修浙江通志稿》、《南雁荡山志》以及平阳县人民政府办公室、县科委、县文化局、县城乡建设环境保护局、县水产局、县南雁荡山景区管理局、县南麂列岛国家海洋自然保护区管理等单位的有关资料。叶德喜、郑志兴为新编《平阳县志》稿有关南麂章节收集、整理了一些素材。漓江出版社聂震宁、金德宣两位负责同志对书稿作了认真处理。金氏平阳鳌江人，对本书的出版倾注了爱乡热忱。书稿付梓前，华东师范大学苏渊雷教授很快接受我们的敦请，寄来了封面题签。在此，一并深表谢意。

本书结构还不很完善，有关“两南”景点还有遗漏，文中会有一些差错，敬请读者指出，待有机会再版时予以订正。

（《南雁荡南麂岛揽胜》由漓江出版社出版）

《百鸟诗集》后记

这是献给诗歌喜爱者和鸟类喜爱者的一本小诗集。希望得到青少年朋友的好感和好评，也殷切希望得到中年朋友以及老前辈的关注和批评。诗集虽小，前前后后花了将近四十年的时间。

我的幼、少年时代是在山区度过的，鸟类是亲邻也是挚友，在纯真的心灵中留下了鸟语花香深刻而又美好的印象。1958 年，看了郭沫若先生在《人民日报》副刊上发表的《百花齐放》，我就试图写了《百鸟诗集》。当时，我正年轻，才二十岁，有几分雄心，也就毫不自量地去追赶郭老了。于是深入了解鸟类习性，着手收集有关鸟类资料，并断断续续地写起来了。1959 年在《俱乐部》上发了六首，当时编者来信，鼓励我写到一百首，由于“左”的风不适宜花鸟虫鱼一类的作品生长，发不出去了。后来在福建地方报上发了几首。其间，写到五十多首时，曾把诗稿寄给郭老看，当时中国科学院办公厅曾写来热情洋溢的回信，说郭老出国访问去了，鼓励我写到一百首以后再寄给他看。后来就中断了。“文化大革命”中，诗稿连同有关资料全部被焚。

在党的十一届三中全会的春风里，我的旧念头又萌出新芽来。中国诗坛既有了《百花齐放》，古人也有许许多多咏百花咏百鸟的诗篇，为什么当今诗坛上不能有《百鸟诗集》呢？同时随着现代科学的发展，日益意识到保护鸟类对生态平衡的重要作用。“没有人类鸟类还能存在，但也不是完全没有道理的。”为了使全世界已知的八千六百多种鸟类，而我国居世界第一位的鸟类代表——百鸟能够在祖国上空自由飞翔，在祖国大地安居生息，让诗与科学在百鸟身上结合，于是又下决心，继续进行这一项工作。《百鸟诗集》初稿写成后，得到了上海人民出版社青年读物编辑室的重视与肯定，已列入选题计划，后因书市形势的变化未能及时出版。随后集中精力主编出版了 150 多万字的新编《平阳县志》，又把这本诗集放在一边，一晃又将近 10 年了。

近年根据文艺界、科技界一些同志的意见，对诗稿作了全面的修改，并对每种鸟作了简明的介绍。有了简介，就不要对有的篇目作题解和对有的诗句作注释了。写作时，参考了《中国动物学大辞典》《本草纲目》《中国经济动物志》《爱鸟知识手册》《爱鸟·赏鸟·养鸟》《观赏鸟的饲育》《鸟之巢》《鸟类趣谈》《花鸟的故事》《咏鸟诗话》《世界国鸟集锦》以及人民美术出版社和岭南美术出版社分别出版的《鸟谱》，同时收集了报刊上有关鸟类的文艺作品和科学知识，此外，还参阅了古今中外有关花鸟兽禽的科学资料如《异兽珍禽》《古人咏百花》《鸡蛋也说话——有趣的动物语言》等等。

在修改和出版过程中，十年前，中国作家协会浙江分会为作者提供了深入各地体验生活，参观访问的方便。全国政协副主席、著名数学家、诗人苏步青先生向出版社推荐了这本诗集。专家、学者及有关人士刘锡荣、曹香秾、莫洛、董希华、王擎峰、周景标、林声足、翁恩义等也给予很大鼓励。漓江出版社聂震宁、金德宣两位负责同志以及总编室魏志明同志为此书也花了很大精力。在此，均深表感谢。作者一贯不善于料理生活，以往出版了几本书，主编了《平阳县志》，都赖内人黄丽容无微不至的照料生活，所以也该提一下，这是内心真诚的表白，也是对平凡劳动的尊重。

这本诗集，在表现形式上力求多样化，新旧并存，不拘一格。但其思想性、艺术性、知识性、科学性都显得不够，有的地方可能有差错，热切祈望得到鸟类专家、鸟的知音者、诗人以及各界读者的指教。

（《百鸟诗集》由漓江出版社出版，评论家、诗人巴一桐、张诗剑在香港《文汇报》上发表长篇评论，作者被誉为“鸟国诗人”。）

《郑立于楹联选集》自序

近年来，文坛挚友不断催促我将以往已出版和部分未付梓的文学作品合集出版。联界前辈更鼓励我将撰题的联句结集出版。百龄老人张和光先生还亲笔撰题楹联赠我，联云："潇洒如君，放棹西湖，举杯邀得三潭月；蹉跎似我，滥竽南郭，设灶难成九转丹。"

进入新世纪，我对台海局势最为关切，去年即在撰题的联语中找出几幅以"情牵两岸"为题，寄给台湾台北温州同乡会伊竑理事长，他拆封看了稿件，立刻给我来电，交谈甚欢，电话即将放下时，会刊郑行泉总编和两位从未谋面的编委或编辑先生争着与我通了话。他们一致肯定拙作的思想内涵和表达风格，随即挤出已经排定的版面、刊出我用毛笔写的稿件。当伊竑理事长尽全力相助马英九选举大胜时，又惠我手书函件，鼓励我出联集，继续去稿，支持台北《温州会刊》。我想，在中国文坛漫长的历史长河中，样式只有"两句头"的楹联作品，竟能拨动两岸同胞的心弦，引起彼岸温州同乡会领导人和有关学者的高度重视，实在令人喜出望外！这该是形势使然，也是楹联这一文学作品的实用功能。

为了蒐采、辨认、研究西湖楹联，常请教于许多楹联、书法大家。关于古玺、石鼓、大篆一类古文字的探讨，中国美术学院教授、西泠印社副社长刘江先生给予极大的教益。2006 年 11 月初旬的一天，在与刘先生闲聊时，我贸然向他提出，能否为我的联集题签，我的集子还未集好，可以慢慢来。他欣然同意。想不到只隔一天，即接到赵志远先生来电，说刘先生给我的题签已经写好，待他到香港开完个人书画展回来给我。我随即打电话给刘先生，深表感谢。但电话没有接通。11 月 14 日下午前，我又接到刘先生邮寄交给我。一周后，赵君从香港回来，又将刘先生的题签交给我。我一时惊喜欲狂，即刻拜览；一大一小，皆心血凝成的精品。两方印，形制各异，与文字匹配得十分均称。刘先生备至的关怀与策历，使我永志不忘。看来，拙作联集要赶快出了。

着手这一工作，由于年近八秩，数次移家，凑齐已有的拙著和相关评论文稿，感到有几分难度。尤其是自己撰的楹联，早期较少留有初稿，即使留着初稿也是散放在各地藏书"言志楼"中，一时难以找到。幸好一些文友为我四出寻找，或找到楹联镌刻处抄录寄来,或拍了照片寄来。在温州工作的刘裔樵君不仅拍来我撰题的联句、碑记,还赠我一联:“史笔若椽,亭古问津留妙对;文章华国,寺新广慧撰功碑。”三十多年,与张鹏翼、苏渊雷、唐唯逸诸先生同时撰题给九凰山北麓太平归元寺的楹联,因寺院一再重建,方丈通如法师已示寂,住持又多次更替,现在连楹联踪迹也不见。还好,我撰的那联的底稿,还夹在《中国词学大辞典》中。三年前老友王良松谢世,没有拟草稿,匆忙间写的那副挽联,是陈崇贵、陈肖粟二君从良松兄亲眷家中抄录用电话报过来的。甚至还有一些方外人士从远方寄来我撰题的联句。直至看书稿清样时还接到从杭州用电话报来的联句,它是从石城山区传递过来的。这些皆使我激动不已,深表谢忱。

因此,此次付梓的选集,只有二三百副楹联,并不是从众多联句中选出来的,而是随意凑合起来的,没有分部类,也没有以时间先后编次,只是以“中华山水”“故国人文”分为上下两编,恐有良莠不分之嫌。敬请文坛、联界方家学者与读者指正。待此选集今后归入文集时再作增订、调整,以祈趋于完善。

我对楹联为什么有较浓兴趣,得追溯到少年时期。读高小,暑假常进修古文、古诗词。读初中,记得有两位老师先后教过我的国文课,张鹏翼先生好古文,用的是古诗文讲义,课本让我们自己读,不太予以解释。常说学做诗读熟一部杜诗就够了。另一位宋之镛先生爱近、现代文学,对朱自清的散文格外推荐。班级办个名叫“雁行”的墙报,我们也在“雁行”里发表习作。

1946 年就读于瑞安高中,瑞安尚文,“王海楼”是个光辉标志,我们常到仲容文化馆借阅书籍。欣赏瑞安各处豪宅的楹联匾额。国文老师常将唱和的诗词,油印后贴在礼堂的墙壁上,让大家评论。一日,我鼓起勇气,悄悄地将习作五言律诗《山居偶成》求教于国文教师林建庵先生。他看了以后,斜着脖子点点头:“不错,这其中‘屋破知明月,床寒识朔风’最有诗意,开了诗眼,也是一副好对子”。从此,我对诗,尤其是对对联产生兴趣,往往先在脑海里跳出对子,就是所谓颔联或颈联,然后才构成了一首律诗。当时瑞安街坊,有许多旧书店,兼售古董货,课余或假日,常与谢盛培、陈镇波、萧耘春等同学到那里逛逛,也买了一些廉价的古籍、书画或古董。六十多年了,如今“言志楼”中还存有上海春明书店印行的《诗韵集成》《作诗百日通》以及庚申冬月醉石氏作的陶瓷制品——墨水壶。有个星期天,几个同学玩到瑞安西门外山坳里的滴水崖,看到“滴水崖头崖滴水”的景象就联想起“飞云渡口渡飞云”,这就是天然构成的佳对。如今苍南县有个观美镇,昔日叫观美村,每年庙会搭台演戏。曾有耆宿以“观美人,观美人,台上假美人,台下真美人”求对。南雁荡与北雁荡都有“听诗瘦”景观,试对以“听诗瘦,听诗瘦,崖巅僵诗瘦,崖底活诗瘦。”南湖有防讯排涝的“水闸”,若以“水闸水闸闸闸水”与南雁荡山云关景区“云关云关关关云”凑对，虽出对庸俗，但也成对。再更深地回忆，幼年时每逢过年，家人在灶头摆了糕点果品，在灶神位旁贴上“上天奏好事，下界保平安”的对联，以及住宅大门台柱上镌刻那副“几叠好山野树外，一弯流水水桥西”联句都为我的楹联创作起了“启蒙”作用。

在长期的探索、实践中，我体会到，楹联是在诗、词、曲、赋等民族传统文学发展过程中萌生、成长以至蓬勃兴起的一种文学样式。作好诗词，不一定就能作好对联。对联创作应充分吸收诗、词、曲、赋的养分，讲究对仗工隐，注意平仄节奏，更应注意道德文化修养，科学地考察自然，辩证地分析人文，深入地积累生活，从而体现时代精神。本着读万卷书，行万里路，结万人缘的宗旨，言志楼各处藏书约有三万册。其中一部分是古今联集和文字辞典。言志楼如今四代人凭各自专业所需收藏图书，大部分是中文，也有译文，也有外文原著。走访祖国名山大川，不管旅途多么劳累，我都记了见闻笔记，并把具有代表性或联集里没有见过的联句记录下来，半个世纪以来，难以计其数。单杭州西湖一地，约有三百多万字。在已出版的《西湖楹联大观》跋和增订再版本跋中，对楹联的相关事宜谈了一些看法。在收入《西湖全书》的《西湖楹联》中的历史背景和对联名内涵的理解写了一些文字。在待出的《西湖楹联大观续集・名人名联》中将对联语撰题者的苦心谈一些领悟。学撰联，功夫在联外。因此，不忌附录过杂过长之，将有关文字附在后面，为自己学习探索楹联这一文学样式留下足迹。待日后出文集时再分部类归入各册。

中华人民共和国国务院已将文化部提出的对联习俗列入申报世界非物质文化遗产项目。在伟大祖国的土地上，在环球的华人中，这是一件多么令人欢欣鼓舞的大事、喜事。

期盼祖国长治久安，繁荣富强；期盼两岸海田风定，天宇月圆；期盼楹联奇葩怒放，瑰丽多彩！

郑立于2007年秋月初稿于厦门鹭江滨言志楼五舍

2008年初夏定稿于温州市苍南县城言志楼一舍

（《郑立于楹联选集》于2008年3月由诗联文化出版社出版）

第三部分

古体诗

九华山李白书堂

世外桃源地，
化城访谪仙。
幽泉通万古；
银杏越千年。
精舍留踪迹；
唐碑镌稿笺。
诗宗何处去？
杯酒对苍天！

（刊于1988年第三期《江南诗词》）

李白书堂在九华山化城寺东，初建于唐天宝（742—756）末年，书房旁边还保留着“太白古井”和李白手植的两株银杏。古老的无相寺墙上还嵌着李白的古诗碑。

谢云学兄首次在北京美术馆举行书法展赋七律一首聊表情惊

世事飘沦旧梦寻，
临池不息返童心。
乌金抒写漓江景；
枯笔追思雁荡情。
纸上轻舟藏意象；
崖间瘦竹显精神。
刘公指摘进幽境，
独秀峰巅再攀登！

全国重点文物保护单位苍南蒲城建城六百周年纪念

蒲城虎踞浙闽间，
变幻风云六百年。
举旗抗倭抒壮志；
育才重教洗愁颜。
华公遗著余香在；
陈老忠魂带血还。
国殇丰碑天下立，
千秋劭德泽人寰。

题《苍南县志》评稿会

九月金秋百鸟欢，
专家学者集苍南。
纵论今古三江水；
横剖是非八面山。
建政十年功赫赫；
志书一部汗潸潸。
高风遥接刊新著，
已故诸公尽笑颜。

《苍南时报》创刊

杜鹃红残沐甘霖，
樟树香蒸万物兴。
时报创刊归众望；
飞禽识途觅知音。
促进经贸通中外；
嘉谋善政鉴古今。
编者自当扬其帜，
喜闻雏凤发清声。

京华尤有中先生在横阳故里举行画展赋此祝贺

漫步展厅雅趣浓，
环观四壁尽玲珑。
精华中外相融合；
技艺古今互贯通。
炽烈亲情铭肺腑；
腾飞梦想上凌空。
京华画苑称名手，
难得群山又一峰。

戊辰年孟春

喜读浙江古籍出版社社长刘耀林赠校注出版《夜航船》一书

少年玉海读琅环，
梦里追思夜航船。
百载沉潜天一阁；
独家校注卷双全。
山川日月启智慧；
草木鸟禽结俗缘。
深感刘公多建树，
东方既白再扬帆！

《夜航船》系明代张岱撰，近人刘耀林校注，由浙江古籍出版社出版。

题古横阳江畔江君书画作品展

旧梦依稀宿江家，
庭园林茂燕飞斜。
砚田三代涓涓水，
艺术一朝处处花。
章句题书别有韵；
山川入画净无瑕。
丹青之外功难尽，
巨笔彩毫描晚霞。

丁丑年春月

平阳中学建校五十周年纪念

松涛汹涌地蓁蓁，
长夜茫茫曙色新。
建校育才浇汗血；
抗倭救国献心身。
有情鳌水奔流急；
无税砚田磨砺勤。
世纪年轮刚过半，
广宫大庆喜逢春。

仰霁亭落成纪念(二首)

赵奥别业怀古

南宋爱国诗人林景熙归隐横阳后,在县城西郊马鞍山麓筑赵奥别业。明代曾任东道监察御史之吕洪在故址建府第。直至清代嘉庆间,金石学家苏石皤又在此遗址上建大雅山房,而今荡然无存矣。

应邀残月共徘徊,
别业遗踪几测猜。
半亩池塘淤作圃;
数丛新竹翠成堆。
山间未遇吟诗叟;
旷野喜逢竞骑孩。
故址沧桑经劫后,
林苏史册集琼瑰。

谒林景熙陵墓

鳌江东流放曼声,
雁山南峙竖碑铭。
卧牛万古酒长醉;
诗伯千年梦独醒。
犹记冬青亡国恨;
永怀杜宇效忠情。
高亭仰霁陵前立,
日月昭昭正气横!

丁卯年初夏于横阳言志楼

此稿刊于 1987 年 5 月 20 日《温州日报》

收入林步宽主编、中国文化出版社出版的《仰霁集》)

登黄山天都峰

黄山高耸入云霄，
万仞天都削似刀。
风过松间听虎啸；
雾生足底瞩海涛。
游人逼后难停步；
悬石挡前竞折腰。
天下奇峰千万重，
登临自诩是英豪。

（此诗刊于安徽某诗词杂志）

《平阳报》再度复刊永志

1994 年元旦

曾忆苏公赠墨瀚，
如今喜庆报重刊。
峥嵘岁月开新局；
荟萃人才出华篇。
求是辨非宜谨慎；
审时度势更艰难。
同仁同德同攀越，
山外有山别有天。

中国民主促进会平阳县支部成立纪念

神州大地降甘霖，
今日民进喜诞辰。
四化攻关共握手；
百年大计得知音。
人才雅集长苍蔚；
智慧幽泉永啸吟。
祖国前程无限好，
相倾肝胆献丹心。

翁恩义创建百吨冷库落成志庆

南极搬进斗室中，
年年四季是隆冬。
广寒宫里梦初醒，
酒绿辉映醉脸红。

山居

独处此山中，
丹枫满舍东。
鱼游湖水碧；
雁过远峰红。
屋破知照月；
床寒识朔风。
莫嘲樽浊酒，
无意学陶公。

（此稿撰于1945年，就读平阳中学时。次年在瑞安中学高中部就读。当时老师们常将自己唱和的诗词，油印后贴在礼堂的墙壁上，让大家评论。我将此初学律诗求教于林建庵先生，他点点头说："不错，这其中'屋破知明月，床寒识朔风'最有诗意，开了诗眼，也是一副好对子。"从此，我对诗，尤其是对对联产生很大兴趣。）

无题

山中虎豹多，
白日闹风波。
舌短难诉说，
悲愤落野歌。

笔者念小学五年级时，一天中午放学回家吃饭，爬上砚山西坑岭时，巧逢小脚的母亲被镇公所人员推推搡搡强制下岭，说是拒交捐款。我据理力争，无济于事。愤慨胡乱写了这四句头的诗。这是七十年前的事了。此次收入文选，便以“无题”为题了。

祝县文学艺术界代表大会胜利召开

时光流逝八春秋，
成集群贤上层楼。
双百方针开大路；
两为决策运良谋。
文擅新竹长千个；
艺苑青松第一流。
劲风夜半扫黄叶，
潮来船发古鳌头。

张鹏翼夫子九秩华诞

曾忆凤山受业时，
晨昏相处沐春晖。
鸡毫飞舞留翰墨；
鹤发飘逸赋古诗。
少壮竹梅明大节；
老迈松柏展新枝。
欢欣九秩寿辰日，
预祝百龄定可期。

忆金公长瑞安中学

古柏森森卓敬祠，
春秋四十忆吾师。
冰销铁骨知行者；
气贯柔肠务实之。
玉海导航寻艺贝；
飞云拨雾启幽思。
一生心血丰硕果，
桃李园中竖大碑。

注：金公，乃金嵘轩先生也。

温州诗词学会成立纪念

艺苑东瓯盛。
宗师乃谢公。
四灵升蹊径；
三雁镌遗踪。
东海潮声急；
西山月色浓。
诗坛招落魄，
把酒望长空。

祝贺县人大、政协盛会召开

横阳新雨后，
绿树映丹榴。
雁荡汇三教；
鳌江集九流。
群贤论国是；
盛会献良谋。
七五开宏图，
征程越从头。

矾都举办首届明矾节永志

万里秋高景色新，
明矾佳节最关情。
饱餐苦涩先行者；
阅尽沧桑后继人。
石伞犹牵千载梦；
珠玑可澄五洲尘。
浮钟不必鸣征兆，
故国矾都永扬名。

矾都乃余之故乡，此诗在前明矾节数千人的庆祝大会朗诵，并刊于地方报副刊。近期由著名书法家谢云书写，镌刻于珍贵木板上，分别由苍南博物馆、矾都博物馆收藏。

电视大学工作站建站十周年纪念

荧屏仅咫尺，
天地阔无边。
甘露润平野；
春风拂心田。
九州集知识；
百载出俊贤。
创业十年苦，
辉煌谱续篇。

陈肖粟君邀余参与档案对外开放大会

如山故纸蒙尘埃，
采掘矿藏锁匙开。
血泪行行陈历史；
珠玑字字话未来。
旁征博引求公决；
震古烁今育德才。
道路崎岖凭毅力，
纵观红日上高台！

谒北京孙中山先生衣冠塚

缓步徐行入碧云，
苍松肃立柏躬身。
先生已去衣冠在；
晶柩空留嘱语存。
骇浪惊涛创业绩；
呕心沥血为人民。
江山一统时来近，
告慰九泉爱国魂。

寄横阳各界诗友

壮丽山川万象幽，
横阳从古出名流。
樵夫爱国吟圆梦；
渔者忠心咏泛舟。
鳌水中分兴百业；
英豪竞逐各千秋。
骚人成集抒奇志，
必有佳篇代代留。

雪鸡

玉雕世界悬云端，
万里空灵不胜寒。
羊迹追踪寻契友；
连根拌雪供盘餐。
飞黄腾达初衷违；
远瞩高瞻智舍宽。
竞渡银河时已屈，
漫游方国再联欢。

海燕

乍见形相似，
非同紫燕源。
远洋攻技艺；
绝壁建家园。
飘泊乡音杳；
归来笑语喧。
最亲行旅者，
相携度云天。

第四部分

赋

矾都赋

郑立于

天地人和谐，日月星恒行。遥忆古时此岰兮，高山重重虎伤人，不见青苗光赤土兮，赤垟因此为地名。先行者饱餐苦涩兮，后来人备受艰辛。千载矾都创业史兮，石雨伞、九担窑可资证明。不管明矾发明者是谁兮，老百姓统统尊之为神。供奉明矾始祖之石宫兮，系朱程将军就读之韫山小学前身。赤垟早兆赤色梦兮，陈百弓谢婉伉俪齐成仁。陈正鹤头发献母示诀别兮，朱善醉为抗日壮烈牺牲。山韫宝石石韫才兮，矾都优秀传统革命精神永传承。

千载矾都开拓史兮，工人就是主力军。昔日矿硐如地狱兮，进洞宛如入鬼门。死去百年无钱葬兮，葬了三天竟还魂。从烧火龙到现代化，整整经历五百春。厂工技术廿四种，冬熬霜雪夏高温。苦炼明矾技艺巧兮，全凭智慧扭乾坤。石伞犹牵千载梦，珠玑可澄五洲尘。现代交通多便捷兮，肩挑工人随改行。那惊心动魄之路名兮，入史册任后人漫评。1930年建成之工会所兮，是陈步银为首之工人们血汗结晶。那五间大洋楼虽被毁灭兮，却灭不了无穷力量的象征。

鸡笼山是矾山最大矿脉兮，构成矾都恢宏而壮丽之全景图。直挂山腰之苦竹湾兮，如今苦尽甘来，纳福行德，列入中国历史文化名村录。其渊源典故可让专家研究兮，可由世人解读。那湾角白马爷庙之石碑兮，乃康熙皇帝之诏书。赤垟山炼矾浆水恩准入海兮，明矾业得以延续。浙江分巡温处兵备道兮，下令严禁阻碍运输明矾船只之出入。朱仁卿赤垟八景诗篇兮，描绘鹤顶天湖周边景色之情趣。地灵使人杰兮，人杰千里驹。谢青洲芳崖吟稿崇敬儒兮，谢青扬文集称愈愚，谢香塘命薄讲情厚兮，红余诗词心血枯。巴拿马国际博览会获奖者兮，是王广源提炼之虎标明矾大明珠。朱郑卢陈李张黄诸氏齐奋进兮，伴奏经济文化协调进行曲。郑宗琳一把京胡饮誉艺苑兮，王文川设想挑矾驱使骆驼。郑春甫心算堪与电脑比速度兮，刘朝宝矾塑技艺实属仅有绝无。无名氏采矿炼矾绝技不外传兮，曾玉钗婆婆百龄还能吟诗写楷书。众多学者、专家、名流来矾考察、探秘兮，最难忘苏联专家列别金采夫。一周踏堪探索调研兮，呕心沥血写出开拓矾业意见书。

辞曰：鸡笼山北坐分南脉兮，天湖水西流入东海。明矾始祖展眉开怀笑，水尾深潭浮钟响起来，矾都申报世界工业文化遗产帷幕已掀开。祈千年梦想能成真兮，让国人高举双手高呼，为矾都之过去、当今、未来，干一盅国产茅台。

平阳城赋

两浙咽喉，八闽唇齿，平阳形胜，一方独秀。置县肇始西晋太康四年(公元二八三年)，城址相传名士郭璞遴选。仙坛昆山若斗牛，对峙于前；石塘鸣山如伏虎，拥障于后。纵连沃壤百里，雁山重重；横接碧波万顷，麂岛点点。美哉，气象万千得天独厚之平阳城！历千载涌现各类俊彦，近百年更是群星灿烂。谢侠逊巧构棋局天下谁敌！苏步青数学泰斗全球饮誉；马星野报界巨人海外获奖，吴景荣英汉巨著国际扬名。喜哉，古今文武精英荟萃之平阳城！天沉沉兮风悲，夜漫漫兮雨苦。平阳人民自强不息，坚持抗争。金钱会起义，震雄风于浙南；神拳会运动，竖旄旗于仙坛；红十三军攻城，夺印鉴于县堂密室；抗日英豪奋起，卫尊严在中华国土。短刃与长枪相搏，热血与头颅齐飞。昔日悲惨场景，如今遗踪尚在！壮哉，富有英勇革命传统之平阳城！

古时县城周一里余，呈椭圆形，南北斜长，东西差缩。至元代至正年间，城廓重筑，周三里八十步合六五三丈，原城有敌台八座，窝铺二十八座，樵楼一座，四城门各有吊桥一座；东曰挹仙门、长青桥；西曰登瀛门、白石桥；南曰通济门、普济桥；北曰迎恩门、永安桥。抗战时期，日机轰炸，弹痕重叠，雉堞圮尽，至民国二十三年全部拆毁。嗣后数十春秋，虽略有整修，但不敢跨越城池。山高城小，人多地少，房舍参差，相互枕藉。行人匆遽，啄冠帽于低簷；道路坎坷，湿履屣于深窪。厉风更兼急雨，令人心惊胆寒。巨树伴危房倾倒，人畜随浊水漂流。强者远走高飞，弱者困守家门，自足于清茶淡饭，未敢于革故取新。惜哉，自我封闭自我保护之平阳城！

历史潮流汹涌澎湃，改革开放天风浩荡。高瞻远瞩，拓宽思想境界，政通人和，描绘建设蓝图。始于一九九一年冬月，历经五个春秋，高楼栉比，大厦林立，轮奂翚飞，街巷井然，扩大数十倍之城市，终于在人民手中托起：其时也，登极顶以啸傲，环幽径以吟咏，观园林之花鸟，闻古寺之钟磬，综览种种建筑，传统文化与现代新潮携手，愚公精神与科学态度结合。伟哉！宏构雅观超群出众之平阳城！平阳物华天宝，四季如春，人口众多，元代曾一度升为州治，近年更以擒龙伏虎之势，将九凰坠道，昆鳌大道贯通斗牛之鼻，直达鳌江港，形成昆鳌组合城市，其西以南雁荡山为背景，江河似彩练入东海，集镇如珍珠缀其间，此乃山岳型国家重点风景名胜区也。其东南则以南麂列岛为屏障，天生资源得护养，蓝色土地任耕耘，此乃国家级海洋类型自然保护区也。屹立铁岭之通福门，阅尽沧桑，三易其名，旧城郭唯一遗留之古建筑，由其作了历史见证：不设城墙之平阳城，扩展至如此格局，前人难可逆料。如今通福门，真正成为通向幸福之门！平阳不独是座城市，抑又为大洋之门户矣！高据中轴线上文明塔，将召唤物质文明、精神文明取得更巨大成就，趋向光辉灿烂之未来！

邑人郑立于撰文

公元一九九七年岁次丁丑春月

苍南赋

三十年前，细觅中华图志，未见苍南名。世纪当今，触目祖国传媒，常闻苍南声。苍南县兮，于湍激浪潮中诞生；于泥泞曲径上前进；于温煦阳光下成长；于乾坤正道内飞腾。

追溯史前兮，先民飞土逐害，渔猎为生，沧海桑田，开辟农村。晋太康间兮，隶横阳县。后分置平阳兮，其时绵长，因适人口繁衍兮，经济逐步发展。一九八一年兮，始新设苍南县。从此屹立于中国，彰显于世界。

综观县境，气象非凡。扼八闽之咽喉，通两浙之关山。南雁荡锦绣画屏兮，迤逦县之西陲；玉苍山势似苍龙兮，盘亘邑之东南。幽泉飞瀑，清溪深涧。汇百水入塘河兮，贯三江过平原。旷野雄狮戏球兮，远洋海市蜃楼。立望洲山之巅兮眺望，雄矣哉；岛屿星列，归帆点点，渔歌互答，灯光闪闪，漫长之海岸线兮，似璀璨之金花环。远方郁蔚之宝岛兮，乃同语同源之台湾。

遥忆昔年，金东两岸往还，开发台湾规划，行腾存牍堪翻，宿愿未酬，遗憾人寰。张琴捍卫宝岛，德威诚信并兼，逝于任所，返榇霞关。至于林烈敷考察西北，殷汝骊开发琼崖，其黄粱梦今成现实，让先行者闭目安闲。

畴人运筹，为科学技术鸣锣开道。黎应南续成开方说，黄庆澄首创算学报。姜立夫为中国现代数学奠基，姜伯驹乃当今数学英翘。一门乔梓两院士，三世畴人枝叶茂。李蕃三角教程兮，无人不晓，杨忠道代数拓仆兮，美国称豪。梓里尚有众多口算、心算、珠算、换算高手，功能何尝逊于电脑。

苍南黎庶，深研新山海经。千年矾矿开采兮，万国博览扬名，得祖国矾都之美誉兮，培万千钻探之工人。毕昇术一再创新兮，印刷业海内人钦。黄道婆体恤贫寒，百衲衣温暖穷人。马站柚生四季，五凤孕育香茗，血橙垂挂三边，花卉瓜果超群。靠山吃山，绿化荒坡万亩，野禽猛兽归林。靠海吃海，挡住惊涛骇浪，围垦海涂千顷。筑高塘于沿岸，宛若长城。金乡蒲城昔有戍堡，确保家乡安宁。龙港聚户十万，名曰农民之城，县治灵溪无城，俨然县城。而今老城整修复旧，新城格外繁荣。人云众志成城，诚无愧名城也。

苍南俊士文人荟萃，遗篇累世堪珍。陈桷宋史蘸其业迹，有文集十六卷，深厚峻高，人羡才史豪情。王自中胸怀实学济世，撰厚轩集五卷，节概超卓，胸有百万雄兵。彭仲刚有彭监丞集，叶适为其铭墓志，庶民赞其察明镜。状元徐俨夫撰有桃渚集，一任征龟成鳖，绝不拜狗作龙。道士林灵真撰辑济度之书，蔚为教门高士，一代真师号称。林景熙白石樵唱，六义遗音，冬青梦幻，煌煌宋代遗民。陈子上不系舟光光渔集，源自陶杜，忧国爱民，铮铮元季诗人，永嘉集张著，映白鹤芙蓉水净。联璧集郑采，藐视高贵如浮云。逢原斋诗集，华文漪不作隐雾豹。愈愚斋诗文，谢青扬屈仰人中英。释卍莲念佛著征心集，先贤推重。郑孟达执法撰抱一庐，浊世官清。尚有女诗人周秀眉谢香塘郑惠，大多红颜薄命，皆留下遗稿佳篇，供后者体味歌吟。此外名伶，亦极蜚声，生角叶良金，演剧中人个性鲜明，自编昆剧《花鞋记》《恶蛇报》流传至今。丑角杨盛桃，塑造众多角色，技艺逸群，复苏昆剧班，郡县南戏，得以继承。

苍南既崇文又尚武。南宋时期，有武状元七位。明清以降，民众武装更显神威，抗倭、抗日，抗飓、抗洪，战胜从不居功，战败绝不气馁。继南拳历史传统，扬民汉族气节光辉。刘英粟裕莅临，万千百姓跟随。于边界设鼎平县，在熊岑将顽敌摧。山歌民谣赞颂；红军个个会飞。赴延安参加党七大，林辉山刘发羡尚存尘封代表证。至广州农民讲习所，王国桢、张培农聆听教诲铸铁心。朱程、吴毓、陈铁军为国立功绩，林珍、吴信直、陈百弓为民勇献身。盐民暴动、下关起义等纪念馆以及柳家山抱枫皆可为证也。清代民家告官三大案，原告者住地皆属苍南。正义战胜邪恶兮，万方盛赞；悲剧变成喜剧兮，代代流传。

现代至今，文脉续延。林竞边疆艰辛勘探，呈奉西北丛编，向孙中山详陈开发高见。刘绍宽东瀛考察，向温民众表述救国宏愿，手撰日记半世纪，成县志煌煌二十一卷。苏渊雷七载冤狱，诗书画兮清新，文史哲兮深沉。朱维之十年牛棚，学术思想锐敏，文集译著等身。现代版画先驱者林夫，赤石暴动殉节，誉为鲁迅学生，毕生设计风景者华纫秋，多次国际画展，水彩美化园林。

数十年，一瞬间。请看今日兮苍南，三面峰峦兮，林木苍莽。横阳支江兮，碧水荡漾。两岸稻禾兮，丰稔景象。百里海涂兮，已成果苑。步入无城之城兮，高楼大厦林立，园圃池湖间错，鹊雀得以安息。市巷井然兮，商贾云集。舟车交流兮，花团锦簇。

万里征程迈步稳，苍南儿女气如虹。时移运转百业兴，士农工商纷献功，探万宝矿藏于异域，北国献身手，南非留足踪。有务农者，创新胆略雄，竟敢承包飞机上碧穹。沿海县市山珍海味兮，在县治集散。创作各类艺术精品兮，于京华走红。农村城镇化，小康在握中，喜见今日丰衣足食，回顾昔时感激无穷。若非伟人指点改革开放，焉有广大干群恪恭恢崇，更有科学发展观之运用，胆略学识兮，与勤劳坚忍携手，文明和谐兮，其乐融融。中国特色社会主义大旗耀目挥动兮，一百三十万苍南人紧跟其后，更显矫健，大度而雍容！

苍南纳百川，敢为天下先，先忧然后乐，苦尽始知甜！

丑春月

藻溪公婆石赋

郑立于

藻溪之水天外来，弯弯曲曲在徘徊。排闼重重青山兮，绕过条条肆街。汇成碧绿大溪兮，奔向浩瀚东海。

在白云飘拂下，在急流环回中，聚集无数山峦兮，崛起万千奇峰。看纵横之大溪兮，似桂林漓江渲漾。望起伏之群山兮，如阳朔雄健古风。藻溪这峰峦难以计数兮，还是顶天立地之公婆石逞英雄。遥望公婆石兮，公扶婆，婆抚公，相亲相爱不分离，历经浩劫万年终。公婆石兮高千仞兮，却被贬为一块石实在不公。比起他处的夫妻峰兮，确系情理难容。如今江山人民坐兮，应该正名正本为公婆峰。

宋代爱国诗人林景熙兮，他住林坳是邻居。到来瞻仰遗迹者兮，也可吟读《霁山集》。公婆峰抛出一片石，流到流石化神龟。渡过群臣与众民兮，免遭杀害与寒饥。从矾山到鳌江兮，挑矾古道经藻溪。古道难似蜀道难兮，可来探胜与猎奇。谢青阳诗篇“晓度崎岭出险口”兮，可启游兴与天资。章涛研究明矾石兮，跨越整个世纪。章畴专心办实业，开拓矾矿解人颐。古道周边尚有更多士农工商、学者专家为矾都申报世界工业文化遗产群策群力。

公婆峰雄伟又神奇兮，洞内幽泉通千古有道家栖息。附近尚有多处道观兮，昔日常有占梦与扶箕。公婆峰麓崖下寺兮，尚待扩大与装饰。公婆两峰紧连山体兮，真像雄狮正欲奔驰。多少信众等待普贤菩萨前来乘骑。设想创建一处普贤菩萨道场，也是方圆万里众人之盼祈。追溯往时尊孔书院，也该退去暮色迎来晨曦。儒道释三教兮，既崔萃又奥秘，既互证又融合，应共探哲学真理。愿儒道释三教荟萃于公婆峰侧，西方宗教文化也可到来建立门楣。是时也，苍南藻溪将是中西文化交流之大广场，在中国浙南大地上矗立丰碑。

鳌江赋

郑立于

东海之滨兮，天朗气清。西衬故土兮，偎依母亲。北连两浙兮[1]，手足互敬。南畴八闽兮[2]，唇齿相邻。浙江八大水系之一兮，鳌江千载迁化而成型。

鳌江之源兮，乃刘基故里[3]。九峰叠翠兮，接南雁荡山东南环立；百丈咸宜。溯岁月于远古今，知先民其刚毅；驱虎豹于深林兮，宿洞穴而攀高枝。凭渔猎以生存兮，得蕃衍其后裔。

风悲鸣兮，夜漫漫。鳌江之人民兮，奋起于苦难。金钱会之起义兮 ，震雄风于浙南[4]。红十三军攻城兮，捣敌巢使溃散。抗日救亡之学校兮，粟裕将军其创办。省首次党代会之举行兮，刘英首长擎旗于浙闽边。今感鳌江之两岸兮，实数学家之摇篮。中国现代数学兮，乃姜立夫之基奠。数学之泰斗兮，惟苏步青之荣耀。三角之教程兮，使李锐夫之名晓。苏公之业不坠兮，奕世之有望[5]。况乃林景熙之《霁山集》兮，千古而吟唱。谢侠逊之百龄棋王兮，抗日募捐走南洋。林烈敷之拓荒西北兮，《西北丛编》放光芒。惟鳌江之长流兮，滋代代而育俊彦。

驾游艇于江流兮，至江口而心愈动。狮子嘴之宽喉咙窄兮，潮汐涨落掀回澜。全国之溺江潮兮，共三条而列其中。如今巨灵之鳌兮，载负生态之建营；南麂岛如江口之珍珠兮，南雁荡为江皋之名胜[6]。独占鳌头之百姓兮，耕耘驰梦于大自然！

鳌江简介：鳌江是浙江省最南边的一条河流。它独流入海，为全省八条主要水系之一，也是全国仅有的三条涌潮河流中的一条。鳌江在历史上有过始阳江、横阳江等名称。流域绝大部分属平阳、苍南县境，位置相当于东经 120°—120°40′，北纬 27°30′—27°15′，全长 92.47 公里，流域面积 1521.49 平方公里，有耕地 63.8 万亩，流域总人口 144.3 万人。两岸的山区地带发展成为浙南的革命根据地，省第一次党代会在此召开，办过抗日报和干部学校。流域出过许多人才，尤其是数学家，堪称是数学家的摇篮。鳌江入海口南岸崛起了中国第一座农民城，鳌江口海涂资源丰富，计有 13.5 万亩，已围垦近二万亩。前景极其壮阔、美好。鳌江港历来与宁波、上海、福州、厦门、台北、基隆等港口有商轮来往。昔日葡萄牙、荷兰等外国轮曾入港贸易，鳌江对整个流域经济文化的振兴与发展起了重大作用。

注释：

[1]两浙，浙东和浙西的合称，就是指浙江省。唐肃宗时，析江南东道为浙江东路和浙江西路。钱塘江以南简称浙东，以北简称浙西。

[2]畴，《魏都赋》，“均田画畴，蕃庐错列”。张载注：“畴者，界也”。八闽：福建省的别称。福建古为闽地。宋时始分为八个府、州、军，元代分为福州、兴化、建宁、延平、汀州、邵武、泉州、漳州八路，固有八闽之称。

[3]鳌江源头，在文成刘基故里。干线全长91.1公里，发源于文成县桂山乡吴地山麓，源头在桂库，高程为海拔835米，流域总面积为1542平方公里。县水利部门与《鳌江志》编者曾组织考察源头，写出报告，并在源头桂库立碑为证。文成境内有百丈飞瀑、九峰叠翠等众多景区，鳌江流域尚有南雁荡山、玉苍山等众多景区。

[4]金钱会起义，清咸丰八年(1858)，钱仓码头搬运工人赵起与缪元、朱秀三等八人在钱仓北山庙结拜为异姓兄弟。创立金钱会密谋响应太平军南下，在浙南广为活动。还有神拳会运动和抗倭寇，限于篇幅，删去了。

[5]鳌江两岸数学家除赋中提到的，还有姜伯驹、黄庆澄、黎应南、杨宗道等人，更有矾都、鳌江等地的账房、珠算、心算非常突出者，人们说他们的脑子胜过电脑。

[6]南雁荡山风景名胜区是中华人民共和国建设部〔1989〕建城字204号文件批复的。南麂列岛海洋自然保护区是中华人民共和国国务院国函〔1990〕83号文件批准的。南麂岛就在鳌江口，宛如鳌头上的巨大珍珠。

附：

辞赋颂水韵　笔墨述真情

专访《鳌江赋》创作者郑立于老先生

“东海之滨兮，天朗气清。西衬故土兮，偎依母亲……”最近，这篇行文流畅，音韵自然和谐的《鳌江赋》与张君先生所作的《鳌江赋》一样，在鳌江两岸广为传诵。

此赋作者是85岁高龄的郑立于老先生，他历任新闻、文艺、地方志等单位编辑、主编等职务四十多年，出版过传记文学集，写过诗歌，策划出版过多本图书……他撰写的《鳌江赋》在去年底省市“百水赋”征文活动中相继获奖。最近，记者与鳌江镇宣传部门相关负责人专程拜访了郑老。

几经提练　终成佳赋

在灵溪镇郑立于老先生的书斋“言志楼”大伙打开了话匣子。说起这篇《鳌江赋》，郑老谦虚地说，那是机缘巧合。2014年3月，中共浙江省委宣传部、浙江省作家协会联合开展“中国梦想·美丽浙江——百水赋”征文活动。活动主要围绕浙江的江、河、湖、海、湿地等丰富灵秀的水资源、水生态，挖掘展示浙江源远流长的水历史、水文化。

作为平阳苍南鳌江流域文化研究热衷参与见证者，郑老得知征文消息后，他根据一些文献的资料和几十年来了解到鳌江相关素材，经过几个晚上的精心构思、打磨，《鳌江赋》初稿完成。但郑老并不满意，他感觉在文字提炼上还不够精准，又反复修改多遍才定稿。“因为一直以来对参与评奖，只打算收录到自己即将出版的《郑立于文集》里”。外甥女知道消息后，觉得赋文厚重流畅、雅俗共赏，随手打成电子稿，发给了省作协征文组委会。

去年年底，此赋在省“百水赋”征文活动的700篇作品中脱颖而出，受到广泛好评，一举获得征文活动二等奖，随后10月在温州市委宣传部、市文联联合主办的“瓯之韵·百水赋”征文活动中荣获一等奖，此赋不仅为鳌江增色不少，同时也展示了鳌江在两岸的文化影响力。

老骥伏枥　报答家乡

郑立于先生是苍南矾山镇人，是中国作家协会会员、中国楹联学会会员、平苍两县文联顾问。从事文学工作60多年，出版过《平阳县志》《祖国矾都》《青春火花》等书，发表各类作品300多万字。

他的作品体裁广泛、内容丰富。包括传记速写、小说寓言、散文随笔、剧本鼓词、诗词记赋、楹联碑铭等等，但诗歌词赋一直是郑立于的钟爱。回忆起多年来创作经历，郑立于告诉记者。他曾经在平阳、苍南两地工作多年，足迹遍布平苍两县。性格开朗乐观、善于结人缘。这些都为他的创作累积了丰富的生活素材。

故乡是每个人心中的精神家园，郑立于的笔下几乎都是家乡人与景。“虽然在1983年老平阳被一分为二，但两地文化与血脉还在相连。”郑立于说，鳌江是平苍两县母亲河，孕育着近200万两岸百姓，也是两岸共同文化根脉。正如鳌江赋里所说的，鳌江两岸是数学家的摇篮，姜立夫、苏步青、李锐夫、姜伯驹、白正国等多位数学家。几位数字家相互为师，相互学习，为中国现代数学事业所作出广泛而卓越的贡献，永留史册。

晚年的郑立于先生，先后出版《郑立于短诗集》，点校《不系舟渔集》，共十五册的《郑立于文集》也即将出版。他说，平苍两县原本就是一家，鳌江两岸无论是历史资源或者文化传统都有共同特点，两岸经济也是相互补足的共同体。他希望用自己的绵薄之力，为两岸的文化经济融合发展做贡献，以此来报答家乡的养育之情。